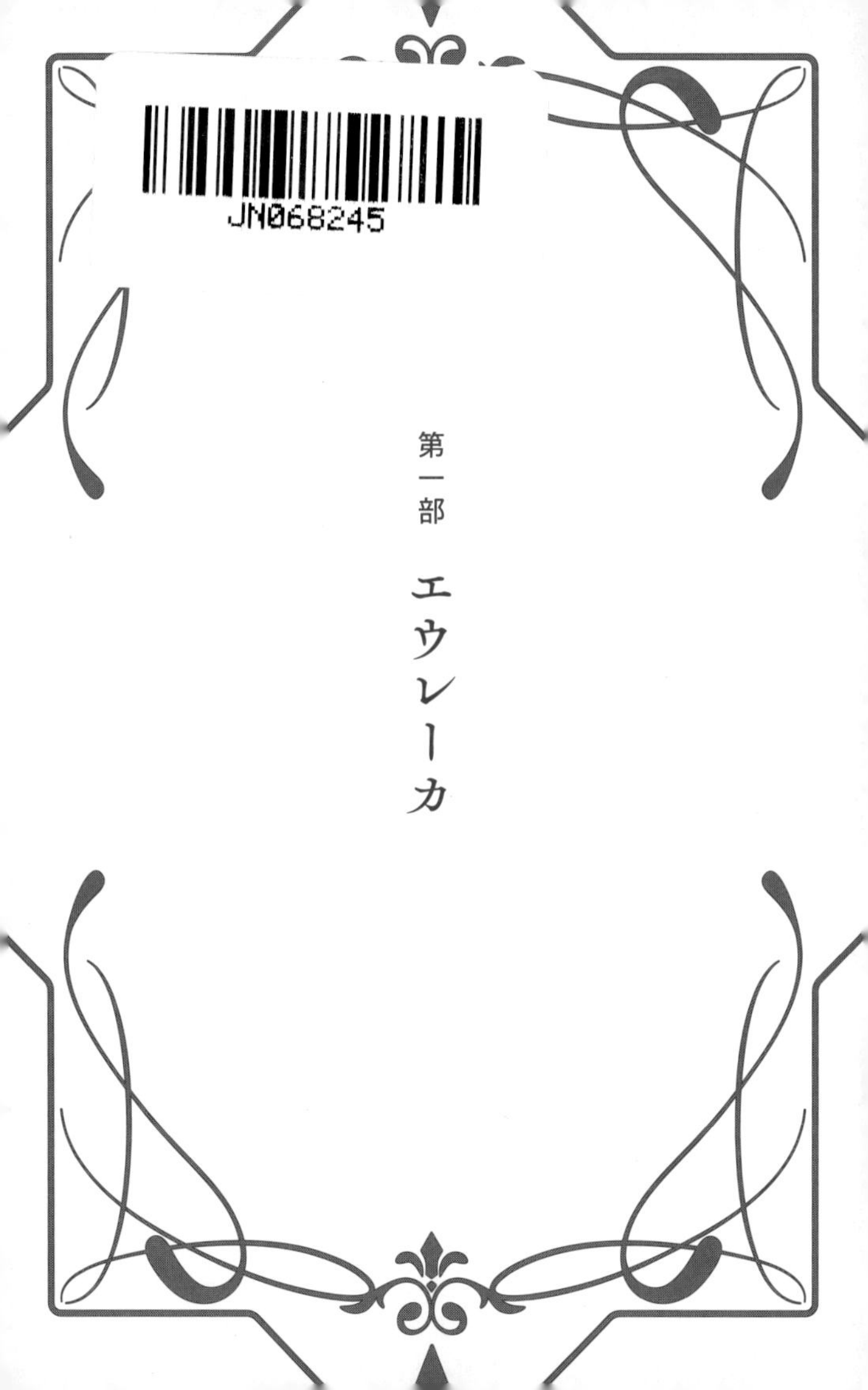

JN068245

第一部　エウレーカ

1

ずっと前に、誰かと大切なことを約束し合ったような気がする。

❀❀❀

『こんにちは！　突然ですけど、どうやら世界は一回終わっちゃったみたいです。でも、もう全部滅んでダメダメだというわけではなさそうです。

現にあたしは、なんか生きてます。なんでそうなったのかはわかりません。世界は今、いっぱいの草といっぱいの花に包まれて、とにかく自然でいっぱいです。動物だっています。鳥や魚に、虫もいます。結構みんな元気です。

人間は、いません。あたしの他には。

ナガツキ学園長が言うには、種としての「人間」はずーっと前にどこにもいなくなっちゃったみたい。理由はわかりません。誰にもわからないみたいです。

今このプラントで暮らしているのは、『花人（はなびと）』という生きものです。彼らは人間とよく似ています。言葉も通じるみたいです。けれど、決定的なところで色々と違うみたいなんです。

彼らが、人間に似てるんでしょうか？

それとも人間が彼らに似てるんでしょうか？

今はまだわかりません。もし、あなたや他の人間たちを見つけることができたら、その辺りも話してみたいと思います。だから、あなたにいてほしいです。この文字が読めるあなた。どこかにいるかもしれない、名前も知らないあなたへ。

名前で思い出した。書き忘れてました、ごめんなさい！

あたしの名前はハルっていいます。

学園長が付けてくれました。名前の意味は、「もうこの世に存在しないもの」だそうです。

それから、花人についてですけど――』


手紙の文面を考えているうちに、時間が来てしまった。

壁にかけた蟲時計がりんりん音を立てる。芽の季、八日。翅の一刻。日が最も高く昇る時。

「やばっ！　始まっちゃう！」

窓を開けて身を乗り出すと、色のある風が吹いた。

その色は花、草木、土に獣。あらゆる香りが混然一体となり、風に運ばれたそれらは鼻腔をくすぐる度に豊かな彩りを想起させる。

地平線の彼方まで、碧い樹海が広がっていた。

遥か向こうに、天を衝く樹がある。まるで空を支える柱のように太く、高く、その頂点は青空の果てに霞んで見えない。遠すぎてスケール感が狂ってしまうが、幹の直径は今自分たちが暮らす『学園』よりずっと太いのだという。

花人は、あれを『世界樹』と呼ぶ。全ての命が生まれ、そして還る場所だと。

「わぁ……！」

次の瞬間、世界樹が光を撒いた。定刻きっかり、『播種』と呼ばれる現象だ。

光は幹を中心にぶわっと広がり、晴天の中でもなお鮮烈にハルの目に届く。光の粒は数千、数万にも及ぶだろうか。輝きながら地表へ落ちていくそれらは全て種子で、地上に根付いては新たな命を芽吹かせると言われている。プラントを構成する木々も草花も、全てはあの世界樹から始まったのだ。

「――あたし、あそこから来たんだよね」

世界樹の様子を鉛筆でスケッチしながら、独りごちる。

ハルは、学園から遥かに離れた南の森の奥深くで拾われた。見つけてくれたのは、学園周辺をパトロールする巡回班ではなく、ただ一人。今にして思えば一体全体どうしてあんなところに、しかもたった一人でいたのかわからない、ある「桜」の花人だ。

播種が終わった。ハルは窓を閉め、被服班に作ってもらった人間用の上着を羽織る。手紙の続きは、頭の中でまとめておくとしよう。

学園長に、今日の予定を伝えに行かなければならない。

スミレ。シオン。デイジー。ヒヤシンス。

「あ、新顔」

「新顔って、あの『人間』の？」

アザミ。ダリア。マリーゴールド。

「ほんとだ。匂いが違う」

「あれが例の……」

「外のドーブツとなにが違うの？」

サフラン。スイセン。キンギョソウ。カルミア――

すれ違う相手全てから、別々の香りがする。ハルは手帳片手に、巨木をくり抜いた回廊を進む。彼らがそれぞれなんの花なのかは覚えている。全員に固有の香りがあり、色があった。

『花人（はなびと）は、名前の通り、花の人です。それとも人の花なのかな？

それぞれがひとつひとつの花で、見た目にも花っぽいです。体のあちこちが咲いていて、人によっては歩く度に花びらがはらはらと落ちます。彼らの中で生活してると、なんにも咲いてない自分がちょっと恥ずかしくなります。あっちにとっても、人間は珍しいみたいです。今のところ遠巻き気味です。無理もないかなぁと思います』

ハルへの花人の反応は様々だ。じろじろ見てくる奴、逆に見ないふりをする奴、妙に怖がる奴、顔をしかめて外套で鼻を隠す奴。手帳にメモを取る。

『・花人は一人一種。花の種類はたくさんあっても、同じ花を咲かせている人はいません。
・性別はないみたい。どっちでもある？　どっちでもない？　ふたつに差はないのかも。
・食事も必要なさそう。食べてもいいけど、日光と水さえあればどうにでもなるんだとか』

すれ違う花々から意味ありげな視線を感じる。その誰もが遠巻きだが――

「いよう！」

「わっ」

いきなり、後ろから背中をばしーんと叩かれた。

「あてて……えっと。確か……」

「キウな。なにやってんの新入り？　どっか行くの？」

チューリップ。色は黄色。名前の意味は「待ちわびていたもの」。

中には、こうやって積極的に絡んでくる花人もいる。特にキウはとても好奇心旺盛な性格のようで、目覚めたばかりのハルを質問攻めに遭わせたことは記憶に新しい。

「学園長のとこ行くの。色々と報告。キウは？」

「あそっか、学園長まだ起きてる時期か。アタシは巡回！　なんか西んとこの遺跡にガチャガチャしたのがいんだって！　まあなんとかなるっしょ！」

「巡回かぁ……。あたし、まだ外出たことないんだよね。気を付けてね」

「おう！　でさでさ、それなに持ってんのー？」

「手帳。見る？」

「みるみるみる！」

いつも好奇心にきらきらしている目が、ハルの手帳に留まる。渡してみると急いでパラパラめくり、色々なスケッチに目を輝かせるも、やはり文字で躓(つまず)いた。

「うげっ、古代文字！　読めねー！」

これがハルにはよくわからないのだが、今自分が当たり前に使っている文字は「古代文字」といって、ほとんどの花人(はなびと)には読めないものらしい。解読できるのは学園長と、図書館にいる資料班の花人(はなびと)くらいのもの。言葉は通じるのに不思議だ。

「今度教えようか？　そんな難しいもんじゃないと思うけど」

「えー、いいよぉ。アタシあんま頭よくねーし、委員長とかスメラヤに任す！」

「――キウ！　早く！」

と、向こうから別の花人（はなびと）の呼ぶ声。キウは慌てて、

「あヤベ、もう行かなきゃ！　じゃな新入り！」

「うん、ばいばい」

笑いながら去っていくキウを見送り、学園長室の扉を開ける。

すると、眼前に一気に鮮やかな赤が広がった。

学園長室の中心には、木から削り出した大きなベッド。ベッドには夥（おびただ）しい花が根付いており、半ば以上はその茎に支えられているようだ。燃えるような、深紅の彼岸花に。

学園長のナガツキはベッドの前に立っている。足先まで届くほど長い赤髪を垂らして、彼はなにかの報告書を「読んで」いた。ハルが使う文字ではない。彼らが指先で触れる板になにが「書かれ」てあるのか、ハルに読み取ることはできない。

「こんにちは、ハル。調子はどうかな」

「こんにちは学園長！　まあ、ぼちぼちって感じですかね」

少し気だるげな、優しい視線が注がれる。案山子（かかし）のように細身で、見上げるほど背が高い。

「手紙は、まだ書いているのかい？」

「はい。今、四十九通目を書いてるとこです。もうすぐできそうかも」

「それはいいことだ。五十までいったら記念の品が要るかもしれないな」

記念になるくらいには手紙を書いた。

けれど、そのどれも、誰にも渡す当てはない。

「……他の人間、やっぱり見つかりそうにないですか？」

「――そうだな。どの探索班から上げられる報告書も、結果は『異常なし』だ。君が突然現れた時のような、過日の異例の播種も起こっていない。現状ではあれがイレギュラーだったと言わざるをえないな。なにしろなんの予兆もなかったものだから」

唐突に始まったものは、やはり唐突に終わるものなのか。同じことが二度は続かなかった。

「ハル。君は今のところ、この世界で唯一の人間だ。我々花人（はなびと）の歴史もそれなりに長いが、君のような存在と遭遇した前例はない。したがって、君が何者なのか。どのように、どうして現れたのかについては、君自身の記憶が重要なピースになるわけだが……」

記憶。自分が、どこから、どうやって来たのか。

「まだ、新たに思い出すことはできないかな？」

「……なんにも。あのこと以外は……」

「そうか。いや、気長にやるといい。他の皆も、今は遠巻きではあるが、そのうち慣れる。遥（はる）か過去に存在していた種族に対して、我々の興味は尽きないからな。それに、花人（はなびと）は若ければ若いほど――まあ、楽観的だ」

お決まりの現状確認をする度にもどかしい気持ちになる。自分が何者なのか、一番知りたいのはハル自身だ。しかし、思い出せようが思い出せまいが、ここで生きていくためにやるべきことは少なくない。

「それで、アルファは傍にいないのかな？　姿が見えないようだが」

「あ。それは～……あはは……」

「うん？　――ああ、やっぱり勝手に離れているのか。あいつにも困ったものだな。いつも君の近くにいろと言ったのだが……」

「いつも気付いたらいなくなっちゃってて。どこにいるんだかわかりますか？」

「それなら、間違いなく『月の花園』だな。アルファはいつもあそこにいるし、滅多に出ることはない。遠慮なく頼るといい。あいつは嫌がってるかもしれないが、そういう決まりだ」

「わかりました！　行ってみます。今日どうするのかは、それから話し合おうと思います」

「それがいい。――ハル」ナガツキは、ハルの背に声をかける。「君の『ともだち』が、見つかることを祈っているよ」

「はい！」

扉を閉じ、回廊に飛び出す。『月の花園』は、ここから更に下の階層だ。

❀❀❀

思い返してみる。

記憶の始まりは、空と桜だった。思い出せるものはなにもなかった。

眩しい陽光の中で目を開けると、ひらひらと舞う桜の花びらが視界に入ったのだ。

目で追ってみると、桜の主は案外すぐ傍にいた。立ち尽くし、ハルを見下ろす美しいひと
——その長い髪から散る、綺麗な花びら。それでハルはぼんやりと、ああ、このひとが花なんだと、なんの疑いもなく思った。

そしてこの花びらは、きっとそのひとの涙なんだと思った。

桜の子は、何故か泣きそうな顔をしていたから。

目が合い、心のままに発した一言が、偶然にもまったく重なったことを覚えている。

——あなたは、誰？

——お前は、誰だ？


「アルファ！」

『月の花園』は、学園で最も色彩に溢れた場所である。

時期や生息域に関係なく、同じ時・同じ場所に、ありとあらゆる花々が咲いているのだ。

目当ての相手は真ん中にいた。風に膨らむ、模様付きの外套。一切の音を発さない異様な物静かな所作。目がくらむような極彩色の空間でも、最初に見た花の色を見逃すハルではない。

桜の花人は、呼び声を受けて反射的に振り返る。ハルはもう一度その名を呼ぼうとして、

「アル――」

ぷいっ。

「え⁉」

思いっきり無視された。

「ちょっとー！　今あたし呼んだんだけど⁉　反応したよね！　おーい‼」

その花人はギリギリまでこっちを見なかったことにしようとしていたが、駆け寄って目の前でわちゃわちゃされると流石に観念したらしい。心底嫌そうな顔で、応じる。

「………なにか用か、人間」

「また人間って言う！　あたしには、ハルって名前があるんだけど⁉」

「名前ってのは、同族の中で誰が誰か識別するために使う。人間はお前だけだ」

「う……無駄に理論的な……」

「いいからとっととどっか行け。わたしは忙しいんだ」

「むぐぐ……！」

『それからもうひとつ、大事なことがあります。

アルファっていう花人です。変な奴です。

無愛想で、口が悪くて、なにを考えてるのかわかりません。見た目にはあたしと同い年くらいで、すごく綺麗。だけどいつもぶすっとしています。あたしを学園に連れ帰ったくせに、そこからは関わろうともしてくれません。あたしが嫌いなのかも。謎です。人間だから?」

アルファは『花守』だ。いつもこの花畑を管理している。昼も夜も、雨の日も晴れの日も。水をやり、雑草を抜き、鳥や虫から守る。花が花の世話をするというのは不思議な構図だ。特にやることがない日は、外周のベンチに座り、ただ花を見ているのだという。

ハルはそんなアルファの作業を、ベンチに座ってじっと見守っていた。

「……おい、いつまでそこにいる。どっか行けってば。お前に構ってる暇はないんだ」

「そんなこと言われたって。あたしいつもアルファと一緒にいろって学園長に言われたもん」

「それがおかしいんだ。なにが世話役だ。ナガツキの奴、勝手に決めやがって……」

「あたしを最初に見つけたのがアルファだからなんじゃないの?」

「あんなのただの偶然だろ。それだけの理由で面倒を押しつけられてたまるか」

「むう」

取りつく島もない。とはいえ、はいそうですかと一人でふらふら行動もできない。第一、学園のどこになにがあるかもまだ把握しきれていないのだ。学園は多くの階層に分かれていて複雑だ。話したことのある花人さえ極端に少なく、一人で行動したが最後、たちまち迷子になる自信がある。

そういう時、アルファは探しに来てくれるだろうか。最初の時みたいに。

「――じゃあ、なんであたしを見つけてくれたの？」

「……なに？」

「あたしがいた森、学園から遠いって聞いたよ。普通は誰も行かないとこだって。アルファはいつもずっとここにいるのに、そんな場所まで行ったのって理由があるんじゃないの？」

束の間、息を呑むくらいの長さの沈黙が、確かにあった。

アルファはなにも答えない。「うるさい」とばかりに目を反らし、自分の作業に没頭する。

『――ただ、ひとつ確かなのは、アルファがいないと私は危なかったってことです。

あたしが目覚めたのは、どっちがどことも知れない深い森の中でした。目覚めた後たった一人だったら、きっとなにもできなかったでしょう。今頃どうなっていたかさえもわかりません。

だからアルファは、あたしの命の恩人です。

もっと仲良くなりたいなと、正直、思います』

「ねえアルファ、あのさ――」

その時、鐘が鳴った。西側の鐘楼。耳に残る甲高い音。

聞いたことがある。あの鐘の意味は「警報」。伝声茎を介し、樹上の学園に通達が伝わる。

『第二探索班が剪定者と遭遇しました。場所は西、迷夢の森付近。敵集団は小規模の模様。戦力に問題はないかと思われますが、念のため手の空いている花人は増援お願いします』

アルファは一瞬険しい顔になったが、内容を吟味してふっと緊張を解く。

「行かなくていいの？」

「いい。あのくらいなら、いつものことだ」

「けど危ないんじゃ――」

「――見に行ってみればどうだい？」

横から誰かが口を挟んでくる。見れば、ナガツキが来ていた。アルファは露骨に顔を顰める。

「お前、ナガツキ……」

「『学園長』を付けなさい」こほん、とナガツキは咳払いをして、「いい機会ではある。今回の剪定者は大した戦力じゃない。クドリャフカもいるようだし、戦闘面での問題はなさそうだ」

「だったら放っとけばいいだろ。行かせてどうするんだよ」

「見学だよ。ハルはまだ奴らを見たことがない。――我々の唯一の天敵がどんなものなのか、一度その目で見ておいた方がいい」

剪定者。敵勢力。それらが、具体的にどういう存在なのかハルは全く知らない。

「どうだろう、ハル。気にはならないか？」

「え……。それは――」

この森の奥には「なにか」がいる。ハルの知らないなにかが。

それは、自らの正体に繋がる「なにか」でありはしないだろうか。

「──なる。なります！　あたしそれ、見てみたい！」

「決まりだ。連れていってあげなさい、アルファ。確かに相手は危険だが、お前がついていればなんの心配も要らないだろう？」

「おまっ……勝手に決めるなって言ってるだろ！　なんで人間のお守りなんか……！」

「これは正式な決定だよ。花守以外のことを、お前も少しはするべきだ。──いいな？」

「っ……あ、あのなぁ、ナガツキ……！」

「『学園長』を付けなさい」

有無を言わさぬ口調。言葉に詰まるアルファの態度を合意と見て、ナガツキは微笑む。

「麓に足を用意した。ハル、ついでにアレの乗り方も覚えておくといい。のちのち便利だ」

「あ！　おいっ！」

言うが早いか踵を返し、さっさと引っ込んでしまうナガツキ。アルファは中途半端に伸ばしかけた手をそのままに、呆然としていた。

「え～っと……どうしよっか？」

「…………」

数秒の間。アルファは頭に手を当て、長い長いため息をついた。

どうやら彼は、ナガツキには頭が上がらないようだった。

「……さっさと行くぞ。先に言っとくけど、はぐれても知らないからな」

「……！　わかった！　早く行こ！」

決めるなり足早に歩きだすアルファを、ハルは慌てて追った。歩く軌跡に数枚の桜が舞い、ハルはそれを、やはり綺麗だと思った。

記憶もないまま目覚めて、数日。これがハルの初めての外出だ。

❀❀❀

「構成はいかほどでありますか？」

「小さいのが四。中くらいで丸いのが二、ドリルが一ってところ、です」

「めんどくっせえなー。こういうとこにまで出てくるようになったのか」

「なんでもいいじゃんぶっ飛ばせばさ！　軽い軽い！」

黄、白、ピンク、もうひとつ黄――深緑の樹海に、人型の鮮やかな花が在る。

彼らは皆、学外活動用の外套を着けている。これらはプラントの森で採れる「鋼条樹」の蔓からなる特殊繊維で構成されており、軽い上に硬く、優れた防刃・耐衝撃・難燃性を誇る。更に口元までも覆っており、個体によっては目深なフードで顔全体を隠す者もいる。これは有毒な胞子やガスから呼吸器を守る目的もあるが、それ以上の意味もある。

口元の覆いは、戦闘時に限り、外される。

「ぷは。けど、クドリャフカもいるし、大丈夫だと思う、です。お願いします」

「無論であります。では――」

先頭に立つのは長身の花人。精悍な顔付きは好奇心旺盛な少年のようでもあり、歴戦の戦士のような凄味も湛えていた。その瞳が睨む先には森の薄闇があり、奥で影が蠢いた。

数は七つ。どれも花人より大きく、幾何学的で、禍々しい。赤い光点は、奴らの目。

Ⅰ式斬甲刀【Pd-01】開花。

汎用の近接装備を展開し、白く冴えた刃鋼をその手に取る。ヒマワリの花人、クドリャフカは、異形の天敵に怯むことなく吠えた。

「しからば始めましょう。ハカセのもとに帰るまでが、探索といいますからな‼」

芽の季、八日。翅の三刻。日差しに朱色が混じり始める頃。

西部探索担当「キウ班」、戦闘開始。今回に限り用心棒として、研究室所属の護衛兼新装備テスター、クドリャフカを随伴させている。

❀❀❀

「——なあ。一応聞くんだが……」

「やめて言わないでそっとして」

「……どうやったら、そんな器用にコケられるんだ？」

「うああ！　しょうがないでしょ慣れてないんだから！」

一方ハルはといえば、両脚を上にして派手にひっくり返っていた。

幸いもふもふの草むらに突っ込んだから怪我(けが)はなかったものの、ひっくり返って吹っ飛んで三回転してこうなるのはアルファから見ても珍しいことのようだ。

仕方ない。だって馬の乗り方なんて知らないのだ。そもそも「幽肢馬(カシバ)」などというプラント産の馬に乗った経験など記憶があろうとなかろうとゼロで、花人(はなびと)向けに調教された動物に人間が乗れる道理もあるまい。なので自分は悪くない。たぶん。

アルファは自分の幽肢馬(カシバ)から降りて、手元でひらひらしている蟲(むし)を一瞥(いちべつ)した。

「もう始まってる」

「え⁉　うそ⁉　どこで⁉」

「西南西に二キロと少し。始まったばかりだ。まだ激しくはないが、すぐ終わるかもな」

アルファの近くで、蝶と思しき一匹の蟲が光っている。彼はその発光パターンから距離と状況を読み取ったようだ。蝶のフォルムは生物というより一種の文字に見えなくもなく、今その翅が放つ色は淡いオレンジだった。

と、アルファが「ほら」と手を差し伸べる。

「え？」

「見たいんだろ。早く乗れよ。このままじゃ終わっちゃうぞ」

「いや、乗れって——その。後ろに？」

目配せの様子から察するに、どうやらそうらしい。連れてってくれるの？　——と目で聞くと、アルファは急にばつが悪そうな顔をした。

「……お前はろくに馬にも乗れないだろ。見学もさせられなかったら、ナガツキにねちねち言われるのはわたしなんだ。もう一頭の方なら呼べばついてくる、いいからさっさとするぞ」

「あ……うん、ありが」

「飛ばすからな」

「ぶわっ⁉」

手を摑むと、思いのほか強い力で引き上げられ、あっという間にアルファの馬に乗せられた。そしてアルファは、一気に加速する。振り向けば、さっき散々暴れて振り落としてくれたじゃじゃ馬が、驚くほどスムーズに追随してきていた。

風景の緑が高速で流れ去る。走り続けるにつれて樹海の陰は濃さを増し、やがて前方が暗くて見通せなくなってきた頃、激しい金属音のようなものが聞こえてきた。

そして、闇の中にちらつく火花が見えた。


花人たちが踊っている。

淀みを知らず、声も上げず、一瞬たりとも留まらない。それは、あたかも森の大気を圧縮したが如く激しい渦を形成する、人型の風だった。

風は花の色をしている。火花、轟音、振動。ハルの目ではろくに動きも追えないが、あれが戦闘だということはわかる。花人たちは武骨な得物を握り、残像のような花弁を舞わせ、留まるどころか更に加速していく。

その包囲の只中に、獣とも蟲とも違う、異形があった。

小型でも花人より二回りは大きく、大型は周辺の樹木も上回る。体を構成する物体は、木にあるものとは全く違う。金属、精錬した鋼材、なんらかの化学物質——あれは「機械」？

「あれが剪定者だ」アルファは淡々と、「こっちが勝手に呼んでるだけだけどな。あいつらは花人を刈りに来る。わたしたちにとっては、このプラントでの一番の脅威だ。ガスや胞子や、暴れる獣や遺跡のトラップより危ない」

「剪定……」

にわかに背筋が寒くなるのを感じた。こちらとは違った倫理で動いているらしい異形は、しかし間違いなく花人を狙っていることがわかった。

「……どうして、そんなことするの？」

「理由は知らん。とにかく向こうから狙ってくる以上、こっちもどうにかしなきゃならない。黙って刈られるのは、誰だってごめんだ」

理由も知らないまま、明確な敵意だけが向けられる。否が応でも、戦わざるをえない相手。この時感じたものを文にしたためようとするなら、こうなるだろう。

『怖い、と思いました。はっきりとそう思ったのは、目が覚めてから初めてです。だってあんなものは見たこともなかったから。いつ何度思い返しても、ぞっとします。みんなは大丈夫なのか。あたし自身は。そんなことで頭がいっぱいでした。だけどその後で、もっと凄いものを見たんです』

今ハルとアルファは、一帯で最も高い大木の上に身を潜めている。

離れているため、ここにいれば余波を受ける心配はないとのことだったが、今やそれとは別の心配を抱かざるをえなかった。アルファはそんなハルの心情を読み取ってか、

「なんの心配してるんだ。お前は余計なこと考えなくていい」

「でも、あんなのどうやって」

「いいから見てろ。見学したかったんだろ」

ひときわ巨大な剪定者が動く。腕にあたる部位に破壊的な力が漲り、先端の円錐状のパーツ――ドリルが高速回転。ここからでも聞こえる凶悪なモーター音と共に、突き上げられた。

危ない、と叫ぶところだった。狙いは黄色の花人――キウだ。土塊が弾け、進路上の巨岩を砕いてなお勢いを緩めぬドリルは、狙いそのままキウの胴体に迫る。

避けようとしたが、一瞬遅い。鋼の暴威がキウを掠め、キウの右腕を大きく抉った。

「……!! キウっ……!」

体が勝手に動いた。危うく木から転げ落ちそうなところをアルファが摑んで止める。

「馬鹿、頭を出すな。見つかるぞ!」

「だってキウの腕が! ぜ、絶対痛い――いや痛いとかそんなもんじゃや……!」

遠目にもわかる。体液が飛び散り、キウの右下腕部がほとんどなくなっている。自分の身長ほどもあるドリル相手なら、掠っただけでああなって当たり前だ。

「『痛い』? なんだそれ」

「え」

古代文字を見るように、「人間」を見るように。そういう時と同じ、アルファの反応は「まるで知らないもの」に対するそれだった。

「お前の言ってることはわからないけどな。どっちにしろ、あの程度は傷のうちに入らない」

次の瞬間、遠目にもわかるほどはっきり、キウは笑った。その口がこう動く——

——ばァか。

信じられないことが起こった。ドリルの攻撃から飛びのいたその一瞬で、キウの右腕が再生したのだ。あっという間の出来事だった。直後に腕は完全な形を取り戻し、しかと剣を握りしめている。

ハルは啞然（あぜん）としたまま、ただ見ているしかなかった。

キウは外套（がいとう）を翻（ひるがえ）し、仲間との陣形に戻る。紙一重の見切りで攻撃を回避。後ろにも目が付いているのかと思った。続く連携も完璧で、なんの合図もないまま巨体への包囲を狭める。

渦巻く旋風の中、ひときわ背の高い花人（はなびと）が、ドリル持ちの懐（ふところ）に飛び込み——

「どオっ、せぇぇえいいいいッ!!」

猛々（たけだけ）しい咆哮（ほうこう）と共に、下から上へ斬撃を放つ。剛刀が敵の関節部を切り込み、ものの一閃（いっせん）でドリル部分を切断してのける。

あれほどの巨体を、花人（はなびと）たちは一顧だにしない。

まるで彼ら自体が、森の異物を排除するひとつの自然現象のように。

戦いを見守るうちに、ハルが抱く一抹の心配は、まったく別の感情に取って代わっていた。

——すごい。

すごい、すごい。すごいすごいすごい！

「だからあんまり乗り出すなって。危ないだろ」

ぐいっと肩を引かれて正気に戻った。とはいえアルファも、自身が言うほどに「危ない」とはまるで思っていないようだ。

「……もう終わるか。クドリャフカがいるからな。やっぱり来るまでもなかった」

「クドリャフカ？　あの背が一番高い子？　強いの？」

「まあまあ」

アルファはあぐらをかいて頬杖を突き、退屈そうに戦局の趨勢を見守っている。心底興味がなさそうに見えるが、澄んだ目は絶えず花人一人一人の動きを観察し続けていた。

「キウもああ見えて冷静だし、ウォルクとネーベルの動きも悪くない。相手も見慣れたようなタイプだしな。もともと負ける戦いじゃなかったんだ」

どこにあれほどの力が宿るのだろう。分厚い鋼板をそのまま研いだかのような長剣で十重二十重の斬線を描き、花人たちは機械仕掛けの巨軀を逆に刈り取ってゆく。特に凄まじいのは、その連携だ。刃と刃のぶつかる軌道でも、ミリ単位の微調整でかち合わせず、互いの最適とする攻撃コースを描いて見えた。

「どうしてあんなにスムーズに動けるの？　なんかみんな、あらかじめわかってるみたい」

「匂いだよ」

アルファは、自分の鼻先を指差した。

そこで初めて気付いたのだが、戦域に入ってからアルファは口元の布を外している。移動中は覆ったままだったのに。最前線で戦っている彼らも同じだった。

「花人には『匂い』がある。一人ひとり、違った匂いだ。花人はその匂いでお互いを識別する。そいつが誰なのかだけじゃなく、そいつがなにを感じて、なにを考えてるかもな。慣れた奴なら、鼻さえ利かせれば仲間がどこにいてどう動くのか簡単にわかるんだ。反面——」

「せえええりゃあああああッッ!!」

裂帛の気迫と共に、最後の一体が両断された。アルファはその様をしかと見届けて、

「——剪定者には、鼻がない。その点で言えばこっちが有利だ」

この深い森の中にあって、人間の鼻にはあらゆるものが混ざり合った匂いを正確には区別できない。けれど花人は、そのひとつひとつを的確に嗅ぎ分けることができた。仲間の個体識別から、小さな異常、異物まで。戦闘時以外には口元を外套で覆っているのも、プラントの混沌の匂いから敏感な嗅覚を守る目的があるのかもしれない。

と、ここまで考えたところで、ハルはあることが気にかかった。

「……あたし、どんな匂いする？」

すん。アルファは鼻を一度だけひくつかせて、

「人間臭い」

剪定者を分解して採取したパーツは、帰還後、研究室のスメラヤ班に回される。

翅の四刻、戦闘終了。装備・構成員ともに被害なし。

「『人間臭い』⁉」

❀❀❀

「え、と……歩兵型が四と、瘴気妨害型が二。それで、重装突撃型が一体……ですね」

「で、あります」

「回収できたパーツは、右腕部のオートドリルと、中型のファンとプロペラが二基、伐採用のブレード、持ち運べるだけの計器と装甲……」

「であります！」

紫色の花人は、目の前のガラクタの山と目録を見比べ、満足げに頷く。

「うん。おかげで、装備の不足分が補えそうです。ありがとうございます、クドリャフカ君」

「なんのなんの！ ハカセのお役に立つことが、自分の喜びであります‼」

「おひぇっ……は、はい、気持ちは嬉しいんですが、大きな声はあの、びっくりするので……」

学園の一角に構えられた「研究室」は、他の部屋とは一味も二味も違った。

ハルが知る限りの学内施設は、自室も含めて、ざっくり言えば「木製」といった感じだ。大きな樹の上、あるいはその中に作られているので、自然の中にぽっと生活圏が生えてきたような不思議な統一感がある。ところがこの部屋は、まるで半分以上が機械と融合しているように見えた。作業用のアームや土台の数々が床や壁に備えつけられ、あちこちに見たこともない部品が山と積まれているところからそんなイメージを受けるのだろう。研究室全体が丸ごと大きな装置の内部にあるようで、その場を取り仕切るのが、ハルよりも小柄な花人だった。

「と、とにかく、作業を始めましょう。まずは細かいものから。使えるコンパスが少なくなってきたので、この磁力計を改造して……」

「了解であります!!　……おや？　なにか忘れているような……」

ハルは研究室の隅っこで事の成り行きを見守っていた。そろそろ声をかけていいだろうか。

「あの」

「ぴぇえい⁉」

いきなり「ハカセ」の体が数センチ浮いた。かと思えばドタバタひっくり返ってぐるぐる回りクドリャフカの後ろに隠れる。やっぱりハルに気付いていなかったらしい。

「どっどどどどどど、どちっどちっどどど、どそ、どら」

「ドラ？」

「どどど、どち、どどどちらさささまままままででしょうかかかかかかか」

「おお、そうでありました！　こちらの御仁は自分が招待したのであります!!　ほら、例の人間殿でありますよハカセ!!」

「にんげん」

ぴたり、と一瞬ハカセとやらの動きが止まり、瞳の奥に鋭い知性の光が宿った気がした。

「……に、んに、んにっ、にににんげんげげ……」

またぶるぶる震えだした。気がしただけかもしれない。

「………え～っと、あたし出直そうか？」

「お気になさらず!!　ハカセは極端にシャイなお方でありましてな!!　顔見知りでないお相手と対面なさると、高確率でこうなるのであります!!」

「お、おき、おき、おきに、おききに……」

そんなこと言われてもなぁ。

結局「ハカセ」が落ち着きを（比較的）取り戻したのは、蟲時計がもう一度鳴いてからのことだ。改めて話をすることになったのだが、

「研……にご用……ょうか」

「いや遠い遠い遠い！　なんでそんな隅っこにいるの⁉　よく聞こえないんだけど！」

「ハカセ！　よろしければ、自分がハカセの言葉を通訳いたしましょうか⁉」

「…………ぃします」

「『お願いします』だそうであります‼」

それはなんとなくわかる。

ぽつぽつなにか喋る「ハカセ」と、ふんふん頷くクドリャフカ。ハルにはさっぱり聞こえないが、あるいはこのやり取りにも例の「匂い」が介在しているのかもしれない。

「失礼、『まずは自己紹介』でしたな！　改めまして、自分はクドリャフカ！　ヒマワリであります！　あちらのハカセは、スメラヤという名でいらっしゃいます‼　ラベンダーであります‼」

「あたしはハル。今さらだけど、人間です。よろしくね」

「ハル殿ですな‼　お噂はかねがね‼」

「ええと、ここを見せてって頼んだのはあたしなんだ。探索が終わった後、クドリャフカたちは色んなパーツを持ち帰ろうとしてたでしょ？　それをなにに使うのか気になって」

「で、ありましたな！　アルファ殿はいらっしゃいませんでしたが！」

そうなのだ。アルファは学園に帰るなり、『月の花園』へさっさと戻ってしまった。学内ならハルをほっぽっても安全だという判断かもしれない。

「――しかしながら、あれですな。近辺に来られていたのであれば、アルファ殿の戦いぶりも是非拝見したかったところなのですが」

「え？　アルファって強いの？」

「噂でありますがな。実戦に出たところは誰も見たことがありません。なにしろ、彼には『花守』という大事な仕事がありますゆえ！」

そういうものなのだろうか。ハルはまだ、彼のことをよく知らない。

また向こうでハカセ改めスメラヤがぽしょぽしょ言って、クドリャフカが通訳を続ける。

「ともかく――『気になるのなら』ということでしたので、軽くここの説明をいたしましょう。この部屋はハカセを室長とする、学内唯一の研究室であります！　学内の設備や我々の各種装備を製造・整備してくださる、いわば戦略上の生命線ですな！」

「それじゃあ、さっきみんなが使ってた武器みたいなのもここで？」

「ええ！　全てハカセが手掛けておりますぞ！」

武器も――なるほど。ハルは山と積まれた剪定者の部品を前に思い出す。当のクドリャフカが最後に放った、素晴らしい斬撃。その切れ味といったら。

「じゃあ、あの武器は剪定者の部品をひっぺがして作ってるの？」

「おお！　何故おわかりに？」

「だって、あいつらすごく硬そうだった。多分だけど、そこらの岩にぶつかったくらいじゃビクともしないでしょ？　そんなのをあれだけ簡単に解体するってことは、同等以上の硬さの素材がないとダメってことになる」

「……!!」

スメラヤが反応した。とっとっとっとっ、と向こうから子猫のように寄ってくる。

「わ、わか、わかりますか？」

「パッと見た感じでだけど、あいつらみたいな造りのモノは他のどこにもなかったから。最初はどこかから素材を採ってるのかなと思ってたけど、そうでもなさそうだったし」

伏し目がちだったスメラヤの視線が、今はしっかりハルに注がれている。

「そ、そう、そうなんです。たとえばですが、森の奥の山岳地や洞窟などには鉄鉱石などが採れる採掘地が存在しますし、学園のもっと下層の施設では小規模ながら製鋼所もあります。もちろんそうやって作った金属類も役に立っていますが、剪定者の装甲を破るには難しいです。よって、彼ら自身の部品を鹵獲（ろかく）して加工・流用する以外に現状手はありません」

「でもそれっておかしくない？　そこまでやらなきゃどうにもできない素材なんて、逆にあいつらの側はどうやって用意してるの？」

「!!!!」

今度こそ、ぱぁぁぁっという音が聞こえてきそうなほど彼の表情が華やいだ。

「そうなんです！　彼らには謎が多くそもそも『剪定者』という呼び方自体我々が作った仮称なのですが度重なる遭遇にもかかわらず彼らの出どころは一切不明のままで出没地点も不定なので生息地を逆算することも難しくまた幾度の解析や追跡も空振りと終わりましたが現状の仮説としましては遺跡の建造物に見られるきわめて高度な冶金技術との共通点も見られるため両

者にはなんらかの関連性があるものと見て遺跡調査も急務と」

「ちょ、ちょっと待って待って！　メモが間に合わない！」

「はっ」

身を乗り出したスメラヤに押されるかたちで、気がつけば作業台にまで追い詰められていた。ぽわっ、とにわかにラベンダーの香りが濃くなった気がする。

「ごごごごごめんなさいいいいいい」

「わはは！　ハカセが自らここまでお話しになるとは！　そう照れることはありませんぞ!!」

圧倒こそされたものの、噛み砕いてみるとスメラヤの言うことは至極もっともだ。あれほどの技術の結晶は、一体どこから生まれるのか。そもそも何故、花人を狙うのか。

「それにしても、ハル殿もこうした話はかなりいける口のようですな!?　いやはや、かくいう自分はちんぷんかんぷんでしてなわははは!!」

いける口、なのかもしれない。

なくした記憶の補塡とするため、とにかく知識を詰め込む段階だというのはある。しかしそれを差し引いても、なにかを作るとか、技術がどうとかいう話は、妙に馴染む。

「して、ハカセ！　今後自分はどのように動きましょう!?」

「え、と、そうですね。せ、製造の方は問題ないので、クドリャフカ君は、ほ、他の皆さんの護衛についてあげてください。確か北西方面に、い、遺跡の調査にあたる班がいたはずです」

「廻炉の湖ですな！　当該地区には遺跡歩きの目撃例もありますが、いかがでしょうか⁉」

「問題は、ない、です。い、今はまだ芽の季で、そ、そちらの紋様蝶の濃度は低いかと。無理にとは言いませんが、い、い、遺物のサンプルがありましたら、回収を」

「了解であります‼」

遺跡。廻炉の湖。遺跡歩き。紋様蝶。遺物——それらも書き留める。この学園の外は、当然ながら、知らないことばかりだ。ふともうひとつ、気になることがあった。

「そうだ、世界樹！」

「は、はい？」

「聞いてみようと思ってたんだ。世界樹っていうのは、具体的にどういう存在なの？」

外の情報を集積しているこの場所なら、世界樹のことにも詳しいだろうと思っていた。しかし、スメラヤの反応は芳しくなかった。

「世界樹……ですか。じ、実を言うと、あそこに関してはよくわからないんです」

「そうなの？」

「播種などの定期的な活動の他には、ほとんど。あれはボクたち花人が生まれる前……プラントの始まりと共にあると言われていて、その全容は、謎に包まれています」

「誰か、あそこに調査に行こうとしたこととかは？」

「え、と……昔に、当時の研究班の調査チームが向かったとの記録が、少しだけあります。ですが、良い結果ではなかった、とのことです。学園から遠く離れるごとに、森は深くなっていきますし、剪定者の数も増えます。未知の脅威が多すぎるため、リスクが高いんです。今では危険を冒して、ずっと遠くの世界樹まで遠征することは、な、なくなっています」

「そうなんだ……」

この豊かな緑の世界は、花人たちだけのものではない。天敵も、相応の危険も当然ある。彼らはそこで自分たちの生活圏を築き上げ、大自然と折り合いをつけながら生きているようだ。

作業台の一角には山と積まれた資料やノート。古代文字、あるいは花人ならではの筆記法によって記されたあらゆる記録があり、研究班の長年に渡る活動の成果として表れている。

「世界樹はこの世界の中心で、言ってみれば、神様みたいな存在。ボクたちは、そう解釈してます。——いつか、ちゃんと調べに行くことができたらな、とは思っています」

呟くスメラヤは、どこか遠い目をしていた。学園の技術面を一手に担う研究班長の目にも、やはり世界樹は魅力的に映るのだろう。

研究室を出る頃には、日はすっかり西に傾いていた。昼より冷たさを増した風は、また違った香りを運んできているような気がした。東から、絵の具を混ぜたような夜の藍が近付く。

この世界のことを、少しずつでも、理解していかなければいけない。

ハルの好奇心は、既に学園外の広い世界に向き始めていた。

もっとも、それを世話役のアルファが許すかどうかは、まったくの別問題なのだが。

2

『幽肢馬（カシバ）の乗り方を覚えました！

コツは「匂い」で、この馬は花人（はなびと）の匂いに反応して走ったり止まったりを判断するそうです。

人間のあたしに匂いの制御はできません。最初に振り落とされたのもそれが理由みたいです。

なので「花人（はなびと）の匂い」を出す道具をスメラヤに作ってもらいました。ちっちゃな匂い袋みたいなやつで、小袋の口を開いたり閉じたりすることで匂いを制御します。これを使うことで、なんとか加速・減速・方向転換くらいのことはできるようになりました。

とはいえ、まだ上手とは言えません。でも完璧に乗りこなせるようになったら、探索だって楽になるはずです。足を引っ張らないよう色んなことを勉強すれば、アルファもまた一緒に』

「駄目だ」

「なんでぇーーーーーーーーーーーーーーっ⁉」

「うるっっさ……当たり前だ。そうほいほいどこにでも行けるわけないだろ」

馬に乗れるようになったから一緒に外に行こう。

の、「馬に乗」まで言ったところで切り捨てられた。

「でも！　あたしだって外のどこにどんなものがあるのか知っとかないとだし！」

「でもだってもない。お前、剪定者を見てなにも感じなかったのか？　ああいうのがうろつく森をよく行こうだなんて言えるな」

「そっ……それは、そうかもしれないけど。でも危ない時は、」

「『わたしが守ってやる』とでも？　嫌だね。いちいちそんなことしてられるか」

　こうまで取りつく島がないと、もう交渉するしないの段階ですらない。確かにアルファへの甘えはあるかもしれない。けれど、おんぶに抱っこのつもりはなかった。匂い袋片手に振り落とされること数時間の練習を経た。周辺の地形や重要ポイントも教えてもらった。人間が使える装備や簡単な護身具の使い方も覚えたし、実は今背負っているリュックにそれらがぎっちり詰まっている。それらに懸けても、ハルが引き下がるわけにはいかなかった。

「――どこかに、人間がいるかもしれないじゃん!!」

　アルファの手が止まる。ただしそれは一瞬で、すぐ呆れたようなため息に変わる。

「妙なのが見つかったら探索班の誰かが報告する。わざわざお前が出歩く必要はないだろ」

「かもしれないけど！　もしかしたら、まだ見つけられてないだけで……！」

　もしかしたら、を毎日考える。

　もしかしたら、どこかに別の人間がいるかも。

　もしかしたら、今まさに森の奥で目覚めているかも。

もしかしたら、自分のように記憶を失くしているかも。なにもわからないまま放り出され、鬱蒼とした森を彷徨っているのかも。

その「もしかしたら」は、アルファに発見してもらえなかった自分の姿でもある。

「もし人間と会うことができたら、あたしの記憶だってちょっとは戻るかもしれないでしょ！」

「それが、例の『約束をした相手』かもしれないって？」

その話をしたのは、学園長室に通され、アルファとナガツキにだけだ。

ハルは最初、学園長室に通され、様々な質問を受けた。結果わかったのは「なにもわからない」こと。ただしなにもかも忘れているわけではなく、薄ぼんやりと覚えているものもある、ということ。

——ずっと前に、誰かと大切なことを約束し合ったような気がする。

具体的なことは不明瞭なため、曖昧な夢と大して変わらない。

けれど、他のことを差し置いても、これだけは忘れ得ぬ大切な記憶だったとは言えないだろうか。それに「どこかに人間がいるかもしれない」という希望には繋がる。少なくとも実際にハルという人間がいた以上、そうではないと否定する理由などどこにもないのだ。

プラントについて書いた宛名のない手紙は、ハルの部屋の机に積み重なっている。

「そうだったらいいな、とは思ってる」

「じゃあお前、相手の顔がわかるのか？　いつ、誰とどんな約束をした？」

流石に言葉に詰まった。その沈黙を答えと見て、アルファはばっさり会話を打ち切る。

「思い出せないなら、その程度ってことだろ。気にしてると身が持たないぞ」

その程度。

で、いよいよ「ぷちん」とクる。

「……………あーーそーーーですかそんなに嫌ですか！　よーくわかったよ！」

「む……」

「よーするにアルファを巻き込まなきゃいいんでしょ!?　そりゃすいませんねご迷惑かけちゃって！　こっちはこっちで勝手にやるからお花の世話でもなんでも好きにすれば!?」

売り言葉に買い言葉、アルファは顔をしかめ、刺々しくも皮肉げに笑ってみせる。

「ようやくわかったか。何度も言うけどな、わたしはお前に構ってるほど暇じゃないんだ！」

「そりゃそーだ忙しいんだもんね！　でしょーよ！　んじゃ金輪際あたしのことなんか気にしないでいいですよもう！　短い間お世話になりましたー！　アルファのばーか!!」

——ば、

「馬鹿って言う方が馬鹿だろうが！」

「あーあー聞こえませーん！　ばーかばーか！　あほー！　ガンコ頭！　えーとえーっと、桜！　無駄に綺麗！　ばいばーーい!!」

「あっ、この……！　おい！　言っとくが、危ないことは――」

もういない。

嵐のように去っていったハルを、アルファは追おうともしなかった。

声を荒らげたのなんていつぶりだろうか。深く深くため息をつき、冷静さを取り戻す。こんな時でも『月の花園』にはなにひとつ変化がなく、まるで騒いだこっちが馬鹿みたいだ。

悪態をつく。危ないことをするな、と自分は言おうとしたのか。この期に及んで。

それよりも『花守』の仕事だ。アルファは頭を強引に切り替えようとして、ふと思い立つ。

匂いで呼ぶと、どこからともなく一匹の紋様蝶がやってきて、指先に留まった。

「…………くそ。本当に、仕方のない奴だ」

ハルは大股でずんずん歩き、学園長室の前に立つ。

アルファの世話役の任を解いてもらうためだ。

上等だ。こっちだって願い下げだ。他にもっと馬の合う奴だっているだろう。なにもあんな協調性ゼロの皮肉ばっかり吐いてる奴なんかを押しつけられるいわれはないはずだ。

「学園、ちょ――」

ドアに手をかけるも、開かない。

見ればドアノブに木の札がぶら下がっているが、ハルに読める文字ではなかった。

「ナガツキ学園長にご用ですか？」

横から声がかかる。見ると一人の花人が、紙の本を積み上げたカートを押していた。

花の色は黄色がかったオレンジ。ほんのり甘い香りが鼻をくすぐり、それで少し落ち着いた。

「ええと――委員長？　だよね？」

「そう呼ばれています。まあ、あだ名みたいなものですが」

覚えている。彼は金木犀の花人で、フライデーという。名前の意味は「戒めを解き放つもの」。

フライデーは図書館を根城とする「資料班」のリーダーだ。ナガツキが動けない時は代理で花人たちの行動方針を決定する役割を持ち、同族からは「委員長」のあだ名で親しまれている。

フライデーは、ぱんぱんに膨れ上がったハルのリュックを一瞥した。

「……これから外出ですか？」

「あ、ううん。そうしたかったけどまだっていうか、その前にっていうか……学園長は？」

「学園長でしたら、おねむですよ」

「おねむ」

「ええ、おねむ。今回はおそらく三日は目覚めないと思います」

「み、三日も⁉　その間ずっと寝てるの⁉」

「学園とその周辺の維持管理のためです。緊急の用があるのなら、私が聞きますが……」

「ええと。実は——」

フライデーはハルの説明を一通り聞いて「ふむ」と呟いた。

「そうですか。彼がそんなことを」

「……どう思う？　アルファは、あたしをここに閉じ込めておきたいのかな」

「そこまで極端ではないと思いますが。……しかし、彼がなにを考えているのかは、なんとも言い難いですね。なににつけても、あまり多くを語らない花人なので」

「みんなに対してもそうなの？」

「ええ。日頃も私たちと距離を置いています。——いずれにせよ、あなたの学外活動については、慎重に検討しなければならないのは確かだと思います」

「う……そ、そう？」

「確実に安全と言えるなら、というのが大前提です。我々にできることが、人間にはできないことをお忘れなく。正直、手放しには賛同できかねますが……キウはどう思いますか？」

「えっ」

思わぬ名前に目を丸くする。フライデーはいつの間にか、ハルの後ろを見ていた。

振り返ると、廊下の角に「さっ」と引っ込む影が複数あった。

「丸見えでしたが。キウ、ウォルク、ネーベル。さっきから聞いていましたよね」

黄色いチューリップの花人、キウがひょっこり顔を出した。

「キウ！　いつからいたの？」

「最初から！　新入りがすげー顔してたから、なんかあったのかと思ってついてきた！」

「ぶっちゃけ声かけづらかっただけだけどな」

「どうも……です」

探索班「キウ班」のメンバー。花人（はなびと）たちの戦闘を初めて目の当（まあ）たりにした、あの時の三人だ。

「新入りが外に出るには、誰かがなんかしなきゃいけないいんだろ？　で、どうすんだっけ⁉」

「なにはともあれ安全の確保が必要です。本来な学園長の指示を仰ぐのが最善ではあります」

やっぱり、すぐには無理かもしれない。

さっきまであんなに膨れ上がっていた冒険心が、ハルの中でしおしおと萎（しぼ）んでいくのを感じる。アルファの世話役の解消、探索の許可。なにも今日全部決めることではなかったのかも。

「――あの、やっぱりいいよ。学園長は待ってれば起きるんでしょ？　その時に改めて……」

「よしわかった！　んじゃアタシが連れてく！」

「ちゃんと話をすれば……って、え？　なんて？」

「アタシが新入りを連れてく。ちょうど今から北西んとこをざっと回る予定だったしな。そのルートだったらなんてことないだろ、な、ウォルク！　ネーベル！」

キウはやる気まんまんだ。応じる二人も、リーダーの提案に難色は示さなかった。

「え、でも……いいの？　そんな急に決めちゃって……」

「いーのいーの！　なんとかなるなる!!　アタシに任せろっつーの!!」

呆気に取られた。いくら押しても駄目だった扉が、引いたらあっさり開いたような気分だ。

「……ふむ。探索エリアと巡回のコースを鑑みれば――」

「なあなあいいだろ委員長なあなあなあなあ！　いいだろ大丈夫だっていけるいけるいけるいける!!」

「揺らさないでくれますか思考がまとまりませんやめなさいおいこら」

フライデーは一歩下がって襟元を整えた。

「――まず綿密な探索計画の提出を。観測班、斥候班とも充分に相談の上、安全なルートを選ぶこと。であれば、悪いことにはならないでしょう」

ハルはキウと目を見合わせ、おそるおそるといった感じで、

「…………つまり？」

「つまり!?」

対するフライデーは、こほんと咳ばらいをひとつ。

「許可します。学園長には、後ほど報告します」

❀❀❀

「──おーい新入りー！　行けそうかー⁉」

「うん！　なんとかなりそう！」

蒼い早朝の陽光。草花が強い日差しに炙られる前の、涼気を孕んだ風。まだ鳥や獣が目覚めていない独特の静けさの中、ハルは幽肢馬に揺られていた。

前日のうちにコースの確認は済ませた。まず学園北、回帰の森を抜け、北西方面にぐるりと回って帰る。経由する遺跡は『シェルター』と呼ばれる小さいものが二、三。他、あちこちに設置した野営地の点検が主な目的だ。途中で一晩過ごし、翌日の日暮れまでに帰還する。

今度こそ初めて、自分の目と足で『プラント』を進む。

ここがどのような世界で、森がどのように広がり、皆どのように生きているのか。その一端を知ることができるのだ。ぶるる、と快い震えが背筋から足先まで伝わるのを感じた。

「おし、じゃ行くぞ！　ウォルクもネーベルも、アタシに続けー！」

「はいはい。あんま張り切りすぎんなよーリーダーさーん」

「出発ですね。よろしく、です」

キウ班の三人を追い、ハルも馬を加速させた。練習の甲斐あり、幽肢馬はハルの思うままに動いてくれた。獣の力強い躍動が体に伝わり、地面を強く蹴る四つ脚の頼もしさを感じた。

ふと、背後の学園を仰ぎ見る。高く聳える『巨木の化石』は、かつての文明に存在した高層ビルなどと比しても大きく、一種独特な神秘性を湛えていた。

巨木は半ばからふたつに枝分かれし、片側が共用施設、もう片側が生活区画として使い分けられており、ちょうど「又」のあたりに『月の花園』はある。

アルファは今もあそこにいるだろうか。こちらに気付いているだろうか。

――いやいや。

余計な考えを打ち切り、馬を更に加速させる。体にぶつかる風が涼しく、心地いい。

遥か頭上でその日最初の鳥が鳴き、進行方向を導くように飛んでいった。


シェルターは硬質な鋼材による、なんらかの建築物の廃墟だった。岩壁を繰り抜いて作られた構造は洞窟に近いが、その様子は森の中で遠目にも異彩を放っている。

「足元気を付けろよ。ぼーっとしてたらガラクタにつまずいて転んじゃうぞ」

白いライラックの花人の手を借り、侵入する。

「ありがとう、気を付ける。――えと、あなたはウォルクだよね？」

「ん。お前はハルでいいんだっけ？　まあ、ぼちぼちやってこーや」

中は暗い。花人の手によるマーカーらしきものが等間隔に配置されていて、キウとネーベルはそれらを辿って先に進んでいる。三人とも外套の口元を開いているから、おそらくまた香りを有効活用したものだろう。

ハルの頼りは手元のランタンだけだった。中には火喰と呼ばれる大型の蛍が数匹いて、オレンジ色の灯りを闇に投じている。おそるおそる、足を進める。

「ここでなにするの？」

「使えそうなのがないか漁ったり、剪定者とかヘンなのが住み着いてないか見回ったり。まーここには何度か来てるから、拾えるモンはないと思うけど」

あるいは、迷い込んだ人間が息を潜めているかも。そうだったらいいと頭の隅で思う。

埃っぽい闇の中には、かすかなカビや錆の匂いが漂っている。そこに確かに混ざる花の香りが一種異様だった。奥からどちゃがちゃなにかを漁る音とともに、状況報告が飛んでくる。

「こっちなんもなーし!!」

「こっちも異常なし、です」

な？　という顔を、ウォルクがした。良かったとするべきか、残念と思うべきか。と――

「あれ？　ねえ、こっちの物陰でなにか光ってる」

積み重なるガラクタの隙間から、光が漏れ出ていた。

なんだろう。ウォルクは「あー」という顔をして、止めようともしなかった。ハルは好奇心を抑えきれず、ガラクタをどかしてみた。

――瞬間、激しい光が、

「わああっ⁉」

ぶわっ‼　と広がったかと思ったら、信じられない勢いで拡散し、一散に飛び去っていく。

たまらずひっくり返った。開いた口が塞がらない。今のはなんだ。いや、光がいきなりどこかへ行くなんてことがありえるのだろうか？

呆然とするハルを見て、たまらずウォルクが吹き出した。

「――ぷ、あははっ！　だよな！　知らなきゃそうなるか！」

「え！　え⁉　なに今の⁉　なにがどうなったの⁉」

「おうおうおうどうしたどうしたーっ！」

「今の、紋様蝶ですか。そんなとこに隠れてたんですね」

声を聞きつけて、キウとネーベルが戻ってくる。

紋様蝶――スメラヤの研究室で聞いたことがある名前だった。

「あれ全部、蝶だよ。あーやって光ってるんだ。遺跡の暗いとこが好きで、よくいる」

「そ、そうだったんだ……って！　早く言ってよそういうのは！」

「ははは！　ごめんってば！　ちょっとびっくりさせたかったんだよ」

「ウォルクも最初ん時はめちゃくちゃビビってたもんな‼」

「ちょっ……おい！　バラすなよ！」

光の塊のような蟲たちは、外の光と混ざってもうどこに行ったかもわからない。

息を整えるハルに、ネーベルが手を差し伸べた。

「大丈夫、ですか？　ええと……新入り、さん」

握り返して、そういえばちゃんと言ってないなと思い直す。

「あ、ありがとう。あたしハル。よろしくね──ネーベル、だっけ？」

「はい。よろしくです、ハル」

ピンクのシクラメンの花人、ネーベルは、ふにゃりと懐っこい笑みを返した。

結局のところ、最初の遺跡はなにひとつ異常なしという結論が出た。

「『遺跡歩き』が迷い込んできたりとか、しないですかね？」

「ないだろ。そいつらに憑くような紋様蝶は今みんな飛んでったし。ここは空っぽだぜ」

あれこれ話し合うのを聞きながら、ハルは胸の高鳴りを抑えきれないでいた。見たことのないものが、この森には本当に山ほどあるという確信が、心を強く沸き立たせていた。

──それに、あの蝶が広がった瞬間。なにかが見えたような気が、する。

アルファがいたら、なんと言うだろう。呆れるだろうか。皮肉のひとつも吐くだろう。けどやっぱり、手を差し伸べてくれるかもしれない。アルファが一緒にいたら──

と、慌てて首を振る。なにを意識しているんだ。喧嘩別れしたばかりだというのに。

ウォルクという名前の意味は「とても大きな傘」。

ネーベルは「ないようで傍にあるもの」だという。

「名前は、仲間の誰かにつけてもらうんだ。気に入った言葉だったらなんでもよくてさ。アタシは学園長につけてもらった！」

夜の野営地。たき火に薪を足しながら、嬉しそうにキウは言う。

今日はここで一夜を過ごす。太陽光を主な活力源とする花人は、一部の夜型の個体を除き、おおむね「日が昇って落ちるまで」を活動時間とする。

紡の二刻。とっぷり日も暮れ、天高く月が昇る時間。一巡の境目を「卵の刻」とし、仔、繭、翅、紡と区切られた四つの刻のうち最後の時間だ。

探索の結果、まだ使えそうなパーツが幾つか見つかり、予備のリュックがひとつ埋まるくらいにはなった。それから森の中で、頑健な繊維として利用できる麻を数束、蟲寄せに使える蜜を小瓶に数個手に入れた。狩りをすることもあるが、今回は身軽なまま進みたいので控えるらしい。

その日の成果物を確かめながら、いつしか話題は花人たちの命名のことになっていた。

「そっか。あたしも学園長にハルってつけてもらったから、お揃いだね」

「おう！　学園長は凄くてな、色んな奴らに名前をつけてやってるんだぞ！」

「ウォルクとネーベルって名前も、学園長が？」

ぬ――と、何故かウォルクが、麻を縛る手を止めた。なにかまずいことを言っただろうか。

少し黙っていたウォルクだが、やがて観念したようにキウを指差す。

「そう！　アタシだ!!」

「え!?」

思わぬところに名付け親がいた。ネーベルも、のほほんと笑う。

「私の名前も、キウに付けてもらったんです」

「そりゃそうなんだけどさ。この話するたびに自慢そうな顔するんだこいつ。うざってー」

「へへー。いいじゃん別に！　いい名前だろウォルク！　ウォールーク！　ネーベルぅー！」

「呼ぶな呼ぶな何度も！　わかったから！」

「はい、ネーベルですよ、キウ。どうもです」

「うん。すごくいい名前だと思う、みんな」

だろ？　と自慢げにキウが笑う。ウォルクもネーベルもまんざらではなさそうだった。

と、気になることが浮かんだ。

「――でもさ。たくさん花人がいて、みんなに名前を付けてるんでしょ？　そういうのに使う言葉ってどこで知ったの？」

「ああ、それだったら図書館にたくさんあるぞ。委員長とかが管理してるあそこな」

ハルはまだ図書館に行ったことがない。間違いなく迷子になるからだ。傍から見ていたところ多くの花人(はなびと)が出入りしているようで、よく調べものや勉強をしているようだった。

「アタシらは古代文字とか全然読めねーけど、委員長たちはわかるからさ。言葉っての色々と教えてもらってるんだよな！」

「で、意味が気に入ったりとか、響きが気に入ったりとか。そーゆーのをそのまんま使ったりしてる。蟲(むし)ののたくったようにしか見えない字でも、音で聞くと案外良かったりすんだよな」

面白いことだ。ハルは、素直にそう思った。

言葉には意味がある。花人(はなびと)たちの操る「言葉」は、必ずしも本来の意味と合致しないかもしれない。けれど彼らにとってそれは真実で、大切なものだ。拾い上げた言葉のひとつひとつに意味を見出(みいだ)し、時には名前にする。「ハル」もまた、そうして拾い上げられた言葉の切れ端だろう。

ハル。本当の意味は、なんだっただろうか。あるいは――

「『アルファ』も、誰かに名付けてもらったのかな」

ほぼ無意識にこぼすと、はた、と視線がハルに集まった。

「え？　な、なに急にこっち見て」

「アルファって、『花守(はなもり)』のアルファだよな。『月の花園』から絶対出てこないあいつ」

「ちょっと怖いひと、ですよね」

怖いかどうかは――いや、怖いか。いつも仏頂面(ぶっちょうづら)だし。

「そうそうアイツだアイツ！　アイツの話聞きたかったんだアタシ！　アイツっていつもどんな話してるんだ⁉　そういやなんでオマエ一緒にいるんだ⁉　なんでなんでなんで⁉」

「近っ！　近い近い倒れる倒れる！」

目を輝かせてぐいぐい来るキウを、ウォルクとネーベルはのんびり見守るばかり。

「キウとか、見つけたらすげー話しかけようとすんだけどな。いつも秒で逃げられる」

「全然捕まんねーの！　速すぎるマジで！」

「ハルが来る前は、ちょっとだけ学園長と一緒にいたのを見たことありますけど、基本ずっと一人だったと思うです」

そういえば、他の花人(はなびと)からアルファの話を聞いたことはほとんどない。クドリャフカやフライデーからちらりと言及されたくらいだ。皆から距離を置いているのは、本当のようだった。

「——悪い奴(やつ)ではないと思うけどなぁ。あたしのこと助けてくれたし」

「おお！」

「やたら頑固だけど」

「おおう」

「あと口悪いし、話しかけても三回に一回は無視するけど」

「おおー……」

「……まあでも、あたしも『バカ』は言いすぎだった気がする」

「えなにお前バカって言ったの？　アルファに？　あの『花守』に？　こわ」

「無事で済んだですか？」

「あいつそのレベルで怖がられてるの⁉」

なんだか変なイメージが独り歩きしている気がする。孤立しているとそうなるものか、アルファは敢えてその立場に甘んじている節があり、考えると少しもどかしくなった。

楽しそうに話を聞いていたキウが、「ぱっ」と笑みを深めた。

「でも良かったな、オマエがいて。一人でいるより、相棒がいた方がいいもんな！」

「え――」

その考えに至ることがなかった。自分がいて、アルファにとってなにか良いことはあったのだろうか。ほんの短い間でも、怒らせてばかりだった気がするのだが。

「……そう？　ほんとに、良かったのかな？」

「アタシからは逃げるけど、オマエからは逃げないもん。嫌ってこたないだろ！」

それはナガツキに言われたからで――とも思ったが、アルファの性格なら、絶対に嫌なら姿すら見せないような気もする。

本人の考えはまだわからない。けれど、無邪気にそう言ってくれるキウには、どこか救われたような気がした。

うん、と頷く。探索の傍らで考えていたことがある。それを今、決めた。

「……あたしやっぱり帰ったらアルファに謝る。それで、もう一回ちゃんと話してみるよ」

「そか！　いいじゃん！　なんかあったらアタシらに言えな！」

もう一度、深く頷いた。喉の奥のつかえが取れたような気がした。


夜も更け、全員が寝静まった時のことだった。

《――けて》

ハルは、妙な音で目を覚ます。寝袋から身を起こすと、焚火はもう消えかけている。梢の隙間から、白い月光が糸のように垂れ落ちていた。

《――すけて》

まただ。ハルは耳を凝らす。風に紛れて消えそうな、か細い音だった。草木のざわめき、夜の蟲や鳥の鳴き声とは違う、なにかこちらに訴えかけるような――

《――たすけて》

「!!」

はっきり聞こえた。明らかに、言葉だ。間違いなくこちらに呼びかけていた。

「聞こえたか？」

気付いて驚く。いつの間にか三人も目覚めて、音のする方を見つめていたのだ。

「アタシにも聞こえたぞ。仲間の誰かかな？」

「こっち側には、私たち以外にはどの班も来てないです。探索計画的にも、あんなところに誰かいるはずがないですし……匂いも、しないです」

「でも」ハルは緊張に息を呑んで、「今――『助けて』って」

《――助けて》

更にもう一度。今度はより鮮明に。

恐怖に引き攣り、哀れなほど震えた、消え入りそうな声だ。

「聞いたことない声だ。なにかあったのか？　――なにが？」

「でも、じゃあ、あれって誰ですか？　花人じゃないし、私たちも知らない誰かだとしたら」

全員の頭に、ある単語が浮かぶ。

花人ではない、言葉を喋る、森の奥であてもなく助けを求めているかもしれない誰か。

キウとウォルクとネーベルの声が、自然に揃った。

「――にんげん」

言い終わる前に、ハルは駆け出していた。いてもたってもいられなかった。

「あっ、おい！　ハル！」

走りざまにランタンを拾い上げると、中の蛍が驚いてぱちぱち光り出した。一気に視界が明るくなり、目が眩みかけるが足は止めない。三人が慌てて追いかけてくる気配を感じる。しかし今のハルには後ろを気にしている余裕などまるでなかった。

《助けて。助けて》

声は絶え間なく、助けを求め続けている。

ずっと予期していた「もしかしたら」が来たのだ。

早く、早く助けないと。なにかに襲われているかも。自分以外の人間。手紙。ほら、人間はやっぱりいたんだよ。――頭の中がごちゃついてまとまらない。嬉(うれ)しいのかどうかすら考える間もないまま、光に向かう蟲(むし)のようにただ、走った。

《助けて》

《たすけて》

《たす、けて》

《たあ、すけえ、てええ》

――――？

声に、なにか変化があった。

近付くにつれて大きくなっている。音は揺らぎ、繰り返される感覚は短くなり、やがて何度も何度も間断なく、喉を枯らして叫び続ける大声となっていった。

《たすけてえええ。たあああすけてえええええええ。たす、けてえええ。た#§け××ぇぇええええ。たすたたtt‰すk※すgギ∴@がガ＊〃〒∴ザザザザザザザザザ!!》

声のする場所に辿(たど)り着(つ)いて、ハルは唖然(あぜん)とした。

一ヶ所だけ木々の開けた空間には、人間はおろか蟲の一匹もいはしなかった。

助けて。たすけて。タスケテ。異様なノイズすら混じった絶叫の源は、人間ではなく。

「…………スピー、カー？」

機械的な、拡声器に似たなにかが、ぽつんと月光に照らされている。

もはや耳を聾するほどになった騒音は、ハルが来た途端に「ぶつん」と途切れた。

いきなり耳が痛くなるほどの静寂が戻る。夜の森のあまりに濃い闇の向こうには、赤く光る機械仕掛けの、目、目、目、目。

剪定者。

一瞬の後、闇から飛び出した鋼鉄の腕が、遠慮会釈もなくハルに肉薄した。

「どおりゃアッ‼」

ほぼ同時に、真横からキウが飛び込んできて、腕を弾き飛ばした。

「キウ！」

「頭下げてろ！」

彼の手には一振りのメイス。I式打甲槌【Pd-03】、硬い装甲を真っ向から打ち据える力任せの重装備だ。振り上げるなり遠心力をたっぷり乗せ、キウは中型の剪定者を一体ぶっ飛ばして遥か後方の木立に叩きつけた。遅れて、ウォルクとネーベルも追い付く。

「おいハル！　大丈夫かよお前！」

彼らも既に戦闘態勢に入っているが、その表情には明らかに当惑の色があった。

「――なんなんですか、こいつら。さっきの声は？」

「わ……わかんない。なにかスピーカーみたいなものがあって、そこから『助けて』って……」

「なんだよそれ、オレたちの言葉を真似したってのか？　んなの聞いたこともないぞ！」

すぐ傍に転がったままのスピーカーは、すっかり沈黙していた。もはやガラクタも同然で、月の光を鈍く跳ね返す様は、こちらを嘲笑っているようにも見えた。

「……罠……」

呟くネーベル。そんなもの想像だにしなかった、と表情が物語る。

「ちょっとヤバいかもしんねーなコレ」

「どうする？　ケツまくって逃げるか？」

「無理だと思う、です。囲まれてますし」

包囲が狭まる。三人の花人が武器を構え、口元の覆いを外す。

芽の季、十四日。卯の刻。西部探索担当「キウ班」、突発的な遭遇戦を開始。

✿✿✿

同じ頃、アルファは『月の花園』にいた。

正直、せいせいしていた。

面倒な人間が消えてからというもの、肩の荷が下りた気持ちでいた。これでもう余計な仕事がなくなったわけだ。ナガツキには後から適当に伝えておこう。来る日も来る日も花々を世話し、守る日々が戻る。さざ波も起こらない、決まりきった平穏の日々が。

だから、アルファの心境はまったくもって平静なのだった。

――ほんとに？

不意に浮かんだ疑問に、咄嗟に首を振る。「誰か」の姿を借りた唐突な問いかけは、その実、自分自身の内なる声に過ぎない。

奴が探索に出たことは知っている。それがどうしたという話である。人間の世話なんて他の奴がすればいい。あの人間も、自分なんかより他の奴らといた方が楽しいだろう。

なので、全然まったく気になどならない。

――そうかなぁ。あんまり意地張んない方がいいと思いますけど？

「……馬鹿馬鹿しい。わたしはなにを思い出してるんだ」

幻聴を聴くほど耄碌しているつもりはない。こういう時、あいつならそう言うだろう――と昔のことを思い返しただけだ。あの人間が来て、余計なことを考える時間が増えたせいだ。

こんな夜中なのに眠ろうともしなかったのは、やはり花の世話のためだ。このところ、非常に不本意ながら別のことに時間を取られていたため、あまり見てやれなかった。

どっかに行った人間のことなど、当然、気にしているわけではない。

――そう突っ張んなって。ほんとは優しいんだから。みんなだってわかってくれるよ。

記憶に蘇るその言葉は、以前実際に言われたことだ。

いつも花園に寄り添うように咲いていた、あの蒼い花の名を思い出す。

やめろ。わたしはそんなに大層な奴じゃない。本当言うと、『花守』の仕事だって最初は乗り気じゃなかったんだ。それをお前が――

記憶は常に疼くような痛みをもたらす。忘れたくはないのに、思い出したくもないこと。

あるいは覚えているからこそ、あの人間のことが引っかかるのだろうか。

似ているから？　人間が、あいつに？

まさか。やかましさはいい勝負だが、まったくの別物だ。それこそ馬鹿馬鹿しい。

「……うん？」

と、一匹の紋様蝶が肩に留まった。

彼らは、それぞれの翅が「紋様」に見えることからそう名付けられた。古代文字のようにも見えるが、読めるわけではない。主な生息域は遺跡やその周辺で、基本的には無害。

特筆すべきは、距離を隔て、別々の個体と連絡を取り合えるという能力だ。

原理は不明だが、匂いも届かないような遥か遠隔でも他個体とリンクし、常に相手の状態を認識している。そうして相手になんらかの変化があった場合は、その状態に応じて光の色を変える。花人はこの習性を「遠く離れた仲間同士の連絡手段」として利用している。紋様蝶は香りである程度操作でき、餌として蜜を与えているため、一種の共生関係と言える。

今アルファの肩に留まった一匹もやはり、学園から離れた個体と繋がっていた。片割れの一匹は、ハルが背負っていったリュックに忍ばせてある。

翅の色がゆっくり変わる。平常時の白に朱が混ざり、徐々に濃さを増して、赤く、赤く。

危険信号だった。

❀❀❀

一体、二体、三体――十体から先は数えるのを止め、それでもなんとか、全機倒した。

四方に倒した剪定者が転がる中、三人は武器を杖に立ち、乱れた呼吸を必死に整えていた。

「大丈夫⁉」

「……おー。そっちは、どうだ？　なんともないか？」

「あたしはなんともないけど、みんな、傷が……！」

ああ――気の抜けたような声を漏らして、キウは自身の傷をまじまじと見下ろす。

彼だけではない。辛うじて退けられたが、ウォルクとネーベルも無傷ではなかった。防御性能に優れた外套はあちこち破れ、立っているのも不思議なくらい身体は傷だらけだ。

「これ、治らないの？　前に戦った時みたいに……」

「……ん、今は無理。夜だもんな」

当然のことのような口ぶりに、ピンと来るものがあった。

花人は、日光を主な活力源とするらしい。

夜も動けなくはないが、派手な活動は基本的に避ける。であれば、あの常軌を逸した回復能力は、太陽光を受けてこそのものだったのではないか。

知らなかったのはハルだけだ。花人は、夜に戦ってはいけなかったのだ。

「ごめん。あたしが先走ったせいで……」

「気にすんな、朝にはどうにかなる。つかそれより、ワケわかんねーのは剪定者だ」

言いながら、キウたちはポーチから取り出した薬剤を傷口に塗布し、樹皮から作った包帯を巻く。応急処置だろう。

「……報告、しないとです。あれは『罠』でした。あんなの初めてです」

「探索は打ちきりだな。荷物まとめて、朝になったら出ようぜ」

誰も反論を差し挟まなかった。戦闘を終えても、体中にまとわりつく不気味さは拭い去りようもなかった。剪定者からパーツを剝ぎ取る余裕はない。四人、踵を返したところで——

横たわるガラクタたちが、もぞり、と動き出した。

「な——」

ある者は叩き潰され、ある者は斬り裂かれ、そのようにして停止した剪定者たちが、全て、破壊されたままの機体で立つ。這いずる。のたうち、蠢く。それは花人でさえ初めて見る、あり得ない光景だった。ここまで叩きのめされてなお動く剪定者など、今まで存在しなかった。

塗り潰された森の闇で、新たな目が光る。

現れたその一体は、これまでとは明らかに違う。今までどこに潜んでいたのか、見上げるほど大きなそのフォルムは「鳥」に似ている。左右に大きく広げられた翼は、それぞれ刃渡り五メートルはくだらないであろう長大なブレードだ。

鳥は、頭部から毒々しくも鮮やかな光を明滅させる。応じて、死にかけの剪定者が蠢く。

『た』

鳥が、甲高く耳障りな音を放つ。

『sケ』

それは言葉のようで意味を持たず、ただ音の響きだけを真似した、異物の囁きで。

『——/*Sすけて』

ガラクタたちが一斉に四人のほうを向いた。

「逃げるぞ!!」

キウが叫ぶやいなや、全員弾かれたように走り出した。

決して後ろを振り返らない。とにかく奴らを撒いて安全な場所へ、早く、早く、早く!

「ちゃんとついてきてっかハル! 足止めんなよ!!」

「あ、あたしは平気! そっちは!?」

「な、なんとか、です。野営地に戻れば、馬がいるから……そこまで……!」

そうだ、幽肢馬にさえ乗れれば。全速で走ればきっと追いつかれない。

すぐ背後から草を蹴散らし、木々を薙ぎ倒し、土を獰猛に踏み荒らす破壊の気配が迫る。

あの鳥型は、きっと司令塔だ。隊長のような存在だ。奴が他の剪定者に命令し、操作しているのだ。奴らには奴らの指揮系統があるのだ。では、何故、なにを目的に。

不意に、すぐ隣で「みしり」と音がした。なにかがひしゃげるような、嫌な響きだった。

ウォルクが崩れ落ちた。治癒しないままでいた右脚が限界を迎え、ついに折れたのだ。

「ウォルク!!」

足を止め駆け寄るハル。そこに小型剪定者の一体が躍りかかった。丸みを帯びたボディに、身の丈ほどもある鋸を装備した個体。今やその鋸は半ばから断ち折れ、半壊した機体は火花を散らしているが、止まる気配はない。

「やめろ、っってんだろッ‼」

その機体にメイスがめり込んだ。剝き出しの内蔵機関に鉄塊をぶち込まれ、今度こそ原型も残さず砕け散る小型個体。その隙にハルがウォルクを助け起こし、肩を貸した。

「ウォルク、走れそう⁉」

「――悪い。くそ、足が……！」

「ハル、ウォルク、こっちに！」

ネーベルにも助けられ、必死に進む。肩にウォルクの体重がかかる。「花」であるからか、彼は驚くほど軽かった。そのことにハルは、何故か胸をかきむしられるような思いがした。

「あ――もうめんどくせえっ‼ 絶っっ対逃げきってやる！ ウォルク、ネーベル、ハル！気ぃ抜くなよ‼ 絶対諦めんな‼」

嚙みつくようなキウの啖呵に、発破をかけられたような思いだった。胸に迫る不気味さも、暗闇がもたらす不安も恐怖も無理やりに捻じ伏せる。鮮やかな花の色と、その香りを信じる。

「――うん……！」

馬が待つ場所はもうすぐのはずだ。逃げる、逃げる、逃げる――

それでも。何故だかどうしても、目的地に着かなかった。

走れども走れども、暗黒の樹海。耐えずつきまとう追っ手の気配。方向感覚などとうに失っている。敵により巧みに追い込まれていたと知ったのは、完全に囲まれてからだった。

半ば崩れかけた個体、体の一部が炎上してなお動く個体。無機物の屍(しかばね)のようなそれらが、辺りを不気味に照らしている。

「大丈夫だ」色濃い疲労を押し殺し、キウは笑う。「絶対、帰れる」

鳥型の隊長機の指揮のもと、崩れた機体がにじり寄ってくる。キウはメイスを強く握り直す。

「……キウ？」

ネーベルがなにかを「嗅いだ」。花人(はなびと)にしか伝わらない意思の伝達を受けて、ネーベルは何故(なぜ)か目に見えて狼狽(ろうばい)した。

「そんな。でも。だって、それじゃ」

キウはなにも言わない。どういう意味なのか、ハルはおろかウォルクにもわからないようだった。剪定者の包囲が狭まる。隊長機のブレードが開き、端々にまで凶暴な力がこもる。

「そんなこと、したら……」

「……おい、なんだ？　ネーベル？　なにを嗅いだ？　キウ、お前なにを、」

キウはただ一言、願うようにぽつりと呟(つぶや)く。

「早く」

「っ……！」

ネーベルが信じられない行動に出た。

武器を捨て、ハルとウォルクを抱えて一目散に走り出したのだ。

目指すは鳥型の反対側、包囲が薄いポイント。二人とも抵抗する暇すら与えられなかった。

「え⁉　ちょ、ネーベルっ‼」

「おま、なにしてんだよ⁉　離せって！　おい‼」

キウだけが後に続こうとはしなかった。動き出した敵集団を一手に引き受けて。

「キウ‼」

ハルはもがくしかできない。ネーベルの足取りは断固としていて、なにがあっても止まらないという悲壮な決意に満ちている。惨(みじ)めに揺れた、浅い息遣いが伝わる。自分の息か、ネーベルか、それともウォルクの息か。

そして、ハルは見た。

もはや「戦闘」などではなく、それはほんのささやかな抵抗だった。最初から時間稼ぎ以上の意味などありはしなかった。キウはきっと、そこまで織り込み済みで。

最後の瞬間、距離を隔てて目が合う。

炎に照らされて、彼がなにかを言った。香りでは伝えられない、声も届かないような距離で、刻むように動いた口は、こう言っているように見えた。

アタシの、なまえは、

ばつん‼

翼状のブレードが、キウの体を真っ二つに切断する。

なにが起こったのか一瞬わからなかった。

理解が及んだ途端、頭の中でなにかが弾けた。

「キっっ――――」

「――ぅぁあああああああああッ‼」

血を吐くような叫びが、すぐ傍で聞こえた。

傷だらけで脚が折れ、武器も失ったウォルクが、火でも着いたかのように暴れていた。

「ウォルク！　あ、暴れないでっ……！」

「あいつ‼　あいつ、あいつッ‼　殺す‼　殺してやるッ絶対ぶっ殺してやる‼」

「だ、駄目です……！　わ、私たちだけでも、逃げないと！　キウのしたことが……‼」

キウ。

キウが。

――大丈夫だ。絶対、帰れる。

励ますように笑ったあの顔が、頭から離れない。

だから、ネーベルにもとうとう限界が来たことに、最初気付かなかった。

走りはやがて歩みとなり、歩みはやがて、這うにも等しい懸命な進みとなる。応急処置をしてなお止まらない体液が滴り落ち、彼の全身から、どうしようもなく力が抜けていく。

目の前にはもう、剪定者の群れがいた。

「………ごめん、なさい。私も……無理、でした」

折れた脚で無理やり立ち上がり、ウォルクは敵の群れを睨みつけた。

「……上等だよ。誰に喧嘩売ったのか、思い知らせてやる」

武器はもうない。ハルには、そもそもなにもできない。目の前には傷も痛みもないように動き続ける機械人形の群れ。鳥型の頭に折れたメイスが突き刺さり、玩具みたいに飛び出ていた。

剪定——そう名付けられた通り、奴らはごく作業的な動作で、伐採対象に刃を向け、

流星が落ちた。

少なくとも、最初はそう見えた。


流星は、花の形をしている。

激甚な轟音と振動の後、忽然とその場に立つ何者かがいた。

ふたつに結った髪が揺れる。沸き立つように舞う花弁は桜のそれで、ひとつひとつが異様な熱気を孕んでいた。

誰もが言葉を失っていた。慈悲なき剪定者すら、突然の闖入者に淀みない連携を停止させ

ていた。静止した時間の中で、その一人だけが自由に動いているように見えた。

その者はハルとウォルクとネーベルを見て、次いで剪定者を見る。そしてもうずっと後ろに置き去りにした「彼」の方を向き、その残り香を一度だけ嗅いだ。

そしてアルファは、右手の装備を展開する。

「高純度古代兵装（アンティーク）、鉄茨拘束（てつしこうそく）解除」

頑健な蔦（つた）と茨（いばら）で覆われた繭のような物体が、合図を受け、解け、開いていく。

月光の下に晒（さら）されたのは、主の身の丈ほどもある、巨大な機械仕掛（じか）けの戦斧（せんふ）だ。

ハルも、ウォルクやネーベルさえその存在を知らない。遺跡から発掘された装置をふんだんに用いた結果、使用そのものに多大なリスクを伴う危険物だからだ。専用の技能を持つ花人（はなびと）向けにチューンされ、事実上、学園の最高戦力にのみ所持を許された工房の特殊武装。

アルファはその数少ないひとつを、仲間の前で初めて手に取った。

「Ⅳ式火焔加速型断甲斧（よんしきえんかそくがただんこうふ）【トゥールビヨン】、起動……‼」

剪定者が戦闘行動に入る。

これより以降、アルファは一切の言葉を発さない。

炎が産まれ、灼熱（しゃくねつ）の朱を写し取る瞳には、極低温の氷のように徹底的な怒りだけがある。

まず一体が斬られた。

ハルには見えなかった。ウォルクとネーベルも同じだった。圧縮した空気が炸裂（さくれつ）し、なにか短い爆音がしたと思えば、残るは光の軌跡。そして、敵の残骸のみ。

次に二体が斬られた。

一度解き放たれた閃光は停滞を知らず、暴力的に駆動し、休むどころか加速を続ける。

更に四体が斬られた。更に八体。更に十六体。

「なに、あれ」

知らず零れた言葉は、ウォルクとネーベルの言葉でもあったかもしれない。

目の前で踊る「それ」はアルファではなく、似た形の火焔なのではないかと思った。誰も彼を捉えることができない。燃える桜が標的を次々に喰い破り、「反撃」や「防御」などといったまともな戦闘のやり取りを完全に否定する。

最後の一閃。斧を大きく振りかぶる一瞬のアルファの顔をハルは見た。

初めて自分を見つけた、あの時と、同じ目をしているように思えた。

最後の一機——鳥型が、ものの一撃で縦に両断された。それで終わりだった。火の粉が舞う壊滅的な戦場には、もうガラクタしか残らない。未だ光を宿すアルファの他には。

「な、なあ。あんた……」

「————キウは？」

質問ではなく、確認の意味を持つ問いかけだった。ウォルクは、傷口を抉られたような顔をした。ネーベルは俯いてなにも言えない。それが答えとなる。

振り向いたアルファには、なんの感情の色もなかった。責めるでも哀しむでもなく、ただあったことを受け入れるように頷き、ハルに視線を向ける。

「……アル、ファ」

視線はすぐに逸れる。アルファは、キウが「いる」であろう場所に目を向け、ただ一言。

「……帰ろう。みんなで」

❀❀❀

どこをどうやって帰ったのか、ハルはよく覚えていない。

気付けば夜は明けていて、朝方の学園は只ならぬ雰囲気に包まれていた。

ウォルクとネーベルがなにかを叫んでいたように思う。沈痛な面持ちのフライデーがいた。

朝日と共に、慌ただしく現場へ向かう別の探索班がいた。その夜にあった起こるはずのなかったことについて、必死に情報をかき集め分析を試みるスメラヤがいた。

緊急の治療を受け、ウォルクとネーベルはどうにか持ち直したようだった。誰より先に駆けつけたハルだったが、そこにウォルクの姿はもうなかった。ネーベルはハルを見やり、困ったように笑おうとして、ぎこちない顔のまま言った。

——ごめんなさい。今はまだ、ちゃんとお話できない、です。

なにもかもが目まぐるしく推移し、その全てにハルが入り込む余地はなかった。

なにもできないまま時が過ぎる中で、ある光景だけが頭に焼きついて離れなかった。

回収された「彼」の、手で持つことができるほどの小ささが。

ナガツキが目覚めた。きっかり予定通り、三日後の朝のことだ。

報告に向かったのは、フライデーとスメラヤ。それにハル。ハルが同行したのは、現場の証言をするためでもあったが、どうしても確かめたいことがあったからでもある。今の今まで、恐ろしすぎて誰にも聞けなかったことが。

学園長室の重い扉が開く。赤い花の咲き誇る室内で、ナガツキは大きなベッドに腰掛けていた。窓の外を見ていた目が、ハルたちに向けられる。

おはよう——そう言おうとしたであろう口が止まり、代わりに別の言葉が出てくる。

「なにか、あったんだね?」

彼は一目でハルたちの様子が違うことに気付いていた。いや、あるいは、一嗅ぎか。

「学園長、——」

最初にほんの一瞬、言葉に詰まりはしたものの、フライデーが報告する。半ば無理に絞り出したようでもあった抑揚のないその語調には、努めて押し殺した、言い知れぬ感情があった。

ハルと、キウ班の探索記録。深夜に起こった突発的な戦闘——そしてその顚末(てんまつ)。

中でも特筆すべき出来事について、スメラヤが緊張の面持ちで告げる。

「せ……剪定者が、キウ班を罠に嵌めました」

花人にとっての「罠」とは常に、こちらがあちらに仕掛けるもの。剪定者だとか、狩りの獲物だとかをおびき寄せ、花人側を有利にするためのものだ。あちらがこちらに仕掛けたことなど、ただの一度としてなかった。ましてや「言葉」を巧みに利用するなどと。

「また、こ、これまでにない特殊な個体も確認されています。アルファさんの報告によると、剪定者側は、他の個体を統率するリーダー的な機能があった、とか。今回の戦闘において、剪定者側は……確固たる作戦立案のもと組織的な活動を取っていた……と見て、間違い、ありません」

「つまり」ナガツキは、静かに確認を取る。「剪定者に、明確な知性が認められたと」

「そ、そうとしか、思えません。これまでに、前例のないことです。……か、回収できる残骸は全て回収しました。可能な限りの解析を、続けています」

「頼んだよ。——きっと、みんな不安を感じているだろう。私から話をする。フライデー、後でみんなを集めてくれるかな」

「わかりました」

「ウォルクとネーベルは、どうしてる？」

名前を聞いた時、ハルの胸にちくりと刺さるものがあった。

「今は回復し、別の任に就いています。休むべきと言ったのですが、どうしても聞かず……」

「それもいい。なんでもいいから、とにかく働いていたいというのもあるだろう。ただ、必ず誰かを傍に置いてやってくれ」

「承知の上です。――あの。学園長」

「なにかな?」

ナガツキの赤い目を見返し、フライデーはわずかに、喉を鳴らした。伝達事項のために被っていた事務的な仮面に、いよいよ限界が来た瞬間だった。

「探索の許可を出したのは、私です。全ての責任は私にあります。――責めは、私に」

そんなわけがない。ハルは強く、強くそう思った。

フライデーは頷いただけだ。探索に出ることを望んだのは自分だ。責められるべきは――

「誰も悪くない」ハルに、ナガツキが先んじた。「起こらないはずのことが起こった。予測できた者はいない。君もだハル。今回の件で、責任を負うべき子は一人もいない」

ハルは力なく俯く。唇を噛み締めるフライデー。焦燥しきった様子のスメラヤ。ナガツキはただ優しい目をしている。全てを見透かし、受け入れるように。

「……私こそ、悪かったね。大事な時に眠りこけていた。君たちも休息を取ってくれ。やるべきことはあるが、無理は禁物だ」

「――はい」

「わかり、ました」

一礼し、学園長室を辞す二人。彼らにも彼らのやるべきことがある。

ハルだけが室内に残っていた。最後に、確かめねばならないことがあった。

「学園長」

「なんだい」

「──キウは、」

この世界の法則。普通に考えれば、当然に起こりうること。

それなのに、どこか遠く感じていたこと。

「死んだんですか？」

キウに。花人に。死ぬ、ということが起こりえるのか。

絞り出した質問に、ナガツキは、はっきりと頷いた。

「永遠に続くものはない。人間の文明がそうであったように。プラントの生き物にも……蟲も獣も、花にも、平等に死は訪れる」

はっきり言葉にされ、悪い夢のように感じていた部分が、現実として胃の腑に落ちる。

花人の身体能力と回復力は、人間を大きく上回る。ただしそれは「死ににくい」というだけで「死なない」という意味ではない。ハルがそうであるように、花人にも死のリスクは常につきまとう。

それを押して、彼らは戦ってくれた。

「ハル。これも花人(われわれ)の営みだ。――だから、君が気に病む必要はない。いいな？」

返事は、すぐにはできなかった。

❀❀❀

夕刻のうちに、ナガツキから学園全体に通達があった。

過日のキウ班の探索中に起こった出来事。その簡単な顚末(てんまつ)。

剪定者の行動パターンの激変と、それについて目下調査を進めていること。

キウが、もういないこと。

「――けれど、どうか悲しまないでほしい。キウは消えてなくなったわけではない」

短い通達を、ナガツキはこう締めくくる。

「我々が彼を覚えている。そして、花はきっと、いつかまた咲く」


日暮れ頃の『月の花園』は、普段とはまた違う雰囲気だった。

昼は陽だまりとなり、夜には月光を受けるこの場所に、今はどちらの光もない。空が朱から藍に変わるこの刻限だけ、月も星も太陽も届かぬ陰となる。飛び交う蛍や紋様蝶(もんようちょう)だけが光源となり、全体が静謐(せいひつ)さを深め、花園はどことなくこの世ならざる幽玄さに満ちていた。

アルファは、何事もなかったかのように花の世話をしている。

そんな彼の背中を、ハルはなすすべもなく見ている。いい加減に声をかけようと思った。しかし、自分が彼に向ける醜悪な願望を思い、すんでのところでためらってしまう。

「わたしが迂闊だった」

にわかに、アルファの方から口を開いた。背を向けたままで。

「え」

「これまでにないことが起こった以上、剪定者にもなにか変化があると考えるべきだった。もっと警戒しておくべきだった。いや、そうでなくても、気付くのがもう少しだけ早ければよかったんだ。甘すぎた。わたしはなにを馬鹿みたいに呆けてたんだ」

「ちが――違うよ。アルファは助けてくれたでしょ。悪いのは、全部あたしだよ！」

ハルは一言でいいから、誰かに「お前のせいだ」と糾弾してほしかったのだ。

ネーベルはなにも言わなかった。ウォルクは会ってくれようとしなかった。ならアルファならと思っていた。身勝手な期待だ。けれど、外へ行きたいと言い出したのは自分だ。キウたちについていったのも自分だ。あの夜、先走って敵の罠に飛び込んでいったのも自分だ。

そのくせ、なにもできなかったのも、自分だ。

忠告に耳も貸さずに、あるかもわからない可能性に縋って。実体のない「約束」などという幻影を追い求めたツケを、よりによってキウたちに払わせてしまったのは、自分なのだ。

「だったらなんだ。お前の責任で、全部元通りにできるのか？」

「それはっ――」

「行けよ。花の世話で忙しい。これは、わたしの仕事だ」

花園はどこまでもいつも通りで、一人取り残されたハルは、どこにも行きようがない。

「……じゃあ、あたしは、どうしたらいいの」

全て間違っていたように思う。視界に移る靴先が滲んで見える。縋るべき藁さえなく、事実だけを心の臓に突き刺され、前にも後ろにも進むことができない。

「――ならせめて、忘れるな」

しばしの沈黙を置いて、アルファが言った。

反射的に顔を上げると、彼は体ごと振り返って、こちらをひたと見据えていた。

「……あの夜のこと？」

「全部だ。ここで起こったこと。お前が見たこと。ここにある、花のことを」

アルファはふと、ある一輪の花を指差す。鮮やかなオレンジの花だった。

「カフス」

次に、木の枝に連なる白い花。

「シルバー」

小さな池に浮かぶ、天を目指すように咲いた花。

「サン」

下垂した蔓を彩る、青紫の花。

「カザミ」

花の種類ではない。それとはまた違う「なにか」を、アルファは告げている。

「レーウィン。スノウ。マリイ。エリシャ。ヒラルダ」

次の花、次の花——無差別に、目に付くまま、花園に咲くものたちを指差し、一言一句を刻むように「それ」を呼ぶ。ハルは徐々に、その意味に気付きつつあった。

名前、ではないか。

最後にアルファは、ある花を指差して止まる。ついさっき芽吹いたばかりと思しき、片隅の小さな小さなそれは、まだなんの花かすらもわからない。

けれど、きっと黄色いチューリップだろう。

「キウ」

——アタシの、なまえは、

たちまちハルは、ここがどのような場所なのかを理解した。

『月の花園』とは、花々の墓。桜の花人、アルファは、その墓守であると。

3

研究班が敵機の残骸を分析したところ、剪定者の調査に進展があった。

ひとつ。例の鳥型は、内部機関の七割以上が他より高性能なパーツで構成されていること。

ひとつ。鳥型が指示を出す手段のこと。――こちらの方が、より重要度が高い。

敵は鳥型――つまり隊長機を中心に、極めて高度な連携を見せた。であれば、花人の「匂い」のように戦闘中も常になんらかの方法で連絡を取り合っていたと考えるべきだ。これについてスメラヤはある仮説を立て、ひとつの実験を行った。

まず、まだ生きているパーツを組み立てる。次に、そうしてできた「鳥型の一部」に通電し起動。と言っても、電気を流して無理やり動かしているだけだ。害意も危険もない。

その上で、近くに数匹の紋様蝶を放つ。

結果はすぐに出た。紋様蝶の白い翅が、変色したのだ。

色は赤、青、緑、黄とばらばらだ。鳥型をオフにすればまた白に戻り、再び動かせば色を変える。紋様蝶は混乱したように研究室の天井付近を飛び回り、籠の中の蜜溜まりに留まるまで落ち着くことがなかった。

剪定者に反応していることは、疑いようもなかった。スメラヤは調査結果をまとめる。

「お、おそらく——剪定者の通信手段は、紋様蝶（もんようちょう）同士が連絡し合うものと同じです。ま、まだ具体的にどういうものかは、わかりませんが……も、紋様蝶（もんようちょう）の研究を並行すれば、その秘密の一旦は、つ、摑（つか）めると思い……ます」

更に、鳥型から興味深いパーツが採取できた。

これも恐らく同様の原理で動くのだろうが、かえって不可解なものだった。剪定者同士が無言のままに連絡し合えるのなら、今更こんなものを搭載する必要などなさそうだが。

それは、音声をやり取りする、通信装置だった。

❀❀❀

雑草をむしる。できる限り丁寧に、ひたすら、むしる。

そういえばこの草にも由来はあるのだろうか。花のために抜いているが「彼ら」にもかつての姿があったらどうしよう。などと益体のないことを考えていると、どこかからテントウムシが飛んできてハルの頭に留まった。

「なにやってる」

と、後ろから呆（あき）れきった声がした。

「あ——」

「……お前、いつからここにいるんだ？」

早朝。ハルは日が昇る前にベッドを出て、アルファよりも早く『月の花園』に来ていた。早起きしたのではない。ただ単に眠れなかったのだ。アルファが来たことにさえ、声をかけられるまで気付かなかった。

「まだ明るくなる前だから……二時間前、くらいかな」

「その間ずっとそんなことしてるのか」

「うん」

「どうして」

もっともらしい理由なんてなかった。そもそも花の世話の仕方も知らない。全ては見様見真似だ。相手に説明するというより自分に言い聞かせるような声色で、答える。

「……あたしも、ここで眠るみんなのためにできることないかなって」

この花園は、花人の墓。全てに名前があり、意思を持ち、歩き、言葉を話す時があった。キウも、その中の一輪としてここで咲いている。

アルファは汚れたハルの手と、それなりにはすっきりした花園を見比べ、微妙な顔をした。

「誰がそんなこと頼んだ？」

「誰にも。……けど、それでもなんか――」

「『みんなのために』って？」

放り出されるのかと思ったが、アルファはそうしなかった。いつも通りのしかめっ面で吐き捨て、ふいとそっぽを向く。そうして、ハルなどいないもののように自分の作業を始めた。

「言っとくが、適当に草抜いてればいいわけじゃないからな」

背中越しに言うだけ言って、今度こそむっつり押し黙ってしまう。

アドバイス、なのだろうか。

「うん」

ずれたタイミングで思い出したように返事をしてみるが、もちろん反応はない。

それから会話もないまま作業が続く。アルファはてきぱきと作業を進めているようだが、ハルにはなにをどうすればいいのかわからない。ならアルファに聞くべきかと思ったが、彼は自分の仕事に没頭して全身から「話しかけんな」オーラを放ちまくっていた。

とりあえず草むしりに集中しよう。それなら間違えまい。と、思っていたのだが——

「待て」

「うわっ⁉」

いつの間にかアルファがすぐ後ろにいた。

「それは抜くな。花の一部だ」

「え⁉　でもこれ、ただの草なんじゃ」

「違う。よく見ろ。それにはもう触るな」

ぷいっと去るアルファ。自分が抜こうとした「草」を指でなぞってみると、それはある花の一部だったことに気付く。止められなければ、もろとも抜いてしまうところだった。

間違えてしまった。次は気を付けなければ。

しかし――

「そこに水を撒くな。わたしがもうやった。それ以上は花が溺れる」

「ご、ごめん！」

間違えて、

「その蟲は追い払わなくていい。むしろいないと困る」

「そうなの⁉」

また間違えて、

「肥料に触るな。種類ごとに分けてる。余計なことはしなくていい」

「う、うん……」

間違えて――

全て余計なことだった。アルファは釘を刺してはどこかへ行って、花々の世話を続ける。

ずっと空回りしている。

思いつくままの行動に意味があるわけもない。こちらから聞こうとしても、アルファは答えないだろう。色とりどりの花園の中心にぽつんと立ち、ハルは自分で自分の両頬を張った。

やるからには、ちゃんとしなければいけないのだ。

❀❀❀

図書館は、学園の上層にある。トレードマークは、頂点の時計塔と水を渡る桟橋。大きな特徴は、樹上にもかかわらず水上にあるということだった。奇妙な話だが、巨木の上層部に湖があり、そこが学園全体の主な水源になっているのだという。

今、ハルは図書館の一角に陣取り、目についた資料をひたすら読み漁っていた。

「それにしても、園芸の本、ですか」

フライデーは意外そうな顔で、光源である卓上籠の蛍に餌をやっていた。

「急に言われた時は驚きましたが、閲覧できる資料はそれで全部かと。よろしいですか？」

「うん、ありがとう。色々ありすぎて、どこになにがあるかわからなかったんだ」

「お気になさらず。書架から求める本を探し出すのは、資料班の業務です。とはいえ――」

言葉を切り、フライデーはずらりと並ぶ書架を見上げた。そのどれもが天井に達するほど高く、上から下まで多種多様な書物を収めている。

「多くの花人は、古代文字からなる書物を読むことはできませんが。大抵のものは『宝の持ち腐れ』で――ああ、ちなみにこれは古いことわざだそうです」

「そうなんだ？　こんなにたくさんの本があるのに……」

「ずっと前の世代は、全員これらを読むことができたそうです。しかし最近は字のたくさんある本はあまり好まれない傾向にありまして、絵のいっぱいあるやつが人気です」

「あたしもそれ好き」

ともあれ、これだけ資料が豊富なのはありがたい話だ。フライデーに改めて礼を言い、花の世話をする上で必要な情報を、しっかり頭に叩き込むべく書面に没頭した。

——しかし、それから数時間が経ち。

「…………う～ん」

ハルは無数の書物を前に、ひたすら思い悩んでいた。

目が滑る。どうしてこうも頭に入ってこないのだろう。資料とメモを何度見比べても腑に落ちづらい。理屈はわかるのだが、そもそも想定すべき不確定要素が多すぎやしないだろうか？

よそで作業をしていたフライデーが戻り、ハルの様子に目を丸くする。

「どうしました？　随分渋い顔をしていますね」

「む、難しい……生き物相手にするのって、こんなに気にしなきゃいけないことが多いんだ」

「ふむ……私は門外漢なのでなんとも言えませんが、まあ、向き不向きはありますから」

「……なのかな」

仮にこれが研究班の取り扱う分野なら話は早いのだ。開発、技術、工学、そういったものならすらすら覚えられる。なのに園芸となるとそうはいかない。もしかして苦手なのだろうか。

苦手意識。向き不向き。そういったものがあるとして、では、どこで根付いたものなのか。

自分の中で得意と不得意を区別するのはなにか？　自分の記憶に関わるものなのだろうか？

「――しかし、どうして突然、花のお世話をしようと？」

ハルは少し返答に迷ったが、やはり、考えをそのまま言うのが一番いいと思い至る。

「あたしにもなにかできないかと思って」

「なにか、ですか」

「ほら、今んとこ役に立ててないじゃん。みんなにおんぶに抱っこっていうか……だから、学園の仕事の中で、少しでも手伝えることはないかって考えたんだ」

ならばどうして苦手分野と思われる園芸に手を出すのかは、言わずにおいた。そこを上手く説明できる気がしなかったからだ。――目を閉じればまたキウの顔が蘇る。

フライデーは「そうですか」と頷き、敢えて詮索しなかった。ただ最後にこう言い添える。

「なんにせよ、あまり根を詰めすぎないように。休息は必要です。見たところあなたは、ずっと机に齧りついているようですので」

「それなら大丈夫だよ、あたしまだまだ」

ぐぅ。

フライデーは意外そうな顔をした。花人には聞き慣れない音だったからだろう。

鳴ったのはハルの腹だった。硬直するハル。フライデーはあくまで冷静。

「――我々には馴染み(なじ)の薄い感覚ですが、空腹時にお腹(なか)が鳴るのは動物の生理現象だそうで」

「……うん」

「幽肢馬(カシバ)も餌は欠かしません。活動する上で不可欠だからです」

「はい」

「食事は摂(と)るように」

「ウス」

半ば追い出されるかたちで図書館を後にし、食堂へ急ぐ。この日の調べ物は、それでおしまいだった。

以降もハルは図書館に通い詰めた。知識の血肉になりきるまで、より資料が必要だった。

実際ハルの没入度はかなりのものだった。苦手なら苦手なりに量で補おうとした。図書館にある文献は手当たり次第に読(よ)み漁(あさ)り、手帳に書き留めて自分なりに噛(か)み砕(くだ)いた。

どうやら机に向かう才能はあったらしい。寝る間も惜しんで、ハルは勉強を続けた。会ったこともない「誰か」に向けた手紙を書く暇もなくなり、いつしか「根を詰めすぎるな」というフライデーの進言も忘れ、図書館に居づらくなってからは、自室で勉強を続けた。

来る日も、来る日も。

そうでなければ自分は、アルファのためにも、誰のためにもなれはしないから。

❀❀❀

「おはよう！」

芽の季、二十三日の朝。ハルはしばらくぶりに『月の花園』を訪れる。アルファは相変わらず迷惑そうな——それでいて妙にほっとしたような——しかめ面を見せた。

「……また来たのか、人間。顔を見なくてせいせいしてたんだがな」

「へへ、おあいにく様。ただ引っ込んでたわけじゃないし。あと、あたしハルね！　ちゃんと呼ぶまで何度でも言うから！」

空元気だ。自分でもわかるほど無理をしている。しかし、でなければまともに喋る自信がない。連日連夜の無理をそのままに、ハルはなにかに突き動かされるようにここまで来た。

「そりゃご苦労なことで。気が済んだら早くどっか行け」

当然ハルも無策ではない。知識も道具も、しっかり揃えてきたつもりだ。

「あたしにも、みんなのお世話を手伝わせてほしいんだ」

「言ったろ、誰も頼んでなんか——」

「あたしがやりたいの！」

自分でも、驚くほどの大声が出た。

アルファが目を丸くしている。「あ」と間の抜けた声を上げ、ハルは回転の鈍い頭で必死に取り繕おうとした。駄目だ。いきなり躓いてしまった。取り返しは、つくだろうか。

「あの――あたし、ここのみんなのためになりたくて。アルファにもキウにも、なにかしらってばっかりで。せめて恩返しっていうか、その」

「……要らない。恩を売ったつもりも、借りを作る気もない。余計なことを気にするな」

「待って！」

背を向けるアルファに、ハルは縋るように叫んだ。

「――待ってよ」

アルファは振り返らない。彼がどんな顔をしているのか、想像するだけで恐ろしくなる。キウのこと。ウォルクとネーベルのこと。あの夜のこと。

アルファと、花人たちが眠る花園のこと。

思考が堂々巡りして、用意していた建前がこぼれ落ちていく。取り繕うための言葉がなにもかも空疎に思える。空元気は燃料切れだった。搾り出されるのは、血の滲むような本音だった。

「……考えると痛いんだ。なにか、してないと」

「『痛い』……？」

「痛いよ。胸のところがずっと。せめてあたしも意味のあることがしたい。少しでも、変わりたくて……！」

その言葉の「なにか」が、アルファの癪に障った。

背中に苛立ちの気配があり、返す言葉には棘があった。

「……軽々しく、そんな言葉を吐くな」

吐き捨て、今度こそ会話が打ち切られる。ついぞ一度も振り返らぬまま歩み去ろうとするアルファを、ハルは追おうとした。

「……！　待っ……！」

ぐらり、と体が傾ぐ。

よろける程度のものだった。それでも、連日の不眠不休は自身に想像以上の負担を強いていたらしい。視界がちらつき、両脚に力が入らず、気が付けばその場に膝を折っていた。

いけない。アルファを追わないと。

疲労と眠気を払い、顔を上げると、アルファが硬直した表情でこちらを見下ろしていた。

「────お前」

「ご……ごめん、大じょ──」

アルファはハルではなく、その足元を見ていた。花園には管理用に石畳の通路が敷かれており、普通はそこを通るのだが、今ハルの片足が通路からはみ出てしまっていて。

膝の、下に。

アルファが飛びついて、ハルの脚を乱暴にどけた。そこにある、無残にひしゃげたものが目に焼きついて離れない。頭が真っ白になっていた。自分は今、なにをした？

「あ、」

花。色は、蒼（あお）。

潰れている。なんの花で、どういう名前なのか、ハルはなにも知らない。

アルファはしゃがみ込んで両手を伸ばし、潰れた花の状況を確かめていた。すぐ近くに顔がある。ハルはなにかを言おうとして、

「——ここは、お前の逃げ場所じゃない」

肩が跳ねた。額が触れ合いそうなほどの距離、こちらを睨（にら）み上げる桜色の目には、抑えきれない激情があった。

「人間（おまえ）は花人（わたしたち）とは違う。『変わりたい』？　無遠慮に入り込んで、勝手なこと言うな」

「ご、ごめ……あたしっ……」

言い切る前に、アルファは立ち上がっていた。手にはあの潰れた花があった。根の周りを掘り起こし、土塊ごと持っている。両手を泥だらけにしてまで、まるでハルから救い出すように。

「——なにもするな。どうせ、変わることなんてなにもないんだ」

立ち去る彼を、今度は追おうともできなかった。

残ったのはハルと、静かな花園。膝の下に残る感覚が、生々しく尾を引いている。

自分は、なんのために、なにをしたかったのだろう

その結果が今の状況なのだとしたら、自分がやってきたことになんの意味があったのだろう。

「――ごめんなさい」

ただ、口をついて出た。

「ごめんなさい……ごめん、なさい……っ」

地面の穴が、ひとつふたつ落ちる雫(しずく)を受け止める。応える者は誰もいない。


木陰に立ち、アルファは風にかき消えそうな細い声を遠く聞いている。

人間の感情に「匂い」はなく、彼女のころころ変わる表情や声色はどこか奇妙に思える。

手の中の土塊を見下ろしてみる。いくつかの花弁が連なって咲く花は半分ほどが潰れ、長めの茎も折れてしまっている。その、空にも似た蒼(あお)い色に、我知らず語りかける。

「……お前(い)は、どう思う？」

問いかけに意味はない。ただの花には、喋(しゃべ)る口も、笑う顔もないのだから。

❀❀❀

夜に差し掛かる頃、アルファは学園長室に呼ばれた。

ノックもなにもしない。無言で扉を開け、前置き抜きで話に入る。

「なんの用だ、ナガツキ」

「学園長を、」言いかけ、ナガツキは止める。「――いいか。他に誰がいるわけでもない」

「ふん。いちいちそんなポーズが必要なんて面倒なことだな。わたしだったら絶対ごめんだ」

「褒め言葉にしては遠回しだな。確かに大変と言えば大変だが、苦ではないよ。心配いらない」

　余裕の態度で返されると、アルファはむっつり押し黙る。こいつのこういう、手の内を知り尽くしたかのような態度は好きではない。こちらの調子が狂う。

「おれは慣れているからいいものの、すぐに皮肉を吐くのは悪い癖だぞ。それではまるで誤解してくださいと言っているようなものだ」

「言いたいことがそれだけなら戻るぞ」

「呼び出したのはこっちの用じゃない。お前こそ、だいぶ溜め込んでいるものがあるんじゃないかと思ってな」

「……はぁ?」

　ベッド脇のチェアで脚を組むナガツキは、皆に向ける「学園長」の顔をしてはいない。どこか気だるげで遠慮のない、けれど腹立たしいまでに鷹揚な、一人の花人だった。わざわざこうして呼びつけたということは、用件は察しがつく。『月の花園』での一件についてだろう。

「他の場所では吐き出せないこともあるだろう。――お前の『独り言』に付き合えるのは、もうおれくらいのものだ」

それからまた、沈黙がおりた。

アルファはなにも言わない。ナガツキも、それ以上なにも言おうとしない。

「…………わかってはいるんだ」

先に口火を切ったのは、アルファだった。

ナガツキは反応しない。あくまでも「独り言」であるからだ。

「人間に当たっても意味はない。蒼い花のことも、わたしが怒ったって仕方ないことだ」

「こっちも独り言だが、」ナガツキは敢えて目も合わさずに、「ハルは謝ったのか？」

「……ああ」

「踏まれてしまった花は今どこに？」

「鉢に移し替えて、部屋に置いてる。……最初は驚いたけど、どうにかなりそうだ」

「ならいいさ。花はいつまでも気にするような奴じゃない。お前も知っているだろう？」

「それはまあ、そうだが」

また、アルファは黙り込んだ。なにか考えることがあった時、彼は頻繁に押し黙る。そうして頭の中で充分に考えをまとめてから口を開く。確証のないことを口にできない癖は、自分の発言に責任を持ちすぎるがゆえについた習慣だった。

許せないものがあるとすれば、花園での一件ではない。

耐え難いものがあるとすれば、ハルがいることでも、一連の事件のことでもない。

なにかもっと、大きな枠組みのことだ。

「――いつもそうだ。なにかが変わりそうなら、必ずなにかが蓋をする。森はどこまでも広がって、剪定者はどこにでもいて……わたしたちは、なにもできない。ずっと、ずっとここにいる」

「そうだな。もう、随分長い。……最初からここにいるのは、もうおれとお前くらいだ」

花人の世代は移り変わる。咲いては散り、また咲いては散っていく。

若い花人もベテランの花人も多くいる。それでも、この学園の移り変わりを最初から見守っていた世代は、今となっては二人だけだ。

「不満か？」

「今の暮らしが嫌なわけじゃない。ただ、この先のことを考える時がある。たまに昔のこともな。そうしてたら、今でもまだ――」

脳裏によぎるものがあった。

こちらに訴えかけようとしていた、ハルの顔。その時の言葉。耳馴染みのない単語。

「――ナガツキ。『痛い』っていうのはなんだ？」

赤い目が初めてこちらを向く。意外な質問だ、と表情が物語っている。

「意味は知っている。怪我をした時などの動物の生理的反応を差すが、どうして気になる？」

「あの人間が言ってた。どこも怪我をしていないのに、辛そうだった」

「……そうか。『痛み』には、種類があると聞いた。ならばハルは、今もその痛みをずっと抱えているのかもしれないな」

そんなことがあるのだろうか。だとしたら、その『痛み』とはどんなものなのだろうか。時たまアルファの胸に去来する、この重みと似ているのだろうか。

「百も承知だとは思うが、ハルにも悪気はなかったはずだ。あまり突き放してやるな」

「わかってる。けど、あいつがああしてるのを見るのは……目に毒だ」

「そう感じるのは、お前があの子を意識しているからだよ」

まさか、と首を振る。一連の「独り言」を聞いているのはナガツキだけ。吐き出したいことはもう言い終えた。それが目的で呼び出したのなら、こっちが満足した時点で立ち去ってもいいはずだ。これ以上いると変なところにまで突っ込まれるような予感がして、挨拶もなくドアノブを摑むアルファだったが、

「ああ、ちょっと待て。最後にひとつ頼みたいことがある」

予感が当たってしまった。

「面倒事ならごめんだ」

「そう難しいことじゃない。護衛をしてほしいんだ、おれの」

「お前の？」アルファは眉をひそめ、「……いちいち必要か？」

「おれとて昔のようにはいかないさ。力の大半を学園に注いでるおかげで、一週間の半分以上は寝ていなくちゃいけないんだ。──近くの遺跡に用がある。ここから南の、『午睡の森』に遺跡の深部から採掘できるものは森とはまったく別種だ。研究班垂涎の古代文明の遺物もあれば、花人たちの生活に必要な各種機材や資源の類もある。

「碧晄流体の在庫が減ってきた。今のお前にも必要なもののはずだ。どうだ？」

目的地は、学園から最寄り──つまり花人たちが最初に見つけた小さな遺跡だった。もう何度も調べ尽くしているため採れる資材もなく、たまに探索班がサボって寝ているくらいだ。

「それこそ、お前だけで行けるだろ。あんなところ朝のうちに二往復できるぞ」

「ところが立場上一人でふらつけなくてな。お前が無理ならフライデーや常駐組の花人がぞろぞろついてくる羽目になる。いやはやまったく、『学園長ってのは相変わらず大変』だよ」

やれやれ──とため息をつく。変な騒ぎになっても面倒だ。

「……夜が明けたらでいいな？」

「助かる。それともう一人、連れていきたい子がいるんだが」

「誰だよ」

ナガツキは、こともなげに答えた。

「ハルだ」

❀❀❀

花人（はなびと）たちの間で『第一の指』と呼ばれる遺跡は、学園から徒歩圏の森の中にある。外に出始めた若い花人（はなびと）は、大体ここを最初の目的地とする。そこから活動圏を広げ、プラントの広大な樹海に慣れていくというから、「第一の」という呼び名も言ってしまえばそのまんまである。横着な奴（やつ）が中に荷物や装備を置きっぱなしにしていることもあって、実質的に学園の一部みたいな扱いになっている。

「――という場所だが、もうなにも残ってないわけじゃない。もちろん目ぼしい機材は漁（あさ）り尽くしたが、定期的に『湧く』資源もあってね。今回はそれが目的だ」

と説明してくれるナガツキだが、後に続くハルにはその半分も頭に入ってこなかった。

気まずい。

すぐ隣をアルファが歩いている。今回は汎用装備の斬甲刀を無造作に担（かつ）いでいる。見た感じいつも通りのように思えるが、どう声をかけていいのかハルにはわからなかった。

「ハル。君はちゃんと休んだかかな？」

「え、あ。はい、なんとか」

花園での一件の後、ハルはフライデーらの手で自室まで担（かつ）がれ、問答無用でベッドに放り込まれた。張り詰めていたものが切れたのだろう、そうなると泥のように眠りに落ちて、今朝目覚めてやっと空腹を思い出したほどだ。

「で――なんでしたっけ、そのアレ」

「碧晄流体(へきこうりゅうたい)。名前の通り液状の資源で、用途は様々だ。遺跡でしか採取できない」

「なるほど……。アルファは知ってる？」

「知ってる」

一言。会話が続かない。もう一度、挑戦してみる。

「実際に見たことある？」

「ある」

「えっと……どんなのだった？」

「光る水」

気まずい。

「……あ、あ～……あの……学園長？　どうして、あたしも連れてきてくれたんですか？」

そもそも彼が学外に出るなんて思いもしなかった。今回のこともお忍びらしく、学園長室に窓から見える同サイズのカカシを立てての出発だった。本当に良かったのだろうか。

「なに、大した理由じゃない。君もなにかしていないと暇なのではと思ってね。それに、遺跡に触れてみれば、新たな発見もあるかもしれない。――さあ、着いたよ」

一気に視界が開けた。湖のほとりにある『第一の指』は、指と言うより大きな墓標のようでもある。高さは十数メートル。わずかに湖側に傾いており、波紋ひとつ立てない水面の鑑に映って遠目には「く」の字に見えた。水を飲んでいた鹿たちが、こちらに気付いて逃げていく。

「ここが……」

「あとは流体を採取するだけだ。気になるものがあったら、好きに見ていてくれて構わない」

一抱えほどもある保存用のタンクを手に、ナガツキはさっさと中に入っていく。ハルが慌てて追い、アルファもそれに続いた。

中は蛍の蟲籠や蓄光性の苔玉が配置されており、意外なほど明るかった。通路の壁には花人たちの伝言メモや探索計画を記した地図が貼られていて賑やかだが、整備中らしき武器や装備がそこらに放置されているのはどうなのだろう。研究班が見たらなんと言うか。

「なんか……ほんとに、前線基地って感じなんですね」

「出入りが頻繁だからね。何度片付けろと言われても改善されないから、もう諦められてる」

以前入った『シェルター』のような、半ば打ち捨てられた場所とは大違いだ。

アルファはさっきからなにも言わず、数歩後ろの最後尾にいた。徹頭徹尾興味なさげだが、口元の覆いをしっかり外しているあたり、護衛としての警戒は欠かしていないようだ。

「――あ、紋様蝶もいるんだ」

薄ぼんやりと光る白い蝶がちらほら見られる。花人の用意した蜜溜まりに留まっていたり、左右の薄暗い小部屋の中を飛んでいたりと、気ままな様子だ。

紋様蝶は、花人とは別の連絡手段を持っているらしい。つまりは独自の知覚能力を持っていることになる。遺跡を好むのも、そうした生態によるものなのだろうか。

「よそ見するなよ。転ぶぞ」

「あっ、うん」

反射的に返事をした後、すぐ驚いて振り返った。が、アルファはもうそっぽを向いて、つまらなそうに壁の落書きを見ている。

ナガツキが言う碧暁流体の「ポンプ」は、一階突き当りの大部屋にあった。

「ここには、定期的に一定量の流体が充填される。大した量ではないものの、その補充という意味でも『第一の指』は重要な場所と言える」

ポンプは床から天井まで貫く太い柱の形をしている。植物の根にも似た幾本ものパイプが延びて、用途もわからない機材に繋がれていた。中心に分厚いガラスの覗き窓があり、そこから淡い光が漏れ出ているのが見える。

「用途は様々、って言ってましたけど……たとえばどんなことに使うんです？」

「薬だよ。この流体には、花人の損傷を癒す効果がある。ある種の蜜と混ぜれば、いざという時の有効な応急処置薬になるんだ。君も見たことがあるんじゃないか？」

思い出した。あの夜、キウたちが応急処置に使っていたのが、この流体というわけか。

「他にも、遺跡由来の装置には、これを燃料とするものも多い。一部の装備の動力源として使う上に、研究室の各種機材を稼働させる上で不可欠だ」

「じゃあ、これってどうやって供給されてるんですか？　そんな便利なものがポンプに補充されてるんですよね？　そもそもの大元は……？」

「わからない。この種のポンプは各所の遺跡にあり、採取後も時間を置けば再補充される。我々は経験則としてその現象と流体の効果を知り、有効に活用しているが、これがどういう原理の何物でどこからどう来ているのかは知らないんだ。ある意味、森の自然と同じかもしれない」

「自然……ですか」

ハルは覗き窓から中を見てみた。中で仄かに光る液体が循環している気配がある。ナガツキがタンクをセットすると、ポンプ全体が一瞬小さく唸り、自動で流体の注入を開始した。

「木々も水も空気も、陽の光さえ、我々はその原理と成り立ちを完全には理解できていない。ただ、あるがまま恵みを享受している。生きていくためにね。――ふむ」

注入が終わった。ナガツキはタンクを取り出し、軽く揺すってみる。

「少ないな。急ぎで入り用だったとはいえ、もっと間を開けるべきだったかな」

「節約するしかないだろ。わたしが使う分は少しでいい、多分間に合う」

　ハルは考える。ポンプへの補充が遺跡の機能とすれば、流体周りのシステムはまだ生きていることになる。なら大元の流体は独自に生成されているのか？　あるいは、自然発生したものを汲み上げているのか？　元々はなにに使われるものだったのか？　誰が、なんの目的で？

「気になるかい、ハル」

「正直、すごく。どこかに手がかりってないんですか？　ここの資料とか……」

「君を連れてきた理由もそれだ。まさに、ここに古代文字が記されている。我々には半分も解読できないが、君になら読めるのではないかな？」

　驚いた。見れば、幾つかに項目分けされた小さな文字がポンプに刻印されていた。長い年月で表面が掠れ、錆びつき、読めなくなった部分もある。

　だが、読める部分はわかる。ハルは刻印にかぶりつきになり、内容を読み取ろうとした。

「――より……される……。非常の、際には――」

――P.P××循×液、第I×補給×。本薬×は×××より生成される××安定環流に×××ものです。施設維持の際には××××、また非常の際は管理者権限のもと××××××。システムリンクを再××し×××――

「読めるのか？」

　いつの間にかアルファが傍に来ていた。顔を並べ、目を皿のようにして文字を注視する。

「消えてないとこは、なんとか」

「意味は？　わかるのか？」

「どう、だろ。知らない用語が多すぎていまいち。でも――」

　重要と思われる項目には印が付いている。途切れ途切れながら、読み上げてみる。

　――管理にあたっては、×××プロトコルに基づき、地下××階のメンテナンスレベルを開放のこと。なお必ず××クラス××員同行のもと、指定周波数の量×暗号コマンドを――

「地下？」

　二人の声が重なった。地下とは、この『第一の指』の地下だろうか？

　顔を見合わせる。注意書きに集中しすぎて気付かなかったが、二人ともかなり近い。横を見るなり鼻が当たるような間近にアルファがいた。

「！　え、あ、ごめ」

「――いや、まあ、その」

　慌てて離れる。お互い言葉が出てこず、なにやら微妙な空気が漂った。そんな二人をナガツキはのほほんと見守っている。アルファの助けを求めるような視線に、ただ一言、

「ああ、構わんよ。続けてくれ」

「なにをだ！」

　ああびっくりした――胸に手を当てて、どうにか呼吸を整えるハル。

　それはともかく、文面だ。ポッドに書かれていた気になる単語。

「学園長。そこに『地下』って書かれてました」

「……そのようだ。しかしこの遺跡には、地下に続く階段などないはずだ」

「ああ、あればとっくに誰かが気付いてる。別のルートでもない限り――」

ひらり。

ふと、紋様蝶(もんようちょう)がこちらに飛んできた。一匹ではない。二匹、三匹、四匹――通路のあちこちを気ままに飛んでいた奴(やつ)らが一部屋に集まりだしたのだ。アルファが眉をひそめる。

「なんだこいつら？　いつもはここまで来ないのに……」

「なにか変化があったということだろうか。しかし、なにが」

ハルは、その翅の光に目を奪われていた。

思い出すのは『シェルター』での一幕。陰から飛び出てきた紋様蝶(もんようちょう)の群れに腰を抜かし、キウたちに笑われたものだ。あの時驚いたのは、単純にいきなり飛び出てこられたからでもある。けれどそれ以上に、なにか感覚に訴えかけるものもあった。

なにか、見えたような気が、していたのだ。

「……どうした？」

「ハル？　なにか気になることでも？」

二人の声も、今のハルの耳には入らない。

読めそうなのだ。こうして注視していると、あの光る翅に、法則性を持ったパターンが――

――×××プロトコルに基づき、

――量×暗号コマンドを――

「―――【command：rev.001/システム呼び出し(CALL)】」

紋様蝶(もんようちょう)が、その色を変えた。

色は鮮やかな青。一匹がそうなり、他の個体も応じて変色する。

「……なんだって？」

アルファとナガツキには、その意味がわからない。ハルは次々に集まる紋様蝶(もんようちょう)のパターンを目で追っていた。そうして拾える断片から、意味が通ると思われるものを直感で口にする。

「【各レベル稼働(かどう)状況測定／一部リンク解除(キル)、条件再定義／再起動(リブート)】」

「おい、なに言ってる。お前さっきから変だぞ、おい……！」

「待て」

ハルを止めようとしたアルファを、ナガツキが抑えた。集中を通り越して夢を見ているようなハルと、見たことのない発光パターンを展開する紋様蝶(もんようちょう)に、彼はひとつの確信を得ていた。

「……ハルは、紋様蝶(もんようちょう)を介して、なにかと交信している」

蝶(ちょう)の動きが規則性を見せた。ハルの「号令」に反応し、沈黙していた各機器にアクセス。

一度手がかりを摑(つか)めば早かった。これらの蝶(ちょう)の「紋様」とは、つまりそのまま特定の言語パターンを示している。一語、一句、一節で細かく区切られた言語には固有の意味があり、誰かが解読し、必要なコマンドを飛ばせばそれを実行する。

たとえば、こんな風に――

「【開放／地下レベル】」

がこんっ――大きな振動が伝わり、次の瞬間、足元が割れた。

ポンプを中心とした半径五メートル範囲の床が、左右にゆっくり開き始めたのだ。

「――あれ？」

「馬鹿っ……！」

蝶を「読む」のに集中しすぎて、危うく落ちそうなところだった。アルファがハルを引っ張り部屋の隅まで飛び退いた。そこでようやく我に返る。

「あ――ありがと」

「そんなのいい。……それよりお前、これは……」

床が開き、下へと続く螺旋階段がそこにあった。

どこに繋がっているのかもわからない。普段使っていたポンプはほんの一部に過ぎず、それは遥か下に長く長く延びていることが初めてわかった。

「――『地下』、か」

ナガツキが呟く。紋様蝶は元の白色に戻り、何事もなかったかのように自由に飛んでいた。

❀❀❀

ハルたちはまず学園に戻り、専門知識を持つ研究班に報告することにした。

正門前でカカシを片手に仁王立ちしていたフライデーには肝を冷やしたが、ナガツキ本人への一時間強の説教のみで、ハルとアルファにはお咎めなしだった。

その後、急遽『第一の指』地下施設の調査隊が組まれた。

メンバーは、まず発見者であるハルとアルファ。それからスメラヤを中心とした研究班と、まとめ役のフライデーだ。ナガツキはお留守番となった。細心の注意のもと、調査に当たる。

「――おおおおっ！　これは！　発見でありますなあっ!!　ハカセ、どこから取り掛かりましょう!?　ハカセ？　ハカセーッ!?」

スメラヤの返答はない。一体どこへ行ったのかと思えば物陰からぴゅんと出てきて、「信じられませんまさかこんな施設があったなんて」右へ、「しかし周辺の地形に鑑みると」左へ、「この場所の役割としては」奥へ、「でも」手前へ、「すごい」とにかく、「わー」

「ハカセ!?　お待ちくださいハカセ！　どこへ行かれるのかーッ!!」

スメラヤの興奮が落ち着くまでに、また少し時間を要した。

そうなるのも無理のない光景ではある。長い階段を下りた『第一の指』の地下には、信じられないほど広いドーム状の空間が広がっていた。

面積の大部分は、碧晄流体の広大なプール。地上部分まで延びるポンプを中心として、普段採取できる分のゆうに数百倍にも及ぶ量が溜め込まれていた。それらしき照明器具もないのに全体が薄ぼんやりと明るいのは、流体が光っているからだ。

アルファは少し離れた位置から、花人たちの調査を見守っていた。ハルはスメラヤたちと一緒にいて、この場所についてあれこれ話し合っているようだった。

「――驚きました。今まで私たちが見ていたのは、この遺跡のほんの一部分なのですね」

横から声がかかる。見ると、記録用のファイルを持ったフライデーが立っていた。

「こうして話をするのは初めてですね、アルファ。私は――」

「フライデーか」

「私を知っているのですか？」

「花人のことは全員知ってる」

「光栄です。『花守』のあなたに覚えてもらっているとは」

フライデーは細い指先でファイルにあれこれ記しながら、アルファの隣に立った。

「この発見は喜ばしいことですが、ある意味、今後が大変かもしれませんね」

「どういう意味だ」

「最も近くの『第一の指』でさえこうなのですから、他でも同じことが考えられます。今まで調査済みだと思っていた全ての遺跡に新たな可能性が浮上したということです。ここと同等かそれ以上の施設だとしたら、ひとつ増えるだけでも大変ですよ」

大変というのは、当然、嬉しい悲鳴だ。努めて冷静さを保とうとしているが、フライデーの声色には隠しきれない高揚があった。特に今回の一件は「大量の碧晄流体の貯蔵庫」という一点のみにおいても、ここ最近で最も大きな朗報と言える。

「ハルは、お手柄でしたね」

「かもな」

「それはもう。彼女が来てから、少しずつ変化が起こっているようです」

「……かもな」

良いことにも、悪いことにも、そこには必ずハルが関わる。常に、なにかが起こっている。

「――だから、困るんだ」

「……？　なにか言いましたか？」

小さな独り言がフライデーに届くことはなかった。「なんでもない」とだけ返し、アルファは踵を返す。花人が多く集まるところは、どうも落ち着かない。

「考え事がしたい。少し一人にしてくれ」

そうですか――と言いかけ、フライデーはふと思い出したように声をかける。

「ああ、そういえば。ハルは花園の仕事を手伝ったんでしょう？」

アルファは驚いて振り返った。どうしてフライデーが知っているのだろう。

「図書館でずっと園芸に関する書物を読み漁っていましたよ。休めと言っても聞かないので、最終的には無理やり寝かせましたが……どうでした？　彼女は成果を発揮できましたか？」

「…………」

「アルファ？」

「……いや、別に。大したことは起こってない。いつも通りだった」

首を振り、離れる。フライデーが首を傾げていたが、アルファはなにも言わなかった。

流体溜まりをぐるっと回り込み、対岸のあたりで一息ついた。向こう岸では研究班が複雑怪奇な機材の分析に当たっている。なんにせよ、すぐ近くにこれだけの流体があれば、今後当分は在庫に悩まされることもなくなるだろう。

脳裏をよぎるのは、潰れた蒼い花。ハルの顔。つい今しがた聞かされた、フライデーの話。

——あの人間、そんなことまで。

そう思った辺りで、身を預けている壁から低く重い音がした。

「ん？」

触れてみると、分厚い壁越しに振動を感じる。奥に空間があるのだろうか。

アルファは知らなかった。同じ時、対岸で研究班がある機器を操作していたことに。

それは施設の制御パネルで、流体の環流を管理するものであることに。このプールは独立したものではなく、他所から流れてくる大量の流体を一時貯蔵する施設に過ぎないことに。

そして、今入力されたコマンドが、他区画へと繋がる「水門」を開くスイッチであることに。

「………んん？」

どばっ!!

突然、碧晄流体の瀑布に晒される。

壁かと思っていたのは巨大なゲートだった。アルファはちょうど、大量の流体が流れ出す門の真ん前に立っていたのだ。

たちまち上下がわからなくなる。なにも見えず、わけもわからないまま激流に呑み込まれた。


「ちょぉっ!?」

ハルは慌てた。古代文字の解読に集中しているうちに、水門を開くスイッチが入っていたのだ。そこまではいいが、アルファが水門の前に立っていたとなると話が変わる。

「ぬお!?　アルファ殿がいたでありますか!?　何故あんな場所に!?」

スイッチを押したクドリャフカがうろたえている。水門からは今なお新たな流体が注がれ、プール全体に渦を作っていた。アルファがどこにいるのか、ここからではよくわからない。

あっという間の出来事だった。しかし、渦の動きを見ながら、ハルはすぐさま決断した。

「【connect／bt0024-0039-0106 接続】！」

「ハ、ハルさん⁉」

「水流のモニターしといて！　あたしが合図するから、それまで水門は閉じないで！」

「あ、合図ってどうやって、ちょっ待——ああっ⁉」

数匹の紋様蝶をリュックに入れるが早いか、ハルはスメラヤの静止も聞かずに飛び込んだ。

たちまち視界が光に包まれる。流れに身を任せ、奥へ、奥へ——

❀❀❀

もう、自分がどこをどう流されているかもわからない。

アルファに知覚できるのは、三六〇度全方位どこを取っても碧色の光、光、光。

焦る気持ちはなかった。ただ、運がなかったと思うだけで、あっさりと諦めがついた。

こうなったらもがいても無駄だ。思えば、どんな状況でもそうだったかもしれない。いくら悪足掻きをしたところで意味はないのだ。全てはプラントの、この深い森の、変化がない学園の日常に戻る。誰がいなくなっても、誰が加わっても。

ただ流されるだけ。これで終わりならそんなものだ。来る時が来た。なんの不満もない。

——？

それでいいと思っていたのに、いきなり誰かに手を摑まれた。

その手は思いのほか力強く、有無を言わさぬ勢いで引き寄せてくる。なんだ、誰だ。諦めきっていたアルファはむしろ困惑した。まさか幻覚？　その割には真に迫っていて、光に包まれた視界にぼんやりと、見たことのある顔が――

「――大丈夫⁉」

気が付けば濁流から助け出されており、目の前にハルの顔があった。彼女は全身ずぶ濡れになりながら、自分よりもこっちを心配しているようだった。

アルファは仰向けになったまま、とりあえず、最初に気になったことを指摘する。

「……お前、頭から液が出てるぞ」

「えっ」

言われて初めて気付いたらしい。どこかにぶつけたのか、ハルの右眉の上あたりがばっくり切れていて、赤い体液――『血液』というらしい――が流れている。

「おわ――っ⁉　めっちゃ切れてる！　めっちゃ切れてる‼」

「お、おい暴れるな！　余計酷くなるぞ！」

幸い傷は浅かったようで、服の切れ端をハチマキのように巻くことで事なきを得た。頭の傷は出血こそ派手だが、止血さえしてしまえばなんてことはない場合が多い。

「――は〜びっくりした。こんなに血ぃ出したの初めてかも」

「本当にもういいのか？　流体――は、人間には使えないのかな」

「多分。あたしもあの中泳いだのに、この傷は治ってないし。アルファは？　なんともない？」

「わたしは……別に、大丈夫だ」

対するアルファは全身にかすり傷ひとつない。プラントの花にとって、碧晄流体（へきこうりゅうたい）はそれ自体が薬のようなものだ。まさかこれほど大量の流体に体ごと突っ込むとは思わなかったが、むしろ流される前よりも体の調子がいいような気がする。

「そっか、よかった！」

「……ああ」

…………………。

「お前馬鹿か⁉」

「えっ⁉　は⁉　なに急に⁉」

「いきなり飛び込んでどういうつもりだ⁉　たまたま合流できたからいいものの、お前までどっかに流されるかもしれなかったんだぞ！」

「んなこと言ったってほっとけるわけないでしょ！　じゃあ黙って見てればよかったの⁉」

「当たり前だ！　誰がこんなこと頼んだ⁉　要らん無茶するなって――」

「やだ‼」

思わぬ剣幕に、アルファは思わず圧倒された。

真正面からこちらを見据えるハルの目には、頑として譲らない強い意思の気配があった。

「……やだ」

「二回言わなくていい」

「目の前であんなことになって、それでなにもしないなんて、やだ。あたしは絶対こうした」

「……なんだそれ。前の借りを返したつもりか？　あれはわたしが勝手にやっただけだぞ」

「じゃあこれもあたしが勝手にやったことだもん。お互い様ってことでいいでしょ」

流石に反論ができなくなった。むっつり押し黙るアルファ。

続いてハルは背負っていたリュックを下ろす。ゴム質の樹葉を表面加工に使っており、水中でも中に水を通さない高い防水性を備えた代物だ。

「――それに、無茶なんかじゃないよ。この条件なら大丈夫だと思ってた」

「なに？」

「周り見て」

今まで気にする暇こそなかったが、ここはつい先ほどまでいた流体のプールではなさそうだ。チューブのように延びる、長いトンネルの中腹のようだった。学園の回廊にも似ているが、それよりも直径が大きい。二人が今いる場所は壁際の小さな足場で、すぐ下を碧晄流体が川となりどうどうと流れていた。右には滝、左を見ればゆるくカーブしたトンネルがどこまでも延びている。碧晄流体は、このチューブの中をずっと流れていくのだろう。

「あそこのプールはただの中継点みたいなものだと思う。流体はこのチューブを通って別の施設に流れていくんだよ。多分そんな風にして、ぐるぐる循環してるんじゃないかな」

「じゃあ、あの水門は……」

「別の……つまり、近くの遺跡と繋がるチューブ。あそこから流れてきたのがプールに溜められて、別のとこに送られる。あれが入口だとすれば出口もあるはずで、水流はそっちに向かって動いてた。流れに身を任せれば、アルファのいる方に行けると思ったの。当たってたね」

「どうしてわかる？」

「古代文字を読んでたらわかった。読めないところもいっぱいあったけど、かき集めた情報を総合すれば、そうなんじゃないかなって。だから水門を動かしてみようとしたんだけど……」

そこにたまたま、間抜けな花人が立っていたというわけか。アルファは笑うしかなかった。

リュックから数匹の紋様蝶がひらひら飛び出てくる。それらはハルのコマンドを受け、アルファの知らないパターンで明滅を続けた。次の瞬間、どこかでなにかが開く音がした。

「──これでよし。これだけ長い水路なら、等間隔にメンテナンス用の通路があるはず。スメラヤたちにも位置を伝えてるから、ちゃんと戻れるはずだよ」

びしょ濡れのハルは、心なしか楽しそうだった。

「この地下施設は生きてるんだ。流体の循環システムとか、換気機能がちゃんと動いてる。もしかしたら全部の遺跡が地下で繋がってるかもしれない！　大発見だよアルファ！」

それにしたって、どんな危険があるかもわからなかったろうに――アルファは思わずにいられない。流れができていると言っても、その先が安全だという保証などなかった。水路が枝分かれしているかもしれないし、行き止まりだったかもしれないし、異物を排除する装置などあった日には目も当てられない。なのに、こいつは、自分を助けるために。

「……アルファ？　聞いてる？　どうしたのー？」

「聞いてるよ」

無茶。向こう見ず。お節介。こうと決めたら脇目も振らない。

そういう奴に振り回されるのは、いつも大人しくしている方だ。

けれど、そういう奴がいなければ、変わるものも変わらないのかもしれない。

アルファは立ち上がり、外套の水を払った。身体的には問題ないどころか絶好調だ。むしろハルの方を気遣う必要がある。

「行こう。みんなにはこっちの位置がわかるんだな？」

「大丈夫。紋様蝶とリンクした子がスメラヤと一緒だから、向こうもわかるよ」

「じゃあまずは見つけられる場所に出ないとな。こんなところにいちゃ誰も来られやしない」

ハルの顔が「ぱぁっ」と華やいだ。跳ねるように立ち上がり、リュックを背負い直す。

どこかから風が来ている。二人、風の元を追い、並んで歩き出す。

❀❀❀

開かれたハッチをくぐると、やはり人が通れる通路に出た。いくつもの鉄の扉に区切られた細い通路は、小型の遺跡にはよくある光景だ。アルファは振り返り、ハルがちゃんとついてきていることを確認する。ふと、その頭が気になった。

「……その傷」

「ああ、これ？　もう血は止まってるから心配いらないよ」

「そうか。なあ、それ……『痛い』か？」

ハルは即席の包帯に軽く触れ、もう乾き始めた血を指でなぞる。

「んー、どうなんだろ。気にし出したら、まあ、気にはなるけど」

「けど？」

「まあ、そんなにかな。わたわたしてたら、痛いのなんて忘れちゃった」

言って、ハルは照れくさそうに笑った。

そうか——とだけ返して、アルファは歩を進める。一人でいる時よりも歩調を緩めて。

「——お前が踏んでしまった、あの花な」

歩きながら切り出す。これも、ちゃんと言わなければならないことだと思ったからだ。

「あ……」

後ろからハルの緊張が伝わる。肩越しに振り返り、しょぼくれた顔を見返した。

「そんな顔するな。……別に、深刻なことじゃないんだ。碧暁流体（へきこうりゅうたい）を使えば治せる」

「ほんと!?」

「ああ。けど、今はちょうど学園の在庫に余裕がなかった。だからここに採りに来る必要があったんだ。あんなに大量に見つかるとは思わなかったけどな」

「どうやって治すの？　流体に浸（つ）けるとか？　それとも水の代わりに注ぐの？」

「そういう使い方をすることもあるけど、損傷が激しい部分には別のやり方がある。なんというか、こう……一回、封じるんだ」

「『封じる』？」

「琥珀（こはく）って知ってるか？　あれと同じ風にして、樹脂と混ぜた流体を固形化させる。その中に傷付いた花を封じ込める。全体を包み込むことで、傷付いた部分を癒（いや）すんだ。終わったらそれごと植えればいい。流体が融（と）けて、花が地面にまた根付く」

「おお……じゃ、じゃあ……！」

「少し時間はかかるけど、元に戻る」

ハルは、心からの安堵（あんど）を見せた。

笑ったと思えばしょぼくれて、そうかと思ったらまた笑って。表情がころころ変わる奴（やつ）だ。

　人間の相手は初めてのはずだが、どこか懐かしい気持ちもあった。同じように感情がころころ入れ替わる奴が昔いた。よく笑って、よく怒って、よく喋った。自分とは大違いの奴が。

「そういえばさ。ずっと聞きたかったことがあるんだけど」

「なんだ？」

「あの花にも、名前があるんでしょ？　――どんな子だったの？」

　そう聞かれることはアルファも予想していた。

　けれど、その上で、詰まった。

　返事をしようとして、言葉に迷う瞬間が確かにあった。

「……あー、もし話したくなかったら、無理にとは言わないけど」

「いや、いい。多分そのうち話さなきゃいけなかったことだ。――ただ、少し、どう言えばいいかわからなかった」

「そっか」

　ハルは待った。わずかに間が空く。嫌な沈黙ではなかった。細く長い通路を進み、前を見ながら、アルファは自ら過去を掘り返すことを決断する。

「あいつの名前は、ベルタ。ワスレナグサだ。ああなって、もう随分長い」

　忘れてはいない。だが思い出そうともしなかった。

　あいつがいた時といない今とでは、状況になんの変化もない。日は昇り、森は深く、学園も花園も変わらずあって、花人たちも変わらぬ営みを繰り返していた。ただ、その顔ぶれをほんの少し変えただけで。

同じところを回り続ける時間の中で、置いていってしまった花の色を思い出す。

「ベルタは、わたしの相棒だった」

❀❀❀

『月の花園』には、常に学園の最高戦力が配備される。

花園は、人の姿をなくした花々の最後の安息の地である。そんな場所を管理するのは花園を確実に守れる存在でなくてはならず、『花守』とはすなわち、最強の花人の称号でもあった。

それが、ワスレナグサのベルタ。最初の『花守』で、アルファの名付け親だった。

具体的にどういう奴だったかというと、まず「変な奴」と言わざるをえない。

いつものほほんとしていて、妙なところで抜けている。こっちが注意しないと道端の石ころにも躓くくせに、肝心なところは絶対に見逃さない鋭さがある。

しかも、何故かアルファに『花守』の仕事を教えることに熱心だった。

「わかる？　ここをこうしたら、次は――」

「…………」

で、アルファはそれが嫌で、しょっちゅう逃げ出そうとするのが日常だった。

「はいダメ捕まえたっ！　大事な手順の話してるでしょ今。ちゃんと聞く！」

「うわっ……！　は、離せ！　わたしは今日こそ東の森を探検するんだ！」

「なーに言ってんだか、よわよわのくせに。こないだ装備勝手に持ち出して抜け出そうとしたの忘れてないかんね。ナガツキにこってり絞られたのに、懲りてないわけ？」

それでも、あっという間に捕まってしまう。どこからどう見ても隙だらけなのに、抜け出そうとして逃げおおせたことは一度もないのがアルファは気に入らなかった。

「ナガツキたちだけ不公平だぞ。どうしてわたしは探索班と一緒に行けないんだ？」

この頃のアルファは、とにかく外に出たくて仕方なかった。動きも喋りもしない花々の世話のどこが楽しいのかわからなかったのだ。

「そりゃナガツキたちも頑張ってるけど、こっちの仕事だって必要なことだよ？」

「わたしじゃなくていいだろ。というかお前だけで充分なんじゃないのか？」

「そういうこと言ーわーなーいーー！　大体、花園って広いんだから！　一人だけじゃ大変なんだし、同じ時期に咲いた同期のよしみってことで、手伝ってよー！」

今頃ナガツキなどは、未開の森を切り開く「探索班」として、日々発見に満ちた冒険を繰り返しているだろう。アルファはそっちに合流したいのだが、満場一致で許可が下りない。お前を連れていくと、勝手にどこまでも突っ走ってしまいそうだ、というのがナガツキの談だが心外にもほどがある。心当たりは——なくはないものの。

ともあれ、このままゴネても無駄だろう。アルファは長い長いため息をつき、観念した。

「……今日のところは、付き合ってやる。今日だけだからな」

「やたっ！　じゃあ、こっちはね——」

言って笑う彼の顔は、いつどんな時も朗らかで。

それでも、武器を持てばベルタは無双だった。他に仕事がない時などは、ずっと二人で模擬戦闘に明け暮れたものだ。しかし、アルファがベルタに勝てたことは一度もなかった。

「終わり？」

「……まだまだ」

何度も立ち上がるアルファに、ベルタがにんまり笑って——そんな光景が続いたものだ。

あるいは、降って湧いた緊急事態などにも、ベルタの存在感は大きかった。

警鐘が鳴り響く。「襲撃」を意味するそれに、ベルタとアルファはいつも最初に反応した。

武器を取って飛び出し、学園の敷地（しきち）にまで踏み込んできたモノと対峙（たいじ）する。

「高純度古代兵装（アンティーク）、鉄茨拘束解除。Ⅳ式廻転双鋸（よんしきかいてんそうこ）【ジメイショウ】起動」

両手に持った二刀一対の鋸（のこぎり）が、高速で回転を始める。ベルタ以外には使いこなせない高性能の専用武器。研究班が開発し、初めて実用化に至った『高純度古代兵装（アンティーク）』の第一号だ。

彼がそれを振るう時は常に舞うようで、蒼い軌跡と重なって原型を留めていた敵は一体といなかった。敵陣の真っただ中を突き抜けながら、ベルタが傷付くことは一度もなかった。

深い樹海に花人の生活圏を維持できたのは、ベルタとアルファの尽力によるところが大きい。そもそも最初から花人の領地が決まっていたわけではない。居住区を作り、同族を集め、施設を整えて——長い時間をかけて学園というテリトリーを作ってきたのだ。剪定者が学園に攻め込んできたことも多々ある。その全てを退けることこそ、生存する上で必要不可欠だった。

外を探索し、プラントのどこかにいる花人を発見・保護するのがナガツキ。

拠点を守り、プラントの一角に学園という場を維持するのがベルタ。

この二人を中心として、今日に至るまでの花人の生活様式を作り上げていった。

ある時、こんなことがあった。

夜更けに学園を剪定者の群れが襲った。これまでにない大規模な襲撃だ。

戦闘は熾烈を極め、戦って戦って、最後の一体を破壊する頃には日が昇っていた。

濛々と立ち込める黒煙を、朝の白い日差しが貫いていたのをアルファは覚えている。

見ればすぐ近く、折れた木の幹にベルタが座っている。目が合うなりなにか言おうとして、彼は「けほっ」と咳き込み、口からぽっと煙を出した。気を取り直して、笑いかける。

「アルファ、生きてる？」

「ギリギリな。……ナガツキはどこだ？」

「あっちでひっくり返ってる」

見れば赤い奴が敵の残骸の上で伸びている。あいつも今回ばかりは精魂尽き果てたようだ。

奇跡的に犠牲者は出なかった。探索組と常駐組が両方とも学園にいたことが大きい。全員の花人が迎え撃つことで、誰も失うことなく撃退できたのだ。

それが偶然ではないことに、アルファは気付いていた。

「どうしてわかった？」

「んー？」

「今日の探索計画を中止させたのはお前だ。いつもは絶対あんなこと言わないのに、今日だけ違ったのは、こいつらが来ることを見越してなんじゃないか？」

ベルタが珍しく返答に詰まる。図星のようだ。変な話だからなぁ——とまごつく彼に、いいから話せと促す。ベルタが変な奴なのは今更だし、彼の話を信じないわけがない。

ようやく踏ん切りがついたようで、ベルタは空の向こうを見ながら言った。

「北の果てに赤い流星が落ちた」

「なに？」

「正体はわからない。見に行ったわけじゃないしね。けどあんなの今まで見たこともなかったから、なんとなく胸騒ぎがしたんだ。それだけ」

「空から落ちたのか？　播種じゃなくて？」

「どうなんだろう。世界樹の活動だったらなにか前兆があると思う。でも、なんとなく――」

視線の果てには、朝霧に霞む世界樹。ぼんやりとしたシルエットしか見えないそれは、花人たちが目覚めるずっと前からプラントの中心にある。目を細め見上げるベルタの表情には、ある種の畏怖の気配があった。

「あれを調べたら、いけない気がする」

ベルタは結局、アルファ以外に『赤い流星』について話すことはなかった。

また、これを機に、学園への直接的な襲撃は途絶えることとなる。以降は学外での散発的な遭遇戦があるのみで、この時点では皆、剪定者とは野生動物の亜種のような認識でいた。

こうして、花人たちの生活は盤石のものとなっていく。生きた日数を指折り数える必要もなくなり、長い時が経って、仲間は増え、学園は日を追うごとに賑やかになっていった。

ベルタについてもうひとつ、確実に言えることがあるとすれば、「いい奴」だった。

いつも自分より仲間のことを考えていた。

もしかしたら、それがいけなかったのかもしれないけれど。

最初に目覚めてから長い時が経ち、学園も随分立派になってきた。

アルファの脱走癖はそれからも続いた。手を変え品を変えて遠出しようとするこちらを、しかしあちらは確実に見つける。その光景はもはや学園の恒例行事とさえなっていた。

生活は順調だ。それが不満なわけではない。だが——いや、だからこそと言うべきか。アルファの中にはずっと、うっすらとした不安があった。

ある時『月の花園』で、こう話したことがある。

「思うんだ。いつまで、こうしてられる？」

「こうしてちゃいけないの？」

「駄目なんじゃない。わからないんだ。世界樹や、プラントそのもののことだってそうだ。なにもわからないまま、なんとなく暮らしてる。そりゃ、今の生活は安定してるさ。けどこれがずっと続くなんて言い切れるか？　もしかしたらまた剪定者の襲撃があるかもしれないし、もっと酷いことが起こるかもしれない。今のわたしたちは……たまたま運良く生きながらえてるだけなのかもしれないんだ」

「…………」

「——そもそも。わたしたちは、どこから来て、どこへ行くんだ？」

花人はこの森に咲き、意思と言葉を持って活動している。それは何故で、なんのためなのか。答えが得られないまま生きているのは、濃い霧の中を歩いているような気にさえなる。

「……あたしはさ。みんなが幸せなら、それでいいかなって思うよ」

「呑気なことを……。その幸せとやらが、いつ終わるかわからないって話をしてるんだ」

「終わらせないために、毎日必死に生きてる。学園を作って、武器や装備を整えて、周りの安全を確保してさ。そうやってみんな安心して暮らせる場所が、やっとできたんだよ」

「これまでは運が良かったんだ！　けど、この先はなにがあるかわからないだろ⁉　だったらこっちから外に出向いて、この世界とか、自分たちのことを少しでも知るべきじゃないか！」

この時点で、花人たちの間ではうっすらとした意見の対立が起こりつつあった。世界樹を調べに行くべきという派閥と、あくまで自分たちの生活を守るべきという派閥だ。

前者は探索班を中心に、アルファのような特に冒険心の強い花人の主張だ。この世界で生きていくには、中心にある世界樹を調べ、その仕組みを理解する必要がある。もしかすれば各所の遺跡のように、なにか大発見があるかもしれない。そうすれば、学園での暮らしがもっと豊かになる、というものだ。これは今後も起こりうる剪定者の襲撃を危惧しての意見でもある。

後者は、危険だからこそ、学園の設備を万全にしなければならないという考えだ。リスクはできるだけ小さくした方がいい。以前と比べて探索班の行動範囲が広がってはいるものの、未踏査地区は未だに危険で溢れている。焦ることなく、一日でも長く安全を維持しながら、ゆっくり活動圏を広げればいい。ベルタは、こちらの考えだった。

両者の対立はナガツキらリーダー格によって抑えられているが、顕在化も時間の問題だ。

「……大変な時が来たら、またみんなで考える。そうやって乗り越えるよ。何度でも、今まであたしたちがやってきたみたいに」

話にならない。アルファは舌打ちとともに会話を打ちきる。

──お前ほどの奴が、なにをそんなに怖がっているんだ。

ベルタは誰が相手だろうと勝ってきた。学園で彼より強い花人はいない。ベルタが陣頭に立てば、花人は緑深い樹海の闇にだって果敢に切り込んでいけるはずだ。アルファの苛立ちは、ベルタのことを強く信頼するが故のものでもあった。

「アルファ」立ち去ろうとする背に、落ち着いた声がかかる。「どうしても、この状況を変えたいの？　そうしなくちゃアルファは幸せになれない？」

「……わたしはそう思ってる。生きるためには、ちゃんと知らなきゃならない」

「そか」

それが、二人が交わした最後の会話となる。

この先の出来事について、アルファの記憶はあいまいだった。あまりにもショックが大きいせいで、出来事を断片的にしか覚えていなかったからだ。

翌日ベルタは姿を消した。誰にも行き場所を告げなかった。

最初のうちは誰も気にしなかった。なにしろ学園最強の花人のこと、心配など野暮だと。

しかし、一日を過ぎた辺りでベルタを案ずる声が増えてくる。そもそも『花守』が花園から長時間離れるなどそれ自体が異常だった。

学外に向けた捜索隊が組まれ、そこからまた数日をかけてベルタを探し回った。いつもの探索ルート、発見済みの遺跡、あるいはコースから離れた森の奥地にまで。

そして、彼らはそれを見つけた。

場所は学園から遥か北の森の奥地。花人たちがまだ名前さえ付けていない未踏査地区に彼はいた。いや、「あった」という方が正しいだろう。

発見されたのは、ただ一輪のワスレナグサだった。

「剪定者の武器によるものじゃない」

その夜のことはろくに覚えていないはずなのに、初代の研究班長の言葉はやけに記憶にこびりついていた。彼は回収したベルタの装備を分析し、知的好奇心も忘れ、ただ戦慄していた。

「切れ口が鋭利すぎる。剪定者の大型ブレードじゃこんなことにはならない。――ベルタほどの奴が、どうしてこんな無惨に……」

作業台に並んでいたのは、衣服や装備などの、ベルタが身に着けていたと思しきものだ。

それら全てが、形や硬度にかかわらずバラバラに切断されていた。

例外はない。元通りに並べたら、そのままくっつきそうなほど綺麗な断面だった。

結局、ベルタを斃したモノの正体はわからずじまいだった。それでも、誰も調査に出ることはなかった。最強の花人の死は、学園にそれほどの恐怖と驚きをもたらしたのだ。

アルファだけが例外だった。

恐れを知らなかったわけではない。それを上回る激情に支配されていた。

ただ、森の果てへ。あの日ベルタが行った方角へ。見たこともない伐採者の痕跡を求めて、勝算もなにもないまま、量産型の武器を持って。数人がかりで抑え込まなければ、アルファは本当にどこまでも行ってしまっていただろう。結局ナガツキが抑え込み、ほとんど監禁状態のようにしてまで行動を制限しなければ、アルファが落ち着くことはなかった。

やがて生き残った花人の間で、ある共通の認識が出来上がる。

――樹海の果てには「なにか」がいる。

ベルタさえ勝てなかった、恐るべきなにか。すなわち花人にとっての「死」そのものが。必然として未踏査地区の探索を求める声は萎み、学園全体の方針が、自然と自らの生活圏を守り続ける側へとシフトしていった。

今となっては、当時を知る花人はほとんどいなくなった。しかし事実は逸話となり、逸話は噂となり、噂は迷信となり、迷信は掟となって今なお命脈を保っている。綿密に組み上げられた探索ルートは、そのどれもが決して森の果てには行かないように作られている。

不確定要素の起こりづらい、安全が確保された巡回ルート。その外には絶対に出ないことを前提とした上の。花人たちが生きているのは、そのような限定された楽園だった。

緑豊かな牢獄の中にいて、アルファはゆっくり、ゆっくりと全てを諦めていった。

変化には喪失を伴う。それは誰かの大切なものかもしれない。あるいは、自分の。ならばもう、余計なことは望むべきではない。ただ生きていればいい。「死なないだけ」の毎日も、それが続くのならば幸せだろう。ベルタはそのことを、身をもって教えたのだ。

なにも忘れない。だから、なにも変わらなくていい。いつまでも。

❀❀❀

道すがら、ハルはその話を黙って聞いていた。

長く細い通路が続いている。曲がり角を何度も経由し、薄暗いトンネルをただ進む。

「昔の話だ。もう、悲しいわけじゃない。……けど、たまに考えることがある」

「なにを？」

「あの時、あいつがどうして一人で出ていったのか。……もしかしたら、わたしが余計なことを言わなければ、ベルタはあんなことをしなかったのかもしれない」

声色はいつもの調子だったが、最後の方だけ、ほんの少し揺らいでいるようにハルには聞こえた。

彼は自分を責めているのだろうか。

そう思えたからというわけではないが、ハルは自分の解釈を口にした。

「――ベルタは多分、『赤い流星』を探しに行ったんじゃないかな」

「ん……？」

「言ってたよね。襲撃の時に見たって。ベルタはずっとそれを気にしてたんじゃないかなって思うの。あれを調べれば、なにか変わるかもしれない。アルファが知りたがっていたことについて、なにかの手掛かりになるかしれない……って」

「そんな……だとしたら、どうしてわたしになにも言わなかった？」

ハルには、ベルタの気持ちがわかるような気がした。同じ状況になったなら、自分だってそうしたかもしれないからだ。

「アルファを、がっかりさせたくなかったんだと思う」

「がっかりだって……？」

「だってそうでしょ？　行ったってなにもないかもしれない。もしそうだとしても、自分一人なら自分が諦めるだけで済むよ。けどアルファに教えちゃってて、それでなにもありませんでしたなんて凄く(すご)がっかりさせちゃう。変に期待させた分だけ余計にね。だから、自分だけ先に行って、それがなんなのか調べようとしたんじゃないかな」

「……そう、か」

もちろん、これはただの推測に過ぎない。ベルタが本当はなにを思っていたのかなんて本人以外には知りようがないし、それが語られることはきっともう永遠にない。

しかしアルファは異論を挟まなかった。前に向き直り、噛み締める(か)(し)ように呟いた(つぶや)。

「だとしても、わたしは、あいつに話してほしかったよ」

「……うん。そうだね」

長く細く、薄暗い通路を行く。幾度もの角を曲がり、分岐を経て、階段を上っては下りて。

そうしているうちに、出口のようなものが見つかる。

天上に付いた四角形のハッチだ。アルファがごんごん叩いてみるが、ビクともしない。

「ハッチが閉じてる。どうだ？」

「ちょっと見せて」

ハルが代わり、紋様蝶が反応していることを確認。大丈夫だ。これなら開ける。

「【開放／メンテナンスハッチ】」

紋様蝶が煌めいたかと思えば、すぐ重い音を立ててハッチが開いた。塵と埃に咳き込みながら顔を出すと、懐かしくすらある陽光に照らされた。順番に這い出て辺りを見渡すと、そこは見覚えがある遺跡の入り口付近だったことに気付く。

「『シェルター』!?　ここに出るんだ……！」

「だとすると結構歩いたな。……まさか、本当に遺跡同士が地下で繋がってたなんて」

紋様蝶が近くの群れと合流し、ひらひらと飛び去っていく。ハルはそんな彼らに礼を言って見送り、改めてアルファに向き合った。

「——あのさアルファ。少しずつ、色んなこと知っていこうよ。あたしは、あたしが考えたことや見つけたことは、みんなにちゃんと話す。もしかしたら失敗したり、立ち止まったりもするかもだけど……あたしなりにやってみるから。そっちも、なんでも話してほしいな」

アルファは驚いた顔をした。決意に満ちたハルの顔を見返し、ほんの少しだけ——

「そうだな」

笑った。

ハルの見間違いでなければ、だが。

「まことに!!　申ッッッッし訳ありませんでしたアッッッ!!!!」

土下座というのは古代から続く伝統的な謝罪方法であるらしい。

なんでも相手より遥か低い位置に頭を置くことで、上下関係の違いを示すのだとか。頭を地面に擦りつけることで大地と一体化し、「自分は咲き誇る価値もない痴れ者です」という意思表示も兼ねているとかいないとか。迫力が凄い。圧倒されたのはアルファの方である。

「いやわたしは、」

「この度の不手際は自分一人の判断ミスッ！　アルファ殿がいることにも気付かず水門を開くなど決して許されることではありません!!」

「だから別に、」

「しかしハカセや他の皆は無関係であり、あくまで自分が先走ったまでのこと!!　かくなる上は太古より伝わる謝罪方法にて自分一人が腹をばカッ捌いて」

「話を聞け!!」

アルファはクドリャフカの首根っこを掴み、片手で引き上げて自分と目線を合わせた。

「……確かに、うっかり水門を開いたのはお前だ。けど、あそこで馬鹿みたいに突っ立ってたのはわたしだ。どっちもどっちってことだ」

「そうでありましょうか……!?」

「不注意はあったかもしれないが、お互い様でもある。だからお前が謝る必要はない」

「い……言われてみれば、そうかもしれないような気がしなくも……!?」

「そうだ。次からはわたしも気を付ける。それで話は終わりだ」

「なるほど!!」

手を離され、クドリャフカの背筋がピンと伸びた。

「では今後、互いにこれまで以上の注意をもって作業に当たりましょう！　ご安全に!!」

「…………ああ」

頷くアルファはさっきより疲れているように見え、ハルはつい笑いそうになってしまう。

それから地下施設や碧晄流体の循環経路について報告し、簡単な身体検査を行って、学園に帰投する運びとなった。結果的には、資源・情報ともに過去に類を見ない大収穫だったと言える。スメラヤは大興奮しており、一気に見通しが広がった遺跡探索について早くも計画を組み直している。フライデーもまた、紋様蝶の生態について大きな資料的価値を感じており、今後の調査に高揚しているのが見て取れた。

　ああでもないこうでもないと話し合いながら進む一団。その最後尾を、ハルとアルファがゆっくり歩いている。流石に疲れて、しかしどこかすっきりした様子で、のんびりと。

「お前、これから大変だぞ」

「かもね」

「かもね、じゃないだろ。資料班からも研究班からも引っ張りだこになるんじゃないか?」

「だと思う。言われた通りにするよ。——でも」

「ん?」

「まずは、花のお世話のことを教えてほしいかな。みんなにはちょっと待ってもらうつもり」

　そうか、頷くアルファ。喜びも嫌がりもせず、彼の反応は淡白なものだった。多分、ハルがどういう結論を出してもそうなのだろう。ハルにとってはそれが逆に嬉しかった。

　やがて学園が見えてくる。巨木の化石は微動だにせず、住民の帰還を待っている。ハルはその又のあたりを見上げてみる。ここからでも花園の色彩は見えるだろうか——

「おい、ハル」

　固まった。かろうじて、返事はできた。

「はい」

「なにが『はい』だ。花の世話の前にやることがあるから、先にそれを教え……なにやってる？」

見てわからないか。驚いているのだ。

……などと懇切丁寧に説明できる余裕もなく、ハルはただぽかんとしている。今。アルファの方から。「人間」ではなく。

ハルの驚きをようやく察して、アルファはバツが悪そうな、照れくさそうな顔をした。

「……変な顔するな。名前ってのは、呼ばれるためにあるんだろ」

そう言い残して踵(きびす)を返(かえ)し、先頭集団を追い抜く勢いでずんずん進む。

「あっ、ちょっと！　待ってよ！　アルファー！」

慌てて追いかけるハル。追い抜かれた花人(はなびと)が驚いてそれを見送る。

近付いてくる学園の姿は、いつもよりも懐(なつ)かしく、頼もしく見えた。

焦燥と共に戻った、襲撃の夜より。まだなにも知らなかった、目覚めの日より、ずっと。

❀❀❀

ある日、花園に見覚えのある花人(はなびと)が訪れていた。

紋様蝶(もんようちょう)を用いた実験を終え、レポートを提出したところだった。アルファは図書館で作業があるというので、戻るまで自分が花の世話をしなければならない。そんな折のことだった。

「――ウォルク？　ネーベル？」

彼らは花園の片隅にしゃがみ込み、ある花を見下ろしていた。

「……ん、ああ。お前か」

「こんにちはです、ハル」

「う、うん」

正直、ハルは緊張した。キウが命を落としてからというもの、ろくに会話したことのなかった二人だ。いつかちゃんと話をしなくてはと思っていたのに、向き合うのが怖くて今までコンタクトを取れなかった。――恨まれているかもしれない、と思わないこともなかった。

「え、と。……花、見てるの？」

「ああ。たまには挨拶しなきゃって思ってさ」

二人と並び、視線を追ってみると、思った通りの花があった。

黄色いチューリップ。

蕾（つぼみ）に色が付き始める頃だった。二人が彼を見に来たのは、これが初めてのことだ。

また少し沈黙がおりた。気まずい、などと言ってはいられない。ハルは意を決して、

「あのさ」「なあ」

声が重なった。

お互いにまごついて、「お先にどうぞ」「いえいえ」的な謎の譲り合いが発生する。そこからネーベルが促し、先にウォルクから話すことになった。

「──悪い。オレ、今までお前のこと避けちゃってた。別に嫌いになったんじゃなくて……色んなことがありすぎて、あんま余裕なかった」

当然のことだと思う。ずっと一緒にいた仲間を失う辛さは、ハルには想像するしかできない。しかも、キウ班に関してはまだ一月と経っていないのだから。

「あたしこそごめん。ほんとはちゃんと話さなきゃいけなかったのに、どんな顔して会えばいいのかわからなくて。……でも、それで遠ざけちゃってたら意味ないよね」

「お互い様だな」

言って、ウォルクは少し笑う。ネーベルが、チューリップの葉を指先で優しく撫でていた。

「気持ちの整理とかは、なんとかつきましたから。一度ここに来て、キウがどこに咲いてるのかちゃんと知っとかなきゃって思ったんです。この先のことを考えると」

「この先……？」

「聞いたことはあってさ。花になった仲間が、その後どうなるのか」

花人の命は、いずれ終わる。

死んだ花人は、花として再び咲く。花園は、死んでいった彼らの眠る揺りかごだ──もうハルも知っていることだ。だが、「この先」とか「その後」とはどういう意味なのだろう。

「知らないか？　花になった奴も、その後、もう一度花人として咲くかもしれないんだ」

一瞬、頭が真っ白になった。

花は、また咲く。――キウが死んだ時、ナガツキが言ったことだ。

あの時は花園の一部になることだと思っていた。だが、それだけではない、いとしたら。

「じゃあ――じゃあ、キウとまた会えるかもしれないの!?」

「うわっ、と……！　きゅ、急に乗り出してくるな！　転んじゃうだろ！」

「あ、ごめん！」

体当たりのような勢いで迫ってしまった。ウォルクは気を取り直して、

「絶対にそうなるわけじゃないけどな。時期とか、花の状態とか、あとは……気候とか？　それに世界樹の活動も関係あるって聞いたことある。とにかく色んな条件が重なれば、また咲くかもって。オレはあんま詳しくねーけど、前にもそういうケースはあったらしいんだ」

「はい。『花守』がここを守るのは、その瞬間のためでもあるって聞きました。ここにいるみんなは……言いすぎかもですけど、全員、また咲く可能性があるんです」

「……!!」

ハルはたまらなくなった。許されるなら、この場で飛び上がって大声を出したいくらいだ。

しかし、ウォルクたちの表情はそれでも浮かない。

「――色々考えてたんだけど、オレたち、どんな顔してアイツに会えばいいのかな」

二人の表情には、まだ色濃い罪悪感や後悔が残っている。

ハルも同じだ。ずっと、ずっと考えていた。

また会えるのなら。言うべきこともあるかもしれないが、なによりもまず。

「あなたに会えて、嬉しいって。──まずは、それでいいんじゃないかな」

ウォルクとネーベルは、目を丸くしてハルを見ていた。

ややあって目を見合わせ、笑う。

「……そうだな」

「ですね」

花はまた咲く。そうしたら、また会える。

少なくとも、可能性がある。それは希望だった。

黄色いチューリップの蕾は、じきに花開くだろう。

❀❀❀

【起動】

【各部駆動状況確認／……／…………／完了】

【記憶領域の整合性をチェック／完了／問題なし】

【光学神経及び量子演算装置稼働／No.1302ビオトープとのシステムリンクを開始】
【――以降、管理権限は本機に譲渡される】

廃墟の奥底だった。花人たちが『遺跡』と呼ぶ場所と似通っているが、それよりも冷たく生気に乏しい。花人はおろか、およそ生物と言えるものの気配が欠片もない。

そんな中、ある者が目覚めた。

姿は少女に見える。しかし体表面に血の気はなく、顔は能面のように表情がない。彼女が裸足で歩くたびに、かつんかつんと硬質な足音がした。

少女は蒼い瞳を明滅させ、言葉もなくなにかのコマンドを飛ばした。

瞬間、廃墟のまだ生きていたシステムが一斉に反応し、全体に通電して全ての隔壁を開く。

長い長い隔壁を突き進み、少女が外に出る。

眼前に広がるのは、緑豊かなプラントの樹海ではない。

見渡す限りの荒野。倒壊し、砂塵に埋もれた建築物――かつてそこにあったであろう文明の残滓。獣も鳥も、蟲も魚も人も、花も存在しない。この世界を支配するのは、死の静寂そのものだ。

少女はその光景に眉ひとつ動かさず、視線をついと上げて、地平線の果てを見通した。

肉ならぬ体で観測を続け、妖しく光る双眸は、彼女にしか認識できない「なにか」を摑んだ。

そして、時が止まったかのような無表情が、ようやく動く。

「いた」

笑ったのだ。

彼女の体を構成する物質は、その全てが剪定者のものと同じだった。

4

「――つまり、ここに書かれてることは大筋じゃ間違ってない。けど所詮は大昔の情報だ。そのまま真似(まね)しようとしたって、『月の花園』には合わないこともある」

「ん～……プラントの環境は本の内容とは違うってこと？」

「そうなる。環境が変われば、花の咲き方も違うからな」

ハルたちは、図書館の一角に陣取って「勉強会」を行っていた。内容は園芸についてだ。

今回はアルファが教師役となり、間違って覚えていたところを教え直してくれている。

「本で得た知識と合わないところは、もう実際にやって慣れるしかない。慎重にな」

「例えばどんな？」

「例えば……そうだな。昔あって、今はないもの。『季節』っていうのがそうらしいと聞いた」

『季節』――ここで目覚めてから一度も耳にしたことのない言葉だ。

ただ、記憶の片隅になんとなく残っていて、聞くとなんだか懐(なつ)かしい気持ちになった。

「それって、一年を四つに分ける時期のことだっけ？」

「らしい。暑かったり寒かったり、湿気があったりなかったり。昔はそれに合わせて花が咲いたり枯れたりしてたみたいだ。今は基本、気候はずっと一定だから、その点じゃ楽かもな」

「けど、その暑い時期や寒い時期が好きな花もいたんじゃない？　今はどうすればいいの？」

「こっちで生きやすい条件を整える。研究班に機材を作ってもらってな。そっちの操作を覚えるのも『花守（はなもり）』の仕事だ」

なるほど奥が深い。環境がずっと一定というのは一見楽なようだが、逆にある程度こちらが条件を整えてやらねばならない場合もある。

それにしても今使っているこの本は、随分読み込まれているようだった。

遺跡から発掘したものである以上、紙の本はどれもボロいのがお決まりだが、これは輪をかけて傷んでいる。幾度となくめくられたページは擦り切れ、あちこちに古い付箋や古代文字の記されたメモが挟まれている。園芸に関する本は全部漁（あさ）ったつもりでいたが、アルファが隅っこから引っ張り出したこの本はフライデーすら存在を知らなかった。

「この本はベルタの愛読書でな。あいつはわたしたちの中で一番古代文字に詳しかった。だからわたしも、この本から花園の管理の仕方を勉強したんだ。あちこちにメモがあるだろ？」

――これが、ベルタの文字。

ベルタのメモは独特な筆跡で、いかにも形だけを真似（まね）たというような不格好さだった。それでも、ちゃんと読み解くことができた。元の本に記された情報に、今のプラントの環境に即した訂正や注意書きが添えられている。

ハルは本を読み進めながら、自分自身の手帳にも覚えたものを整理して記す。もしかしたらこの手帳も、いつか誰かの参考になるかもしれない。そう思うと少し愉快だ。

「――今日は、ここまでにするか」

やがてステンドグラスから差し込む陽が赤みを帯びた頃、アルファは静かに本を閉じる。

「あ、そっか。もう夕方！」

「約束の時間を過ぎてる。そろそろ出来上がってる頃じゃないか」

勉強の後、研究室に大事な用があった。今日は紋様蝶を使った実験ではない。

頼んでいたものを受け取らねばならない。


「おお、よくおいでになりましたな!!　約束の品はちょうど今できるところですぞ!!」

ドアを開けるなり壁のような大声に迎えられ、思わずのけぞるハル。アルファはドアが開く前から耳を塞いでいた。彼はどうも、クドリャフカのことが苦手らしい。

「ありがとう！　どこで作ってるの？」

「こ、こっち、です」

見れば、スメラヤが碧晄流体の調合装置を操作していた。タンクの片方には流体が、もう片方には時継樹と呼ばれる樹木の液が詰められており、チャンバーで反応を起こして目的の薬剤に変質しているようだった。――その中に、彼もいる。

「こ、この手の保存処理をすることは、何度かありましたけど……こういう形にするのは、初めてです。よかったんですか？」

「いい。封じ込めてさえいれば、どんな形でもちゃんと治る」

「こういう形って？　なにか特別な形にしてるの？」

頼んだのは二人でだが、ハルは細かい部分まで関与していない。アルファはけろっとして、

「見ればわかる」

いくらもしないうちに、処置が完了した。

チャンバーが開く。白い冷気が溢れ出て、その向こうに、重いのほか小さな塊があった。

ベルタ。ハルが踏んでしまった、ワスレナグサの小さな花。

傷付いた花は、碧暁流体と樹液の混合液で固めることで、癒すことができるという。ハルが手に取ったのは、ベルタが封じ込められた碧い琥珀で——その形に目を丸くする。

「これ……栞？」

片手に持てる短冊状で、少し大きいが、栞といって差し支えないだろう。固めるだけなら球でも四角でもよかったろうに、どうしてわざわざアルファはこの形を指定したのだろう。

「持ち運びやすいと思ってな。——それは、お前が持ってろ」

「え？　あたしが？　いいの？」

「いいもなにも、踏んだのはお前だ。その責任を取る意味でも、お前が管理するべきだろ」

少し荷が重いような気もしたが、決して悪い気はしなかった。

アルファはハルの罪悪感を清算しようとしてくれているのかもしれない。なにからなにまでやってもらって、あとはベルタの回復を待つだけとなれば、どうしても後ろめたさは残る。けれど治るまでずっとハルが守り続けることができたら、それでもう差し引きはゼロになるだろう。

「それに、お前は本やら手帳やらをいつも持ってる。一緒に使ってやれば、忘れないだろ」

あ。

「……もしかしてあたしが使いやすいように気を遣ってくれたの？」

「…………合理的に考えただけだ」

「あ！　素直じゃない！　いいじゃんそういうことで！　あたしすっごい嬉しいよ！」

「違う、普通に判断した結果だ、お前がどうこうの話じゃない余計なこと考えるな」

やっぱり素直じゃない。

ハルは早速、愛用の手帳に栞を挟んだ。最新のページ。新しいことが記される度に、この栞も前進する。

もし今のベルタに意識があったら、一緒に手帳を読んでくれるだろうか。

「――ありがとう。この子は、あたしが責任を持って守り続けるよ」

「……ん。頼んだぞ」

改めて礼を言うと、アルファの表情もふっと和らいだように見えた。

ハルとアルファが研究室を去り、スメラヤたちはいつも通りの業務に戻る。

「アルファさん、た、楽しそうでしたね」

「む？　そうでありますか⁉」

「いつもは、も、もっとむすっとしてますから。――よかったなぁって思います」

高純度古代兵装（アンティーク）の整備に関わることで、研究班は比較的アルファと話す機会が多い。そういう時もアルファは寡黙で、悪意はないのだろうが、必要最低限のことしか言わなかった。ドリャフカは良くも悪くもまったく気にしていないので、変化にも気付いていなかった。

アルファがいつも言葉を飲み込み、心になにか重いものを抱えている気配は、常にあった。

それが少しでも軽くなったのなら、いいことだとスメラヤは思う。

研究班の目下の最優先は、剪定者の調査だ。キウ班の襲撃で撃破した「鳥型」含む複数の残骸は貴重な情報源で、ハルの協力によりかなり修復と解析を進めることができた。

そしてようやく、隊長機から取り出した通信装置の修理が完了しそうだった。

スピーカーは完璧。受信装置もまずまず。紋様蝶（もんようちょう）を介したコンタクトに応じ、ハルの声を正確に受信してスピーカーから出力できた。

問題は受信距離である。過日の実験では学園の頂上から研究室までの距離でノイズ交じりだった。今回はより調整を重ね、更にアンテナと接続してみたが、果たしてどこまで届くか。

「クドリャフカくん。ひ、ひとまず、『第一の指』までお願いします。そこを起点として、通信距離を広げていきます」

「了解であります!!　では早速、」

ざざっ――

突然、スピーカーがノイズを吐き出した。

二人は、一瞬硬直した。こちらからはなにも働きかけていない。このノイズの入り方は「距離がありすぎてギリギリ通信を拾えていない」時のパターンだ。では誰が、どこから、何故。

よく耳を凝らせば、ノイズに紛れて誰かの声がする――ような気がする。

『――け――#%た』

途切れ途切れの、何者かの声。なにかを言っている。歌うように、訴えるように。

確実に聞き取ることができたのは、次の単語だけだった。

『せんせい』

❀❀❀

学園の展望台は、図書館から更に枝の回廊を上った頂上にある。

見渡す限り緑の樹海。あちこちから機械的な遺跡が顔を出し、それがまるで湖に浮かぶ魚のようだ。雲を追うように鳥の群れが飛んで、翼の向かう果てには天を衝く世界樹がある。

ここから見える景色が、昔からアルファのお気に入りだった。樹海を見下ろしていると、そのままどこかへと飛んでいけるような気がする。雲を追い、世界樹を追えば、この世界の果てまでも見通せるような。誰にも言ったことはないが。

「ここにいたか」

声に振り返ると、見慣れた赤い奴が苦労して上ってきているところだった。

「ナガツキか。無理するなよ、もう若くないだろ」

「お前には言われたくないがな」

手を取り、引っ張り上げてやる。若さ云々は冗談としても、ナガツキは昔と比べて随分と弱になった。彼の力の行き場を考えると当然のことだ。嘆くつもりも、嗤うつもりもない。

「花園はどうした？　世話をしなくていいのか？」

「試しに、ハルが一人でやってる。もしなにかあったら紋様蝶で伝えるとさ」

「……驚いたな。お前が、他の誰かに『花守』の仕事を任せるとは」

「かもな。……こんな風にぼけっとしてるのも、しばらくぶりだ」

「ハルはどうだ？」

「悪くないな。思ってたより覚えが早い。わたしの手助けもそのうち必要じゃなくなるよ」

「そうか」

「で？」

「ん？」

「ん、じゃないだろ。わたしに用があって来たんじゃないのか。やけに前置きが長いな」

「ああ、そうか。そうだな。——聞きたいことがあってな。誰かの前じゃできない話だ」

「なんだ？」

応じて、ナガツキは言った。

今日の予定を確かめるように。

ただ淡々と、必要なことの確認を取るように。

「お前は、あとどれくらいで枯れる？」

桜の花人アルファと、彼岸花の花人ナガツキは、学園でも最古参の花人である。

同期や近い世代はもういない。みんな先に眠った。そして、学園の黎明期からここにあり、咲き続けていた花にもまた、必然の結末が待ち受けている。

「——心配するな。お前より短いってことはない」

「そうも言い切れないだろう。おれより後に咲いた花だって何度も見送ってきた。花の寿命には個体差があるし、消耗の度合いも違う。……お前が戦ってきた時間は、長い」

アルファは異論を挟まなかった。おおむねナガツキの言っている通りだったからだ。

花人は不死でなければ不老でもない。戦いで命を落とさずとも、この学園で静かに枯れていった花々のことを覚えている。彼らが幸せなのかどうかは、判断がつかないが。

「高純度古代兵装（アンティーク）はもう使うな。この間の戦闘では、勝手に持ち出されて肝が冷えたぞ」

「緊急事態だったから仕方ないだろ。それに、あの時は力を使いすぎないよう手加減した」

長い時を生きた者。戦闘などの過酷な活動で体に負荷をかけすぎた者。そうした花人（はなびと）から色褪（あ）せ、乾いて、土に還（かえ）っていくこととなる。その点、アルファほど長く学園にいて、なおかつ最強であり続けた例は他にない。彼がどこまで「保（も）つ」のかは、ナガツキはおろかアルファ自身でさえ予想もつかないことだった。

「おれたちにはまだお前が必要だ。『花守（はなもり）』だって、学園にはお前一人しかいないんだぞ」

「花の世話ならハルに教えたよ。わたしの知ってることも、ベルタの知ってることも」

ほんの少し前までは、口が裂けても言わないであろうことが、するりと口に出た。

樹海の果てを遠く見通すアルファの表情には、不思議な透明感があった。なにかが抜け落ちたような、重いものを下ろしたような。――より正確には、重い荷物の幾つかを、誰かにやっと分けることができたというような。その横顔を見て、ナガツキは笑う。

「まるでもう終わるみたいな口ぶりだな。流石（さすが）に気が早すぎるだろう？」

「かもな。最近、色んなことを考える余裕ができたせいかもしれない」

「……お前がいなくなると、おれは寂しいよ」

「花はまた咲く。花園（あそこ）でな。知ってるだろ？」

アルファは立ち上がる。地表から巻き上がる風は、いつもいい匂いがする。

「頼みがある。半日の間だけ、花園の世話をしておいてくれないか？」

ナガツキは大きく目を見開いた。最古参でありベルタとも親しかった彼は、花の世話の手順をおおむね知っている。かなり久しぶりではあるが、できなくはないはずだ。

しかし、アルファがそんなことを頼むということは、彼が一時学園を留守にすることを意味する。それも、同じく花の世話ができるハルと共に。

「なに……？　どこかへ行くのか？」

「少し、な。見ておきたいものがあるんだ」

アルファは、さっきからずっと南の果てを見ていた。

世界樹（せかいじゅ）の播種（はしゅ）が行われたあの日、彼がいち早く異常を察知して急行した、遥（はる）か遠くの森だ。

ハルとアルファは、翌日の夜明けと共に出発した。
探索はせず、幽肢馬（カシバ）でひたすら一直線。一人か二人がようやく通れる狭いルートを突き抜ければ、日が高くなる頃には目的地に着くという。
向かう先は、南の森の奥地。ハルが目覚めた、出会いの廃墟（はいきょ）だ。

「――けど、大丈夫なのかな。今から通る道って本当に安全なの？」

「大丈夫だ。考えてもみろ、最初にお前を連れ帰った道だぞ」

確かに。意識もはっきりしていなかったハルを連れ帰るからには、確実に安全と言える道を通るしかない。アルファのルート選択は流石の一言ではあったが、だからこそ不思議だった。

「いつもは学園から出ないんだよね？　なのになんでこんな道知ってるの？」

「昔から知ってただけだ。ベルタから逃げて、遠くまで探索するために作った道のひとつだからな。あいつに見つからないルートを他の奴が見つけられるはずがない」

「お、おお、なるほど……」

「それより次は獣道だ。その次は細い洞窟を通る。紋様蝶はちゃんと連れてきてるな？」

「うん、リュックに入ってる。急ごう」

例の場所に行くことを切り出したのは、意外なことに、アルファの方からだった。碧晄流体の一件から彼に心境の変化があったのはわかっていたが、まさかあちらから提案されるとは。

お前がいた場所には、たくさんの紋様蝶がいた――アルファはまずそう言った。

今のハルは、紋様蝶の信号パターンを「読む」ことができる。ならば最初の場所にいた群れの信号を読めば、なにかがわかるはず、ということだった。

断る理由などなかった。むしろ望むところだ。念のためハルが慣れ親しんだ蝶を数匹、学園との連絡用を兼ねて借り受けてきた。研究室はこの提案を快諾してくれた。――なにやら別の作業で忙しいようだったが、邪魔をしては悪いと思い、深く首を突っ込まないでおいた。馬を急がせる。まだ先は長そうだ。

出発前の見立て通り、その廃墟に到着する頃にはもう日は高く昇っていた。

静かな場所だった。かつての建造物の残骸は確かにあるが、それもわずかばかりで、全体の印象としてはまるでなにかの墓標に思える。目指していたものは、そこにあった。

「……これ、だね」

「ああ」

研究班をはじめとした花人たちは、その残骸を「ポッド」と仮称していた。

ポッドは機械というよりは生物的な印象だった。植物の種か、卵のようにも見えたと、最初に発見したアルファは言う。確かにこれは、ハルが眠る繭だったに違いない。しかし今は役目を終えたせいか、残骸は白く枯れ果て、どちらかというとなにかの化石に見える。

今でも思い出す。記憶の始まりは、空と桜だった。

陽射しと、木々と草花の匂い。こちらを見下ろす花人の、その美しい桜の花弁と——

「いたぞ。紋様蝶だ」

声に意識を引き戻され、ポッドの上を見ると、何匹もの紋様蝶がこちらに寄ってきていた。

「覚えてたのより数が多いな……。読めそうか？」

「大丈夫、やってみる」

群れにアクセス。信号のテストを開始。感度良好、問題なく解析できそうだ。しかし——

「ちょ……っと、時間かかりそうかも。待っててくれる？」

「わかった」

アルファは量産型の斬甲刀を肩に担ぎ、その辺の残骸に腰掛ける。

紋様蝶の信号は複雑だった。数が多いのもそうだが、破損した部分や暗号が難解すぎる部分も少なくない。今の状態で１００％解読することは不可能だろうが、できる限りの情報を拾い上げなくてはならない。

紋様蝶がさんざめく。アルファは静かにハルを待っている。しばしの沈黙。

「——あのさ。ひとつ聞いてもいいかな」

ハルの方から口を開いた。こういう作業をしている時は、黙っているよりむしろ喋っている方が捗ることも多い。——それに、ある疑問が心に引っかかったままだったから。

「なんだ？」

「ええと。もしかしたら、デリケートな質問なのかもだけど」

「……？　なにを勿体ぶってるんだ。話しかけたのはそっちだろ、早く言えよ」

ならばと、ハルは紋様蝶を操作しながら、少し遠慮がちに——

「初めて会った、あの時さ。どうして泣きそうな顔だったの？」

問われて、アルファは逡巡した。

そう、ハルは確かに覚えている。目が覚めた時、最初に見たのは桜の花びら。

そして桜のように美しいひとの、泣きそうな顔だった。

今だって忘れたことは一度もない。ハルの中でアルファへの認識はころころ変わっていったが、最初の「哀しそうなひと」という印象はずっと頭の中に残っている。

「……覚えてたのか」

「覚えてるよ。最初に見たのがそれだもん」

「というか、わたしはそんな顔をしてたのか」

「してた」

「本当か？」

「本当だってば。あたしの目がおかしくなければだけど」

「…………誰かにそれ言ったか？」

「言ってない。理由もわかんないことだったし」

「笑わないな？」

「笑わないに決まってるでしょ！　もう、そっちこそ勿体ぶってるじゃん！」

やがてアルファは、観念したようにそっぽを向いて、ぽつりと答える。

「怖くなったんだ」

「へっ?」

笑うどころか、呆気に取られた。――怖い? アルファが?

「ベルタの話をする時、言ったろ。最初の頃のわたしは、今みたいな感じじゃなかった」

曰く、咲いたばかりのアルファは、なんとかして外に出ようとしていた。

理由は今のハルとほとんど同じだ。学園の外をもっと知りたい。プラントの謎を解き明かしたい。自分たちが何者で、どうしてここにいるのかを、知りたい――

「だけど、ベルタが死んだ時から、色んなことを諦めた。なにも変えたいと思わなくなった」

アルファはひとつひとつ、順を追って、刻むように語る。まるで、自分の中で散らかったなにかを整理しているかのような口ぶりだった。

「そんなことにも慣れた時、あの播種が起こった」

播種。世界樹が定期的に行う、プラント全域へ種をばら撒く機能。

花人にとっては時報とさして変わらない現象だ。しかし、その日は違った。

「ポッドが落ちるのが、花園からでも見えた。遠すぎて形まではわからなくて、ただ緑色の光にしか見えなかったよ。ポッドはちかちかしながら南の森に……つまり、ここに落ちていったんだ。――流星みたいだと思った」

流星の落ちた日。

アルファの心に、深く刻まれた記憶。

「まるで、ベルタが言ってたものみたいだ。そう思った時、気が付けば走ってた。今思えば、わたしは期待してしまったんだと思う。なにかが変わるかも。ベルタが探そうとしてたものが、わかるのかもって。夢中で馬を走らせて、いつの間にか着いてた。そしたら――お前と会った」

視線が、こちらに戻る。桜色の瞳と目が合う。

「――その時、どう思った？」

「驚いたなんてもんじゃない。資料でしか知らなかった『人間』がいたんだ。……期待通りかと言われれば、それ以上だったと思う。ああ、やっとなにかが変わるんだと思った。ずっと変わらなかった花人（わたしたち）の生活が。わたしは――」

言葉に詰まる。

望み通りだったはずだ。ハルとは、待ち望んでいた「変化」そのものだったはずだ。

停滞に風穴を開けるであろう存在が、人の形をして目の前に立っていた。

そんな、諦めていたはずのものを突きつけられ、アルファはしかし。

「怖い、と思った」

絞り出される声は、少し震えていた。

「変わってしまう。昔はあんなに嫌ってた『変化のない』生活が終わるかもしれない。わたしはそれを、怖がった。ここに来るべきじゃなかったとさえ思った。そのことを自覚すると、頭の中がぐちゃぐちゃになった。わたしは……お前のことが、怖かったんだ」

それこそ誰にも、ナガツキにも打ち明けなかったであろう、アルファの心の最奥だった。

心を守るために築き上げた「諦め」の壁は、強固ゆえの重さで彼自身をも押し潰そうとした。

座ったままうなだれるアルファは、まるで許しを乞うているように見えた。それは恐れの対象であったハルにか、かつての自分へか、それともベルタに対してであっただろうか。

「大丈夫だよ」

だからハルは、そう言った。

「確かに、なにか変わるかもしれない。それはすっごく大きなことかも。学園やみんなの生活だって、もしかしたら変わっちゃうかもしれない。けど大丈夫」

「お前……」

「なにがあっても、あたしは変わらない。みんなと一緒にいる。そっちが良ければ、だけど」

「どうして、そこまで言ってくれる？　わたしはお前を突き放してばかりいたんだぞ。それも自分勝手な都合でだ。なのに、なんで……」

何故、と言われると、気の利いた返しが浮かばない。月並みな言葉しか出てこない。

それでいいと思った。

「アルファは、友達だから」

顔を上げたアルファの表情は、今まで見たこともないものだった。

驚いたような。呆けたような。いつも気だるげだった目が大きく見開かれて、ハルはその虹彩を改めて綺麗だと思う。

「――友達」

「だと、あたしは思ってる」

「ともだち」

「……わけ、ですけど……」

「……友達って意味、わかる？」

「わかる」

その割には「生まれて初めて聞きました」という顔をしている。

「――や、いや。わかるんだ言葉の意味は。だけど、つまり、あれだ。学園のみんなは仲間だったから。つまり同族というか。だから改めてそんなことを言われるのが初めてで、その」

もたもたしている。いつも単刀直入なアルファとは思えない。試行錯誤の末に結局うまく言い表せず、ただ気持ちをありのまま述べる。

「……変な気持ちだ。だけど、嫌じゃない」

「あたしのこと、まだ怖い？」

「いや」アルファはゆっくり首を振って、「もう、とっくに怖くないよ」

今度こそ見間違いではなかったと思う。

アルファが、穏やかに微笑んだ。

「お前をここに連れてきたのも、それが理由だ。——なにかが変わるとしても、悪いことにはならない。今はそんな気がする」

「うん。ならない。あたしが、しない」

「わかってる。それでいいよ」

その時、紋様蝶がちかっと一度眩しく輝く。解析が終わったのだ。

「……！　ハル、読めそうか？」

「拾えた範囲は、多分。ちょっと待ってて！」

ポッドに駆け寄り、コードのパターンを読み取る。完璧な形で拾えたのは全体の三〇％ほど、それを手掛かりとして虫食いのようになったバグや欠損データを可能な限り繋ぎ止めて最低限の推測がつくかたちに復元する。結果として、情報の約六〇％余りを読み取ることに成功した。

わかったのは、このポッドにまつわる情報。どこから、何故、どうやって来たのか。

「どうだ？　あの播種はなにだったんだ？　これは一体……」

「——地下だよ」

「地下？」

「このポッドは世界樹の地下にあった。ううん、これだけじゃない、もっとたくさんのポッドがある！　それが世界樹の幹を通じてずっと上に送られて、最上層から射出されるんだ。これはそのほんのひとつに過ぎなかったんだ！」

「……!!　ちょっと待て、じゃあこういうことか？　そのポッドの中に……！」

「あたし以外の人間が眠ってる!!」

飛び跳ねそうだった。アルファも唖然としていた。ハルは会心の笑みを浮かべ、手帳にペンを走らせる。そこには栞となったベルタも挟まっている。みんなにも伝えなくては。こんな発見は、花人たちが生まれてから前代未聞のはずだ。

「そうか。人間か、――……！」

「人間は滅んでなんてなかったんだよ。なんとかして世界樹の地下施設に行ければ、みんな目覚めさせられるかもしれない！　そうなったらみんなで暮らそう！　あたしも――」

そこまで言いかけてハルは、アルファが自分ではない別のどこかを見ていることに気付く。

「……アルファ？」

彼は目を見開いていた。そこに宿る感情は、ハルには想像もつかないもので。

目線はハルの頭上、遥か向こう。空を仰ぐと、「それ」はハルにもはっきりと見えた。

青空にも鮮やかな光源が複数。ずっと北――学園のある方へと、落ちていく。

赤い流星群だった。

❀❀❀

流星——巨大な鋼鉄のポッドが、森を薙ぎ倒す。地面が爆ぜ飛び、濛々と立ち込める土煙の中、ポッドのハッチが開き、無機質なアイセンサーがいくつもの赤い光をぎらつかせた。

「待たせてしまったかなあ。心細く思っていなければいいけれど」

その先頭に立つのは、機械仕掛けの少女だった。歌うような声色は、蹂躙された森の中で、とても明るく牧歌的に響いた。

「もう少しですよ、先生。僕がすぐ迎えに行きますからね」

彼女が携える刃は恐ろしいほど鋭利で、身の丈ほどもある剪定鋏の形をしている。

全ての花人が否が応でも異常を察知させられた時、軍勢は既に動いていた。学園をすっかり照準圏内に納め、一糸乱れぬ隊列で進軍する剪定者の群れ。堅牢な装甲と巨大な武装で全身を鎧う様は、通過点に雑草の一本も残さない冷酷かつ徹底的な破壊の意思を宿している。

時節は芽の季の終わり頃。小鳥が囀り、綿毛の飛び交う、穏やかな昼下がりだった。

❀❀❀

花人の迎撃は早かった。なんとしても、学園内に敵を踏み込ませるわけにはいかなかった。

巨木の化石の麓。色なき鋼の集団と、豊かな色彩の生き物たちは距離を隔てて対峙する。

「ごきげんよう、失敗作諸君」

立ちはだかる人の似姿たちに、機械を従える少女はあくまで冷静だった。

「僕の識別名は【CVSTOS】。管理者だ。君らと遊ぶつもりはない。黙ってそこを――」

言い終える前に先頭集団が動いた。五人。刀が二振り、槍が二本、後詰めに戦槌。まるでひとつの生き物であるかのような有機的で無駄のない連携。彼らは学園の常駐組、有事の際に真っ先に戦う「防衛班」であり、敵の大群を前に決して怯まぬ精鋭だった。

ああ――と、クストスは目を細め、

「醜いな」

伐採。

大鋏が翻る。無造作な動き。ただそれだけでまず五人が斬られた。

アザミが散る。ロベリアが裂ける。クロユリが両断され、ホオズキが分割され、オトギリソウが細切れになる。防刃素材の外套も、剪定者の素材からなる武器も関係なかった。

激突が始まる。穏やかだった学園前の森は、たちまち戦闘の坩堝に呑み込まれる。

そんな中、クストスはこの場の小競り合いになど関心がなかった。十重二十重に繰り出される攻撃を煩わしそうに避け、なにかを探す。あちらだろうか。それとも、あちらか——

直後、一陣の風が吹く。

「！」

クストスは咄嗟に反応する。失敗作どもの児戯に興味がない彼女にも、数秒注意を払わねばならないレベルの脅威。こちらの頭を吹き飛ばす軌道と速度の攻撃を、大鋏で弾く。

分析する。脚。装甲で覆われている。なんらかの特殊な機関が内蔵されている。

「——これはこれは。そちらにも、我々に似た姿の個体がいるのでありますか」

大柄なヒマワリだ。失敗作にしては造りがいい。そいつはこちらを無遠慮に観察する。

「ハカセに提出すれば、より研究が捗りそうでありますな！　——もっとも、その前に無力化せねばならぬようでありますが!!」

「ひとつ訂正がある。僕が君たちに似ているのではない。君たちが僕に似ているんだ。——それで、先生はどこにいる？」

「『先生』——であれば、先般の音声通信の発信源はやはりあなただったのですな」

研究班はその音声を受信してから、万が一に備えて準備を進めていた。突然の襲撃にもかかわらず花人たちの立ち上がりが早かったのは、ひとえに研究班の動きがあってこそだ。

「質問に答えないのならば、消えろ」

だが、花人の動きなどどうでもいい。クストスは機械的に目の前の障害物を分析する。

ヒマワリの両脚は堅牢な装甲兼推進装置に覆われている。前面から吸い込んだ空気が後方や側面の排気口から吐き出されるかたちだろう。圧縮空気の立てる音は、獣の遠吠えにも似ていた。

「高純度古代兵装、Ⅳ式風圧機動突撃足甲【フライバック】!!　試験者はクドリャフカにて仕ります!!　以後!!　よろしくお願いするでありまあああああすッッ!!!!」

猛々しい咆哮と共に、ヒマワリが地面を蹴る。クストスは、大鋏を逆手に構え直した。

ナガツキは学園長室へと急いだ。回廊の外からは、既に激しい戦闘の音が聞こえてきている。

「始まったか」

「か、可能な限り、時間を稼いでほしいとお願いしました。クドリャフカくんでしたら、頑張ってくれると思います。で、ですが……」

「敵、前代未聞の規模です。戦闘がどう推移するか私にも予測がつきません。それに――」

「それに？」

歩きながら目をやると、フライデーもスメラヤも困惑交じりの顔をしていた。昔の大規模襲撃なら記録に残っている。彼らが困惑しているのは、単純な敵の数にではない。

「陣頭の一体が、私たちと似たような姿をしています。以前に交戦した隊長機の、更に上位に属する存在と思われます。……戦闘力が特に高く、既に防衛班の何名かが……」

ナガツキは揺るがない。散った花々に対し、口の中で小さく「すまない」と呟くに留め、

「スメラヤ。私の武器とのリンクは可能かな」

「は、はい。機能上は問題ないかと。……し、しかし、いいのでしょうか？　あれはその、負担が大きすぎるといいますか、100％の使用は前例がなく……」

「私のことなら心配いらない。今はなによりも優先するべきことがある。観測を頼む」

学園長室にはナガツキの「切り札」がある。学園周辺が戦場となった時に初めて起動する、最終手段だった。できれば、使いたくはなかったが。

「学園内部には立ち入らせない。特に『月の花園』は最も重要な防衛地点だ。みんなが戦ってくれている間に、私が奴らを抑え込む。――始めようか」

学園長室の中心に立ち、コマンド。同時に、部屋の中心に置かれたベッドが展開した。

無数の彼岸花が蠢き、遺跡の一角にも似た機械的な部分を露出させる。

その中心にナガツキが触れるやいなや、部屋全体が重々しく振動する。揺れは学園長室から回廊に波及し、回廊から幹に伝播し、巨木の化石全域からついに周辺の地面にまで伝わった。

これが彼の高純度古代兵装。学園長室を中心に、学園とその周辺に効果を及ぼす巨大な装置だ。

「高純度古代兵装（アンティーク）――Ｖ式広域浸食結界（ごしきこういきしんしょくけっかい）【ムーンフェイズ】、最大展開……！」

ナガツキという名の意味は、「消（き）え失（う）せていくものたちの囁（ささや）き」である。

それを体現するかのように、死者も生者も包み込むように――戦域に、真紅の彼岸花が咲く。


これほど長い数十秒を、クドリャフカはかつて経験したことがなかった。

フライバックは既に半壊状態。研究班の技術の粋を尽くした装備が砕かれ、装甲をスライスされ、推進機能の七割以上が失われた。身体（からだ）を分割されないよう立ち回るだけで精一杯だ。

周囲の激戦に気を配る余裕もなかった。果たしてまともな戦闘になっていたかは疑問だが、クドリャフカはクストスただ一体の妨害と生存を念頭に起いて「時間稼ぎ」に徹した。

しかし、それも限界のようだ。なので、ここからは方法を変える。

「――目的は、一体なんなのでありますか？」

油断なく相手の動向を伺いながら、クドリャフカは頭の中で秒数を数えだす。

「自分もかなり驚いております。なにしろ剪定者側（そちら）で、初めて、唯一！　こうして会話ができる相手なのですからな！　であれば、対話による解決も視野に入るのではありませんかな？」

「雑音を聞かせるな」

「そう言わず。あなたの目的の内容によっては、我々が協力することも、」

一閃（いっせん）。辛（かろ）うじて飛び退（と）き、ギリギリで避ける。無駄話で持たせるにも限度があるようだ。

だが、一瞬でも稼げればいい。クドリャフカの頭脳は、しかし普段の態度に反してきわめて冷静に回転している。たとえば次の瞬間、大鋏(おおばさみ)がこの体を分割したとしても、相手にその数秒を浪費させられればいい。自身さえも天秤(てんびん)にかける論理的な思考回路こそ、クドリャフカが研究班の一員であり、スメラヤの直属の部下であることを証明している。

クストスは標的がもう戦えないことを把握し、つまらない作業を続けるべく鋏(はさみ)を構え直す。

同時に、ず、と地面が震動。剪定者たちはほんの一瞬、そちらに気を取られた。

間に合った。声を限りに、クドリャフカは叫ぶ——

「——総攻撃ッッ!!!!」

次の瞬間、戦域が一面「赤」に覆い尽くされた。

彼岸花。それも幾千、幾万もの。

花人(はなびと)が持ち得ぬ「血」のような紅を滲(にじ)ませながら、一輪一輪が風もなく揺れる。根から茎、茎から葉、葉から花弁へと不気味で毒々しい力を伝播(でんぱ)させ、「ばちり」と音を立てた。

『;&、ギ』

すると、剪定者の動きが突然鈍った。演算素子にまったく予期せぬ信号をぶち込まれ、戦場の一体一体が彼ら自身の論理にもよらぬ狂ったような動きを見せる。

ナガツキの彼岸花は、一本一本に「毒」を持っている。

ただの毒ではない。長年の研究によって剪定者の構造と行動パターンを分析し、彼らにだけ効くよう調整した対機械の光学神経毒。すなわち一種のジャミング装置である。

最古の花人ナガツキが、長い時間と己が力の大半を注ぎ込んだ結晶。自らの体にすら改造を施し作り上げ、日々の大半を眠っていなければ維持できないほど巨大な絶対防衛圏。

いわば「学園長」という存在そのものが、剪定者に対する凶悪な罠だった。

クドリャフカの号令で、生き残りの花人が一斉に躍りかかる。

波が一気に傾いた。統制の崩れた剪定者が決死の攻撃を受け次々と撃破されていく。

激しい戦闘の余波で赤い領域が荒れ狂う。散る端から新たな彼岸花が生まれる。全てナガツキの力によるものである。細切れの赤が雨となり、豪風と火花の死線を毒々しく彩った。

いける。このまま畳みかければ、確実な勝利を摑み取れるはずだ。

誰もがそう思っていた。花人たちも、クドリャフカも、ナガツキも。

——いない、か。

煩わしいノイズをキャンセルし、クストスは他の個体とのシステムリンクを一時全てカットする。指揮を捨てたスタンドアローン状態で動きながら、無残に破壊されていく部下に目もくれない。極論、機械仕掛けの庭師がどれだけ動こうが止まろうがどうでもいいのだ。

クストスはずっと、誰かの気配を探していた。

紋様蝶は、下界の惨状など知らぬげに翅を光らせている。彼らは中立。あくまでも機能であり、生物というよりプラントを維持するシステムそのものに近い。

――どこかへ行ったか。隠れているか。

蝶をトレースし、量子暗号通信のやりとりにただ乗りしていたが、気になる部分はない。自分以外にあの蝶に干渉できる何者かの気配はゼロ。周辺にはいないと見るべきだ。

――なら、別にいいか。

ここまでしておきながら、クストスはまだ遠慮をしていた。乱暴な手段を取って彼女が怪我をしてはいけないから。だが、いないならもういい。

「【connect／《管理権限によるアクセス》／カタパルト射出システム／重量貨物スタンバイ】」

紋様蝶がコマンドを正常に受理。プラント各所の蝶を経由し、中央システムに接続する。

「【弾道演算／緊急射出態勢／――／……／条件クリア／安全装置解除――】」

クストスは目線を動かし、巨木の化石の中腹、真ん中よりやや上を見た。狙いは、そこだ。

「【射出】」

彼方の世界樹が、頂点をちかりと一度、光らせた。

地にへばりつく哀れなイキモノたちは、普段それを播種と呼んでいるのだけれど。

「学園長……！　こ、これ以上の稼働は、か、体の方が……！」

ナガツキは、学園のほぼ全域を掌握していた。無論、その負担は想像を絶する。己の中のなにかが急激に萎れていくのを感じる。それでも、手を緩める選択肢はなかった。

「…………問題ない。状、況は……どう、なってる？」

「は、はい……剪定者を多数撃破。総数は既に私たちの方が上です」

「……そう、か。すまないが……もう少しだけ、付き合って、くれないか。最後の、一体を倒す、まで。――私が、どうなっても。……たの、む」

途切れ途切れの願いに、二人も覚悟を決めた。フライデーは戦況の報告を、スメラヤはナガツキの状況をモニタリングしてサポート。このまま最後まで押し込めば、きっと守り通せる。

――学園。図書館。研究室。食堂。演習場。馬屋。居住区――『月の花園』。

長い時をかけ築き上げた、花人たちの安息の地。数多くの仲間が息衝き、そして眠る場所。

「……ル、ファ。ベルタ。――私が……必ず……」

真紅の髪が端から乾き、褪せていく。もう少しだ。もう少しだけ耐え抜けば。

その時、空の彼方でなにかが光った。

学園長室は見晴らしのいい高さにあり、窓からの展望も絶景だ。特に今は天気がよく、夕刻が近付いて朱みがかった空の下で、森も世界樹もくっきりと見えた。

その世界樹が、こちらに向けてなにかを放ったのを、ナガツキは見た。

「逃げろ!!」

咄嗟にスメラヤとフライデーを突き飛ばす。直後、学園長室に鋼鉄製のポッドが直撃した。

❀❀❀

馬を駆り、ハルとアルファが到着する頃には、もう夜になりかけていた。

けれど周辺は明るかった。各所で上がる火の手が、学園を赤く染め上げていたのだ。

「——なんだ、これは」

「そんな……!? どうして学園が燃えてるの？ なにがあったの!?」

濃い花の匂いが、人間であるハルの鼻にも届いていた。

感情と生存本能の爆発。擦り潰された体組織から溢れ出るもの。場の異様さにそぐわぬ馥郁たる香りは、つまり花人たちが絶命する瞬間の死の芳香でもある。

「……行くぞ！ わたしから離れるなよ！」

「う、うん！」

赤い光が影を生じさせ、煙の向こうに異形の輪郭を浮き上がらせた。——剪定者だ。

量産型の斬甲刀を手に、アルファが先陣を切る。敵の多くは半壊状態で、動きが著しく鈍っていた。傷付いた剪定者たちの姿が、死闘の長さと苛烈さを如実に物語っていた。

そしてなにより、あちこちに散らばる、小さな小さな残骸が。

砕かれた武器、ぼろぼろになった衣服。傍に落ちた、冗談みたいに鮮やかな花弁。

アルファは歯噛みした。一体、どうしてこんなことになってしまったのか。

「……！　蝶があちこち飛んでる！　あたしが読んでみれば、なにかわかるかも！」

「頼んだ！　けど遅れずについてこいよ！」

ハルがそちらに集中すると、天井付近や窓の外を飛んでいた紋様蝶が明滅する。読み取りにくいがなにかの信号をやり取りした形跡があり、どうやら上に繋がっているようだ。

突如、回廊の壁がぶち抜かれた。二人のすぐ後ろに半壊した剪定者が一体現れる。

反応が遅れた。反転するアルファ。だが敵が一歩早く、武器を持たぬ手をハルに向けて、

「ツッどぉらアッ!!」

追ってきた花人の、トドメの打撃を喰らった。

剪定者はものの一撃で吹き飛ばされ、もう二度と動かない。

ウォルクだった。全身傷だらけだが、爛々と光る双眸にはまだ力がある。彼は一度破損した打甲槌を修復し、一回り大型化させたものを、自身の手をぐるぐるに縛りつけていた。

「——おー、間に合ったか。お前らも無事だったんだな」

「ウォルク……！　こっちの台詞だよ！　一体なにがあったの!?」

「見ての通りだよ。もうずっとあいつらと戦ってる。外は……酷かった。妙な奴も、いる」

「『妙な奴』？　……これまでの剪定者とは違うのか？」

「全然違う。人間みたいな形の……バケモンだ。みんなやられた。クドリャフカもどうなった

かわかんねー。学園長のいるとこに向かったのを見たヤツがいるけど、そこから先は……」

不意に、横からアルファになにかを差し出す者がいた。

見るとそれは、鉄茨で厳重に封印された、見覚えのある武器だった。

「もしもの、本当にもしもの時のために。これを持ち出すよう、研究班長に頼まれてました」

ネーベルだ。少し遅れてやってきた彼も、やはりぼろぼろになっていた。激戦の中で荷物を庇い続けてきたのだろう、もう片方の手に持つ刀は根元から断ち折れて久しい。

「頼む」ウォルクは震える声で、「あんたはもう戦っちゃいけないって聞いた。……けどもう、あんたしかいないんだ。『月の花園』には、みんながいる……キウが……だから……」

「わかった。お前たちはどこかに隠れてろ」

刃こぼれした刀を投げ捨て、荷物を受け取るアルファ。回廊の先を見る目に迷いはない。

「お願いします。けど……隠れるのは、まだです。彼らを拾ってあげないと」

言って、ネーベルは周囲を見た。床にも階段にも、おびただしい花々が散らばっている。

行く先は違う。ハルとアルファは紋様蝶の信号を辿り、上へ。ウォルクとネーベルは戦いを避けながら回収作業を。再会を約束する目配せを最後に、踵を返す。

「なんとかしなくちゃ、みんな安心して咲いてられないからな——」

言い残したウォルクの言葉が、ハルの耳に強く残った。

紋様蝶の反応に、変化が見られた。今までは一方的にハルが読み取るだけだったが、向こうから干渉してくるなにかの気配があったのだ。

双方向通信。

誰かの声がする。位置の特定は用意だった。歩き慣れたはずの、しかしすっかり様変わりした通路を進み、何度となく開いた扉をまた開いて――

『月の花園』には、見たこともない少女が立っていた。

空には月が高く昇っていた。朱に染まる外に反して、蒼い月光溜まりができた花園は異様に静謐に思える。少女――クストスは、空を見上げていた目をこちらへ向ける。その所作に合わせて、辺りを漂っていた紋様蝶がまた光を放つ。

ハルは絶句した。信号を介して干渉してきたのも、ウォルクが言っていた「バケモン」もこの少女だと一目で確信した。花人ではない。かといって人間でもない。姿かたちだけハルと同年代の少女のようで、他の全てが異物感の塊だった。

「――ああ、やっぱり！　来てくれたんですね！」

異様に親しげな声。笑顔。まるで意味がわからない。

それよりもまず、ハルは彼女の足元で横たわる赤に目を奪われた。

「学園長……!!」

「ああ、こいつですか。あんまりしぶといんでそろそろ刈ろうと思ってたんです。でも、ここに連れてきたら反応が変わったから。じゃあここで粘ってたらそのうち来るかなって」

「……あ、あなた、誰？　あたしを知ってるの？　なんでこんな……」

「そんなことは後でいいじゃないですか。それより早く行きましょう。ほら——」

「………げ、ろ」倒れ伏したナガツキが、声を絞り出す。「逃げろ……！　こいつは、剪定者の、長だ。危険すぎる……早く——」

「うるさいな。僕が話をしてるだろ」

容赦なく、彼の背に刃が突き立てられた。ナガツキの胴体はもはや分断されかかっていた。

「っ……やめて！　学園長を離してよ！」

「どうしてです？　ここが不完全なことは見ればわかるでしょ？　バックアップはどのつまり無意味だったってことです。僕とあなたで早く対処しないと、手遅れになってしまう」

言っていることが、なにひとつ理解できない。彼女の言葉は、冷たい。ハルにだけ親しげなのが、余計に不気味さを際立たせていた。

「まあいいや。もうここは用済みです。さっさと帰るべきですけど——」

言って、クストスはハルの隣に目をやる。

「——お前は、どうしてそのひとの隣にいる？」

アルファは、クストスの大鋏を凝視していた。ナガツキに突き刺さった、その鋭利な刃を。とうに気付いていたのだ。これまで見た花弁に共通する、美しくさえある切断面に。

剪定者の武器ではない——遠いあの日、当時の研究班長は、そう言った。

踏み込む。

桜の花弁と、解き放たれた鉄茨の拘束。それらが地に落ちる前に二人は切り結んでいた。

ナガツキから引き抜いた鋏（はさみ）が、大斧（おおおの）の斬撃を容易（たやす）く受け止めた。視線がかち合う。片や、焦げ付くような激烈な情動を秘めた目。片や、なんの感情も宿っていない冷たい目。

「ベルタという花人（はなびと）を知っているか？」

「なんの話だ」

「お前が殺した蒼（あお）い花の名前だ。今日ここで、他の奴（やつ）らにもしたように……！」

「笑わせるな」クストスは小首を傾（かし）げ、「雑草をいちいち覚える奴（やつ）はいない」

「‼」

そこから先の動きは、人間の目には見えなかった。

普段は穏やかな『月の花園』の、その只中（ただなか）で荒れ狂う烈風は、この日行われたどんな戦闘よりも激しく、速く、恐ろしかった。

そして唐突に始まった嵐は、終わる時もやはり唐突だ。

戦闘は数分で決着した。

数分で、アルファが負けた。

弾き飛ばされ、転がる大斧。倒れ伏した桜の花。

ハルは、動くことができない。ハルを振り返る顔は、今度こそ満面の笑顔だった。心から嬉しそうな。長い願いがやっと成就したような。クストスは、軽い足取りでこちらに駆け寄る。

「待たせちゃいましたね」

満面の笑みで、

「さあ、ほら。一緒に行きましょう」

手を差し伸べ、

「約束、しましたもんね――『先生』」

――ずっと昔。誰かと、約束をしたような気が、

「待て」

静かな声が被さる。アルファは、なおも立ち上がっていた。

大斧を握る姿はあまりに痛々しく、「辛うじて繋がっている」としか言いようのない満身創痍の体は、しかし空気を歪めんばかりの気迫に満ちている。

「……伐採が甘かったみたいだ。わかった。今度こそ細切れにして丁寧に潰してやろう」

「アル、」

「大丈夫だ」

ハルの悲痛な声を、アルファが制する。その声は、不思議なほどに穏やかで。

「なにも、痛くないよ」

彼の身を包んでいた外套(がいとう)が、一気に脱ぎ捨てられた。

「…………!!　ア、ル……ファ……!!」

動けずにいたナガツキが、掠(かす)れた声で呻(うめ)いた。

アルファの外套(がいとう)には、仄光(ほのひか)る紋様がびっしり刻まれていた。それらはある種の毒蜜と碧晄(へきこう)流体(りゅうたい)を混ぜ合わせた特殊な染料から成り、着装者の力を抑え込む封印の役割を果たすものだ。

「やめ、ろ……それだけはやめるんだ……!!」

今、彼を縛るものが、全て消え去った。

流体制御式抑制外套(りゅうたいせいぎょしきよくせいがいとう)【フルハンター】除去——高純度古代兵装(アンティーク)、全拘束解除。

Ⅳ式火焔加速型断甲斧【トゥールビヨン】、【爛開(らんかい)】形態へ移行。

瞬間、爆発的な加速を得て、アルファがクストスに突撃を仕掛けていた。

誰にも反応できなかった。クストスにさえも。目が眩(くら)むような閃光(せんこう)が炸裂(さくれつ)したかと思えば、二人は遥(はる)か先にいた。花園の外周。柵をぶち抜き、夜の虚空(こくう)へ。

「アルファ!!」

叫び、炎の残光を追おうとするが、できない。柵の外はつまり巨木の化石の外で、出れば最後、何十メートルも下の地面に落ちるしかない。アルファは敢(あ)えてそうしたのだ。花園を、ナガツキを、ハルを守るために。

組み合ったまま、二人は真っ逆さまに落ちていく。

「お前……！」

クストスが花人を見る目に、初めて感情が籠もった。敵意の視線を受けてアルファは笑う。

――ようやくこっちを見たな。

彼の体は大きく変化している。炎を宿した瞳は強く輝き、その体表にまで紋章めいた桜の形が浮き上がる。ほどけた髪から数えきれぬほどの花弁が散り、螺旋を描いて二人に追随した。

アルファの右腕は【トゥールビヨン】と一体化していた。樹木と化した腕部が柄と同化し、赤熱する刃と脈動する異形は端々にまで闘志を漲らせる。花弁のひとつひとつが輝き、束ねる火焔は翼にも似ていた。

「最後まで、付き合ってもらうぞ」

戦いは終わりへと向かいつつある。その夜、最も烈しい炎の煌めきを最後として。

それは魂を燃料とした、ある花の劫火だ。


――――そういえば、昔こんなことを言われた。

「まーたアルファってば突っ張っちゃって。そんなんじゃ友達できませんよー」

色とりどりの花々の世話をしながら、ベルタは唇を尖らせたものだ。あの時はそう、確かまた行動指針で揉(も)めたのだ。ベルタの出した聞き慣れない単語に、アルファは鼻白んだ。

「なんだトモダチって」

「知らない？　一緒に色んな事したり、笑ったり泣いたりする相手のこと。本で読んだの」

「それは……学園のみんなとは違うのか？」

「んーん。そっちは『家族』。同じ場所で生まれた繋(つな)がり。もちろんそれも凄(すご)く大事だけど」

古代文字の本をよく読んでいるからか、ベルタは細かい言葉の使い分けに敏感だった。アルファにはピンと来ないこだわりだったが、次に言ったことがなんとなく印象に残っている。

「友達っていうのは、多分、出会うところから始まるんだよ」

瑞々(みずみず)しく咲く花に水をやりながら、ベルタは語る。

「はじめまして。これからよろしくね。で、お互いなんにも知らないところから仲良くなって。生まれたところや考え方も違ってさ。喧嘩(けんか)とかもいっぱいして、そんな感じで、いつの間にかおんなじとこを見てるみたいな。そんな相手だと思う」

「よくわからん」

「うーむ。実はあたしもよくわかってるわけじゃないんだな、これが」

「……おい。なら言うな。おかしな奴(やつ)だな」

ベルタは「あはは」と笑う。もちろん、彼の知識も本から得たもの以上のことはない。生涯を学園で過ごす花人(はなびと)たちにとって、古びた紙を通して見る世界は全て夢だ。

と、アルファは引っかかりを覚える。

「ん……？　ちょっと待て。トモダチってのは昔の本に出てくる言葉だろ？　ここには花人しかいない。そんなのできるもできないもなくないか」

「あー。そうかもだけどさ。でも、どこかにはいればいいなって思うじゃない」

どこかってどこだよ――と言いかけてやめた。

「――いつか、どこかでそんな『友達』と会えたら、すごくいいと思うな」

そう言うベルタの目は、どこか遠くを見ていて、いつもよりも綺麗に見えたから。

今にして思えば、妙な発言ではあった。

ベルタは学園の維持と『月の花園』の守護を第一としていた。一貫してアルファが外に出ることには否定的で、ナガツキ率いる探索班のこともずっと案じていたくらいだ。だというのに本の中にしか存在しないモノと「出会えたら」などとはいかにも変だ。

あるいはベルタは、自分とアルファがどこかで道を違えると予感していたのではないか。

アルファが心から望むことには、全く違う場所から現れた何者かが必要ではないか。

停滞に風穴を開け、新しい潮流を作り出す誰かが。

そんな嘘のような存在を誰より夢想していたのは、他ならぬベルタではなかったろうか。

答えは永遠に得られない。ベルタはもういない。いつかはただの言葉で、言葉は夢となり、夢は諦めに褪せて、やがてアルファにも忘れ去られた。

——そんなことを、今になって思い出した。

『月の花園』で生まれた火焔が墜落し、熱波を爆発させ、地表を洗って森を揺らす。

土煙が吹き散らされた時、着弾点には巨大なクレーターが生まれていた。

影はふたつ。どちらも立っている。死力を尽くした総力戦の後、見守る者は誰もおらず、周囲に散らばるのは残骸と花弁のみ。最後の戦場で、機械と花、刈る者と刈られる者が対峙する。

「——なんだ、それは」

破壊的な速度で地面に叩きつけられ、傷付きながらも、クストスは健在だった。

冷たい目には、確かな怒りがある。同時に、不可解な出来事に対する警戒と困惑も。

「データにない。観測結果にはそんな現象など記録されていない——失敗作が、なにをした？」

「ただ、生きてただけだ」

アルファは陽炎を纏っている。夜闇を灼く熱気は、彼を構成する桜の花から生じていた。

「生きて、生きながらえて、生き抜こうとした。お前らのいる森で、一人でも多く、一日でも長く。これはその、ただの結果だ。——どうした」

さっき相手がそうしたように、小首を傾げて不敵に笑う。

「花人が怖いのか？」

機械の踏み込みに音はない。全身の駆動機関が流体のように淀みなく動き、人や獣のそれより遥かに効率的な最短最速の軌道で標的の首に飛び込む。

アルファは避けようとしなかった。ただ意識を敵の刃に集中し、手の内の大斧に持てる限りの力を注ぐ。そして、人外の膂力に火炎の爆発力を乗せ、

「――ようやく、お返しができるな!!」

弾き飛ばす。

クストスは人形のように吹き飛ばされた。地面にほぼ水平に飛んでいく矮軀を、アルファが追う。炸裂音が大気を揺るがすより早く、豪速の突撃を仕掛けた。

「……実験対象の危険度評価を、上方修正」

クストスが空中で翻り、半ば強引に地面を捉えた。食い込んだ足が暴力的な慣性のまま二本の線を引き、駆動系のエラーを無理やりねじ伏せて体勢を整える。

手の内で、大鋏がばちんとふたつに分かれた。片方を順手、もう片方を逆手に構え、クストスは「伐採」ではない「戦闘」に認識を切り替える。この戦いが始まって、初めてのことだった。

「最優先駆除に相応の危険物と認定。……先生。もう少し待っていてください」

――ハル。もうちょっとだけ待っててくれ。

再びかち合う寸前、二人は同時に同じ相手のことを思い、そして。

こいつだけは――――

「確実に、殺す」

「絶対に、倒すッ!!」

嵐の中心に二人の人ならぬモノが在り、切り結び、食らい合い、削り合って火花を散らす。

ハルはナガツキに肩を貸し、いまだ炎の燻る回廊を走っている。

ゆるくカーブした大階段を駆け下りる中、剪定者の姿は見えない。平時はあんなに賑やかだった学園が不気味なほど静まり返り、遠くでなにかが崩れる音がいつまでも反響した。

「――高純度古代兵装は、一人にひとつの、専用装備だ」

支えられながら、ナガツキが呟く。ハルよりずっと背が高いのに、胸が痛くなるほど軽い体。

「使い手の体組織と融合させ、文字通り、自分の手足のように操ることを信条とする。クドリャフカのような試験者もいるが……通常、使用者を決定した高純度古代兵装は、その花人でなければ起動しないよう作られている」

ハルにも察しがつく。ナガツキが語るのは、その強力さと背中合わせの、危険性だ。

「花人は武器と融合し、武器はその特殊な機能を花人自身にも移植させる。機能を開放するごとに、花人は己の武器と一体になる。……それは強力だが、引き換えに、使い手自身を大きく消耗させる。このまま、アルファが力を使い果たしたら……最悪の結果が待っている」

「どうして、そんな危ないもの……」

「死にたくなかったからさ」

声色は、懺悔にも似ていた。高純度古代兵装の開発に学園長が関わっていないはずはない。後悔はないだろう。しかしナガツキの横顔には、同族には見せない悔悟の念が確かにある。

「……死ぬわけには、いかなかったんだ。矛盾しているようだが、そんなものを作ってでも、自分と仲間を守らなくてはならなかった。花人が死を厭うのは恐ろしいからではない。自分が死ぬと、みんなを待つ者がいなくなってしまうからだ」

死んだ花人は花になり、地に根付き、他の花々と同じく静かに咲き誇る。

そして、いつか、また人となる。花の死生観は、そうしたサイクルに根差すものだった。

「花人がみんないなくなれば、いつかまた咲く仲間たちが、寂しい思いをする。たとえ一人ぼっちでも、誰かが待たなければいけない。あの花園で……みんなが眠る、あの、場所で」

「大丈夫です」ハルは自分にも言い聞かせるように、「みんな、大丈夫です。アルファだって絶対に勝ちます。それで、絶対に、学園は元通りになります」

根拠はない。あるのは信頼だけだ。

「……そう、だな。……そうだ。そうに決まっている」

外は近い。正面入り口を抜けた先から、苛烈な戦いの音が聞こえてきている。奇しくもその場所は、アルファやベルタたちが戦った最初の大規模襲撃の戦場でもあった。

頭の隅で考える。あの機械仕掛けの顔を見た時、ハルはなにかを思い出しそうになった。自分自身でも見通せない記憶の澱の底に、はっきりと形を持った大きな塊を摑んだ気がした。

剪定者。管理者。「先生」。――遠い約束。――自分の正体を知っているかもしれない少女。

頭を振る。考えるのは後だ。今なお戦ってくれているアルファのもとに急ぎ、助けなければならない。願わくば、その終わりが破滅的なものにならぬよう。

扉を開けた時、風が吹いた。切れそうなほど鋭く、肺腑を焼きそうなほど熱い風が。

加速。

烈風、更なる加速、二十重の斬閃、刃鳴、狂おしき熱。

刃の交錯はもう何度目か。クストスは、これまで戦ったどんな相手より圧倒的に強い。

それでも喰らいつく。自らが改造と調整を繰り返した、【トゥールビヨン】の力を借りて。

大斧は「火焔加速型」の名を冠す通り、ある遺跡で発見されたロケットブースターをベースにしている。剪定者の素材と遺跡の技術、それに花人の知恵を織り交ぜ、武器と融合したアルファは桜として咲く体そのものをひとつの加速装置とすることができた。

更にアルファは、武器の堅牢さに主眼を置いた。どんな環境でも性能を発揮する安定性。どれほど乱暴に扱っても壊れぬ信頼性。どれだけ長い全力使用にも耐えうる継戦能力。

そして、どんな危険な攻撃も受け止めうる、単純至極な「硬さ」。

思想の裏にはベルタの死があった。アルファは彼を殺した「正体不明の斬撃」を探究し、代々の研究班長と共に斧の改造を続けた。刃の鍛造にあたっては遺跡の資料が役立った。炎を使って鋼材を重ね、打ち、分厚くも鋭く、決して折れず曲がらぬ刃を鍛え上げる手法だ。更に今、樹木と化した体を何重にも重ね合わせ、鉄と木からなる何層もの装甲を実現している。

不必要なまでの改造。偏執的なほどの強化。それが【トゥールビヨン】の設計思想であり、ひいては高純度古代兵装の本質でもある。アルファの刃はすなわち、この美しくも酷薄な樹海で、ただ生きんがために研ぎ澄ませた本能の結晶に他ならない。

対するクストスは冷徹だった。プラントに存在しない複合炭素鋼からなる単分子ブレードで切断できない物質が存在するのは想定外だったが、要は刈り方を間違えなければよい。必要な角度で、必要な速度の刃を入れる。必要にして当然の伐採を行う。ただ、それだけだ。

幾度目かになる空気の炸裂が起こり、更地となった戦域の中心にまた砂塵が上がる。今度はアルファが遅れた。まばたき一度にも満たない隙に、正確無比な機械の刃が滑り込む。

「朽ちろ」

一瞬の後、アルファの右腕の、肩から先がすっぱり斬り飛ばされていた。

追い討つ一刀。掬い上げる軌道の左の鋏は、間違いなく花の命を刈り取る一閃だった。それでも、死神の鎌は届かない。

瞬時の再生。切れ口から伸びた樹木が形を成し、鋏を弾いたかと思えば、大斧を持つ右腕と再接続。縄のように縒られた「腕」は鋭くしなり、返す刀でクストスに一撃を叩き込んだ。

機械仕掛けの左腕と左脚が吹き飛ぶ。大きく傾くクストス。貰った――とどめに振り下ろされた大斧は、しかし届くことはない。

切断した腕と脚が、重力に逆らい舞い戻ったのだ。弾かれる刃。片腕片脚となったクストスが倒れるより先にそれは戻り、時間を逆行するようにくっついた。磁力によるものか、破壊痕から漏れる光は紋様蝶のそれに似ており、剪定者の高度な機械技術を思わせた。

二人、同時に飛び退って武器を構え直し、傷付けに傷付けてなお斃れぬ異形を睨み合った。

「化け物が……！」

「……怪物め……」

痛みはない。ただ、熱があった。同時にアルファは、己に忍び寄る死の気配を感じていた。一瞬ごとに自分の反応速度が遅れている。全身から巻き起こる炎の勢いが衰えつつある。

お前は、あとどれくらいで枯れる？　――ナガツキはそう言った。けれど今ではない。もう少しなんだ。もう少しだけ――誰にともなく捧げられた願いは、疲弊する体に空疎に響く。

「歪な進化だ」クストスが吐き捨てる。「信じ難い。プラントにこんな生命体が存在するのか。醜く、おぞましくて、厄介だ。……だが、時間が経つごとに、出力が弱まっているな」

「は。だからどうした」

「対象の追随速度を下方修正。次で、殺す」

残された時間を数えながらアルファが構え、クストスも応じ――

その冷たい目が、ぎょろりと動く。

目線だけで真横を見ていた。アルファも思わずそちらを追った。あらゆるものが吹き散らされた戦域の外に、見覚えのある人影を認めた。

「――アルファ！」

ほんの数分前に別れたばかりなのに、懐かしくすらある声に安堵した。

――ハル。ナガツキ。良かった。お前たちは、無事だったか。

「先生っ……！」

クストスが全身でそちらを向き、朗らかな笑みを向ける。全身が焦げてひび割れ、傷付いてなお作られた笑みは、健気でさえあった。

「見ていてください。もうすぐ終わりますから。そしたら、一緒に行きましょう。あなたに教えたいことだってたくさんあるんだ。先生だって、久しぶりで困ってますよね？」

機械仕掛けの少女が示すありったけの親愛を、ハルは否定も肯定もしなかった。

記憶の空白と、お互いの認識のずれを埋めるため、ただ正面から問う。

「……待って。でもあたしは、あなたのことを知らないよ」

クストスの表情が、硬直する。

「あなたは誰？　どうしてこんなことするの？　今からだって、止められないの!?」

訴えに意味があるとは、ハルだって思っていないだろう。なかったことにするにはあらゆることが起こりすぎた。それでも言わずにはいられなかったのだ。

クストスは口を噤(つぐ)む。頭の中でなにかを演算し、彼女の中でなんらかの結論に至った。

「……記憶処理が行きすぎたのか。あなたの中に、余計な情報が入り込んでるみたいですね」

「え……？」

「無理もないことです。こんなイキモノと接触するなんて計算外も甚だしい。けれど――**もう時間がありませんから**。なんと言っても、連れていきます」

クストスは一瞬で優先順位を切り替え、全速でハルに迫る。その硬い手が、ハルに伸びる。

人間のハルに反応できるはずもなかった。消耗しきったナガツキも同様だ。

体温のない指先が触れる――寸前。

アルファが、クストスの前に立ちはだかる。

熱く心強い風が吹く。長い髪が浮き上がり、端々にまでチリチリと熱気を湛(たた)えている。

クストスが苛立(いらだ)ちをあらわにし、両手に二刀を握り直した。

「そこをどけ」

「断る」

「そのひとが誰なのか、お前は知ってるのか？　なんのつもりで僕と先生の間に入る？　そのひとはプラントにとって必要な存在だ。お前たちとは違う……！」

「誰でもいい」

返す言葉は、簡素だった。

煌めく虹彩が残光を引く。静謐な覚悟と灼熱の気迫が、ハルを守る絶対的な壁となる。

「ハルは、わたしのトモダチだ」

明らかに言い慣れていない、たどたどしい口ぶりで、しかしはっきりとアルファは言う。

クストスの全身から、たちまち目にも見えそうな敵意が噴き上がった。無機質な伐採者が見せる黒い感情を、アルファは臆すことなく全身で受け止める。

ハルは、その背に声をかけようとした。しかし言葉がすぐには浮かばなかった。頼もしいはずなのに、何故だかとても遠く見えた。なにを言っても余計な気がした。

友達だ、と。――そう言ってくれた彼にかける言葉は、ひとつでいいのかもしれなかった。

「負けないで」

「わかってる」肩越しに振り返る目は、優しかった。「やることだって、たくさんあるもんな」

そして敵に向き直り、もう、二度と振り返らない。

確実に迫り来る「終わり」を自覚しながら、アルファはなにも恐れはしなかった。萎えかけた気力に再び火が入った。カウントダウンなど必要ない。決着をつけるまで、何度でも、いくらでも――天敵を見据えながら、アルファは自分自身に告げる。

「……始めようか」

アルファという名は、ベルタが付けた。意味は「始まり」。

これは守るだけの戦いではない。重い鋼鉄の蓋を砕き、新しく始めるための戦いだ。

最後の加速。暴力の化身のごときクストスに、アルファはありったけの力で追随した。影を追い熱を追い気配を追い、深い先読みに勘と経験をぶち込んで、刹那の隙をもぎ取られては奪い返す、狂瀾にして怒濤の削り合い。花と鉄、ただ二人だけが存在を許される決死圏は、ともすれば時間の流れさえ違うのかもしれなかった。

しかし。

「あ……!?」

人の目にも見て取れる異変に、ハルが声を上げる。

アルファの体が、不意にバランスを崩したのだ。

極限のやり取りで生まれた綻びは、彼の限界を意味していた。髪から散る花弁が、空気に擦れて乾いた音を立てる。大斧に絡みつく樹木が瑞々しさを失う。再生と燃焼と加速を繰り返して、アルファの命は恐ろしい速さで消費されつつあった。

クストスはそれを見逃さなかった。致命的な空白、差し込まれる刃は鋭く――

すとん、と、さしたる抵抗もないまま、大鋏がアルファの胸を貫通した。

もはや再生も許さない、確実な急所だ。そのまま刃を抉り、切り開くだけで全ては終わる。

途端に、周囲の熱がふっつり失せた。花弁に宿る火焔が一斉に消え、戦域に重い闇の蓋が落ちた。ハルが悲痛な声を上げる。ナガツキが目を伏せる。クストス一人がうっとりと笑い——

気付いた。炎は消えたわけではない。

瞬時に、圧縮されたのだ。

「……⁉」

「つかまえた」

アルファには、これ以上速く動ける自信などなかった。きっともう追いつけはしないから、向こうから来てもらう必要があった。

今や樹木は刃どころか相手の体にも巻きつき、身じろぎひとつも許さない。零距離。全ての熱はアルファの中にある。傷付いた体から、切り裂かれた傷口から、煌々と光る。

「言っただろ。最後まで、付き合えってな」

「貴様ッ……‼」

轟——

その夜、最も強い光が閃いた。

アルファの体から一条の熱線が放たれ、辺りを強烈に照らして濃い影を刻む。

それはあたかも地表から空へ、斜めに打ち上がる細い彗星だった。熱線は森を貫いて空を照らし、延焼すら起こさぬ圧倒的熱量で軌道上の一切を消滅させてなお止まらない。やがて意外なほどの間を置いて、遥か彼方の世界樹の表面に「ぽっ」と星のような光点を作り——消えた。

理屈は簡単だった。極限まで密度を高めた炎を、前方に噴射する。これまで推進力に使っていたものを攻撃に転用するのだ。言うなれば即席の火炎放射。それも常軌を逸したレベルに圧縮し、あまりの負荷に武器をも自壊せしめる出力だった。

アルファは長い耳鳴りの中で、ばちばちとスパークする機械の音を聞く。

「ッツ……か……は……」

クストスの体は、「立っている」と表現するのも正しいかどうか。

頭への直撃は避けた。しかしその首から下、半身が文字通り消滅してしまっていた。出血めいた大量の火花が散る。いかな技術による機体であっても、部位そのものがないのでは修復のしようがない。出来損ないのカカシのように立ち尽くし、数歩よろめいて、倒れる。

「…………――」

アルファはにやりと笑い。クストスにほんのわずか遅れて、同じく倒れ伏す。

光も風も熱も失せ、両陣営の最強がぶつかり合う戦いは、呆気なく幕を下ろした。

あとにはただ、花の残り香だけがあった。

❀❀❀

「……さか……こん、な……僕が、まさか……！」

体の半分以上を失いながら、クストスはまだ稼働していた。

機械脳の大半を埋め尽くす致命的エラーを無視し、自律系の反射を強引に捻じ伏せて破損部位の制御を放棄。警告――全機能の86％が損壊。戦闘機動続行不可能。危険領域。実験中止を提案――無視。警告シグナルにも構わず、クストスはノイズの走る視覚センサーを振り回した。

先生は？

クストスはまず、ハルを心配した。土が剝き出しの灼けた荒野の只中に、何故かぽつんし立つ細い樹がある。あれは、奴だ。恐るべき進化を遂げた、植物の慣れの果てだ。

そちらへ、ハルが駆け寄っていく。自分には目もくれない。気付いてすらいない。

クストスはその背中をじっと、じっと見ていた。

――先生。ああ、先生。

僕は、あなたに――

決断する。緊急時プロトコル【VO-111】実行。以降は機体の保全および機密保持を最優先、第一目的を「槽への帰還」に設定。

人知れず、クストスの体が浮き上がる。磁力によって手近な剪定者の残骸と接続。生きている中で機動力のあるパーツをかき集め、操作系統を掌握して自分の一部とする。小さく、無様な体だ。先生には絶対に見せられない。クストスは屈辱を呑み込み、飛行型のパーツを用いて浮遊。傾き、揺れながら、森の闇深くへ逃げ込んでいった。残された時間を数えながら。

空の果てに、星が流れた。

赤くもなければ落ちてもこない、自然の、天体としての流れ星だった。

ちらつく光に意識を取り戻した時、アルファは自分が誰かに抱かれていることに気付いた。

「――ファ……!!　――ルファ……っ!!」

この声は、そうだ。焦点を結んだ視界に、見慣れた人間の顔が飛び込んでくる。

「ハル」

ハルは見たこともないような顔をしていた。表情がころころ変わる奴(やつ)なのは先刻承知だが、それにしても今回のそれは珍しいなと思う。

「なんて顔してるんだ、お前」

「だって……だってアルファ、体が……」

ああ、そうか――ようやく自分の異変に気付いた。

アルファの体は、もはやヒトの形ではない。既に体の半分以上が樹木と化していた。腰から下は幹になり、枝が寄り集まって伸び広がる。それはアルファを抱き起こすハルにも絡(から)みついて、ほとんど一体化でもしているような状態だった。

「――アルファ。お前は……」

ナガツキの沈痛な声が耳に入る。長い付き合いだが、そんな声を聞いたのは初めてだ。

「高純度古代兵装は使うなと……それだけはやめろと、言ったのに。……あれほど……」

「……ん、すまない。面倒、かける」

「そんなことはいい。おれはただ、お前が……」

言葉が途切れる。この先に起こることを知ればこそ、ナガツキは二の句を継げずにいた。

全身が急速に冷えていく。知れきった結末だ。

樹木と化した体には、地に張る根がない。残された命の許すままに天へと伸びるだけだ。人ではなく、花木としても成立していない、ひどく歪な生き物の有り様だった。

「アルファ。剪定者は、やっつけたよ」

「うん」

「あの子も、もういなくなったよ」

「うん」

「みんな、頑張ったよ。アルファも頑張ってくれたよ。だから、あたしたちは大丈夫、で
……」

「なあ」

「……なに?」

「そんな顔するな」

ぎゅっと、ハルの腕に力がこもる。いつも細くて脆くて弱っちい体だと思っていたのに、何

故だか今に限ってとても力強く思えた。

「……まだ、怖いのか？」

ハルは頷く。

「『痛い』、か？」

ハルは、やっぱり頷く。

「ぜんぶ」声は震えている。「全部だよ。だって、――だってアルファが」

「いいんだよ。わたしはいいんだ。痛くも、怖くもない。――案外、悪くない気分なんだ」

勝ちか負けがあるとすれば、これは多分「勝ち」でいいんだろう。

色んなものが失われた。たくさんの仲間が散った。けれど、それでも、最後の最後に守りたい一線は、なんとか守り通せたと思う。

――だよな、ベルタ？

彼は記憶にしかいない。その残滓はささやかな栞となって、今もハルの胸元に眠っている。

「いっちゃやだ」

ハルの物言いに、アルファはつい笑ってしまう。これじゃまるで子供だ。咲いたばかりの花だってそんなわがままは言わない。

せめてその頭を撫でてやりたかったが、結局それは叶わなかった。ぱっ――となにかが緩む感触がして、アルファの手が消えた。形を失い、風に散っていくそれは、桜の花弁だ。

「待っ……！　待ってよ！　そんなのだめ！　だめだよアルファ!!　だっ、だって、だって一緒にいるって言った！　この世界のことを知って、そっ、外のことだってっ、アルファが知りたいことだって、まだいっぱい……！」

ハルの両目から、とうとう大粒の涙が溢れる。乾いた体に、その水は炎より熱く感じられた。

はら、はらりと、花人は形をなくす。強く抱き締めたハルの腕からアルファがこぼれていく。

最後に、こいつの笑った顔くらいは見ておきたかったな——とアルファは思う。

——だけど、花は咲くから。

「またな」

ほどけた。

全てが桜となる。傷付いた体も、なめらかな髪も、輝かしく燃えた灼熱の魂も。

風に巻かれ、空高く舞い上がる花弁は、ひとつひとつが月の光を受けて輝いて見えた。

ハルは地面に座り込んだまま、桜色の風を見ていた。

いつまでも、いつまでも見上げていた。

❀❀❀

『ここしばらくは色々あって、なんにも書けない日々が続きました。

なので、これはすごく久しぶりなやつです。

考えたんですけど、手紙っていうのは、自分の考えをまとめるためのものでもあるんじゃないかな。だからわたしも今回は、誰かに読ませることは意識しないで、これまでのことを整理しようと思います。

剪定者との戦いが終わって、もう一ヶ月くらいが経ちました。

学園は、色々と大変でしたけど、残っています。

たくさんの子たちが花になっちゃったけど、生き残った花人もいます。あたしを含めたそういう子たちは、フライデーに指示してもらって、一生懸命学園を立て直しています。

学園長は眠っています。あの戦いで力を使いすぎて、また長い長い休眠に入りました。前例がないことなので、次に目覚めるのがいつなのか、誰にもわからないみたいです。

あたしは、『月の花園』の管理をしています。

花園はすごく賑やかになりました。とてもたくさんの花が咲いて、お世話をするだけでも大変です。今ではどこでなんの花が咲いていて、それが誰だったのかも、結構覚えてきました。

でも「『花守』のハル」と呼ばれるのは、少し不思議な気分です』

時が経つ。森は変わらない。学園の周辺であっても同様だ。

戦いの痕跡はいつしか緑に染まり、獣や蟲も戻ってきた。とはいえ学園に刻まれた爪痕はやはり深く、巨木の化石全体の修復作業は今なお続いている。

「ハル殿っ‼」

呼びかけに顔を上げると、背の高いヒマワリの花人(はなびと)がいた。

「あ、クドリャフカ」

「いつもお疲れ様であります！　なにか手伝うことはあるでありますか⁉」

彼も、あの戦いを生き延びた一人だ。話によれば半死半生の目に遭い、剪定者の追撃で危うく刈られかけたらしいが、相手の装備を奪い足掻(あが)いて暴れて吹っ飛ばして突っ走り、なんやかんやで気が付けば終わっていたらしい。物凄(ものすご)いガッツだと思う。

「いいよ、大丈夫。クドリャフカは研究室の修復があるでしょ？　そっちに行ったげて」

「了解であります‼」

風が吹き、花を揺らす。クドリャフカはそれらに一礼し、立ち去る寸前ではたと思い立つ。

「時にハル殿。あなたは、クドリャフカという言葉の意味を知っておいでですか？」

「え？　いや……う～ん……なんだろ、わかんない」

わはっ、とクドリャフカは快活に笑う。どこか自慢げに。

「まあ、厳密には本来の古代言語とは違うかもしれませんが。クドリャフカという名は、ハカセが付けてくれましてな！　――『必ず帰る』、という意味だそうであります‼」

必ず、帰る。いい名前だ。だから彼はあの激戦でも生き抜いたのだろう。

自らの名の意味を告げ、クドリャフカは花園を再び一瞥して、意気揚々と去っていく。

見送って、ハルは作業に戻る。アルファは『花守』の仕事は一人でするべきと思っていたようだが、ハルとしてはその限りではないと思っている。手が空いている仲間がいれば、都度手伝ってもらったっていい。賑やかな方がきっとみんなも喜ぶだろうから。

けれど、アルファが一人を選んだ理由も、なんとなくわかる気がしていた。

アルファはいつだって、自分が一人ぼっちで待つことを考えていたのかもしれない。他に誰もいなくなった学園で。強すぎる責任感が、彼にそんな覚悟をさせたのではないだろうか。

花園の一角に桜の木がある。新たに植え、驚くほどのペースで育ち、早くも蕾をつけようとしていた。その傍には、栞から解き放たれた蒼いワスレナグサが植わっている。

ハルは待っている。その間も、手紙を書き続けている。


『学園はいつも通りです。

少しずつ、いろんなものが元通りになっていきます。今日は食堂で久しぶりにお肉を食べました。ちょっと余裕が出てきて、探索班のみんなが狩りを再開するようになったみたいです。

フライデーもスメラヤも頑張ってます。上のほうにあった図書館も被害を受けて、本が燃えてしまったりもしましたが、資料班はへこたれません。残った本をまとめて、蔵書目録を整理して、今後も遺跡でたくさんの本を探そうって決意してます。強いです。

研究班もすごいです。最近はなんだか、装備を作るための機材を直すための機材を直す装置を作るっていうアクロバットなことをしてます。あたしもちょくちょく呼ばれます。紋様蝶を使った技術は、学園にとってもすごく大事ですから』

『学園は今日もいつも通りです。

時折、考えます。あたしを「先生」と呼んだあの子のこと。

あれから剪定者は出てこないし、あの子も現れません。あの子は、きっとあたしのことを知っているんでしょう。あたしが忘れてしまったことまで、詳しく知っているのかもしれません。

あの子が、あたしと約束をした相手なんでしょうか。

だとすれば、一体なにを約束したんでしょうか。

これから色んなことが起こると思います。知らないことや、わからないこともたくさんあります。そういうことも全部調べて、ちゃんと記録していかなくちゃいけません。

そのためにも、いつかまた、あの子とちゃんと話をしなくちゃいけないと思います』

『学園はやっぱりいつも通りです。

少し、一日が長いな、と思うことがあります。

どれだけ経っても、季節はずっと変わりません。ただ花園で咲く花のローテーションが変わったりして、時期ごとに色んな香りがします。そういう香りの移り変わりで、なんとなく時間の感覚を摑んでます。

花人のみんなも、花のみんなも、元気です。

あたしは待っています。ずっと、待っています』

ある日のことだった。

研究班が『月の花園』で、ある反応をキャッチしたと報告があった。

桜が、咲いた――と。

別所で作業していたハルは、聞いた途端に全部放り投げて走っていた。

――信じられません。こんなに早いなんて。花人が再び咲くサイクルとしては、記録的です。

驚きと戸惑いの混じったスメラヤの説明が耳に残っている。

――もしかしたら、彼自身の特性によるものでしょうか。しかし、枯死を迎えた花人がもう一度咲くには、もっと長い時間をかけて生命力を蓄えなくては……。

全ては仮説に過ぎない。イレギュラーは起こるものだろう。原因はわからないにしても。

――彼は、碧晄流体の原液に全身を長時間浸されました。前例のない事態です。そのことが関係しているなら、この早いサイクルには再現性が――

合理的な理由があるのか、ないのか、わからないのか、そんなことはどうだってよかった。

花はまた咲き、花人もまた咲く。本当だったのだ。また会えるのだ。

アルファ。――アルファ。アルファ！

花園へ通じる扉を開け、あらゆる匂いが混然一体となった風を嗅ぐ。この感覚にももうすっかり慣れた。けれど今日に限っては、その中に懐かしい香りが混じっている気がした。

彼はそこにいた。長く綺麗な髪。見慣れた横顔と、風を受けて飛ぶ、涙のように美しい花弁。

桜の花人。

涙が溢れた。駆け寄ろうとして、二、三歩よろけた。花人はそちらに気付き、きょとんとした顔を向けてきた。目が合う。嬉しくなって、声を上げる。

「アルっ――!!」

「お前は、誰だ？」

花人の表情に裏はなかった。本気で戸惑い、心から不思議がっていた。

その顔は純粋で、どこまでも無垢で、まるで生まれたばかりの子供のようだった。

いいや「まるで」ではないのだろう。文字通り彼は、今この時「生まれた」のだ。

花は、また咲く。形と色と匂いは同種だが、決して同じ花ではない。

「あー……」

言葉を失うハルを見返して、桜の花人は困ったように頭を掻く。

どこで知ったのか、それとも覚えていたのか。自分の中にある語彙を漁り、こういう時に言うべきことを探り当てた。

「——はじめまして？」

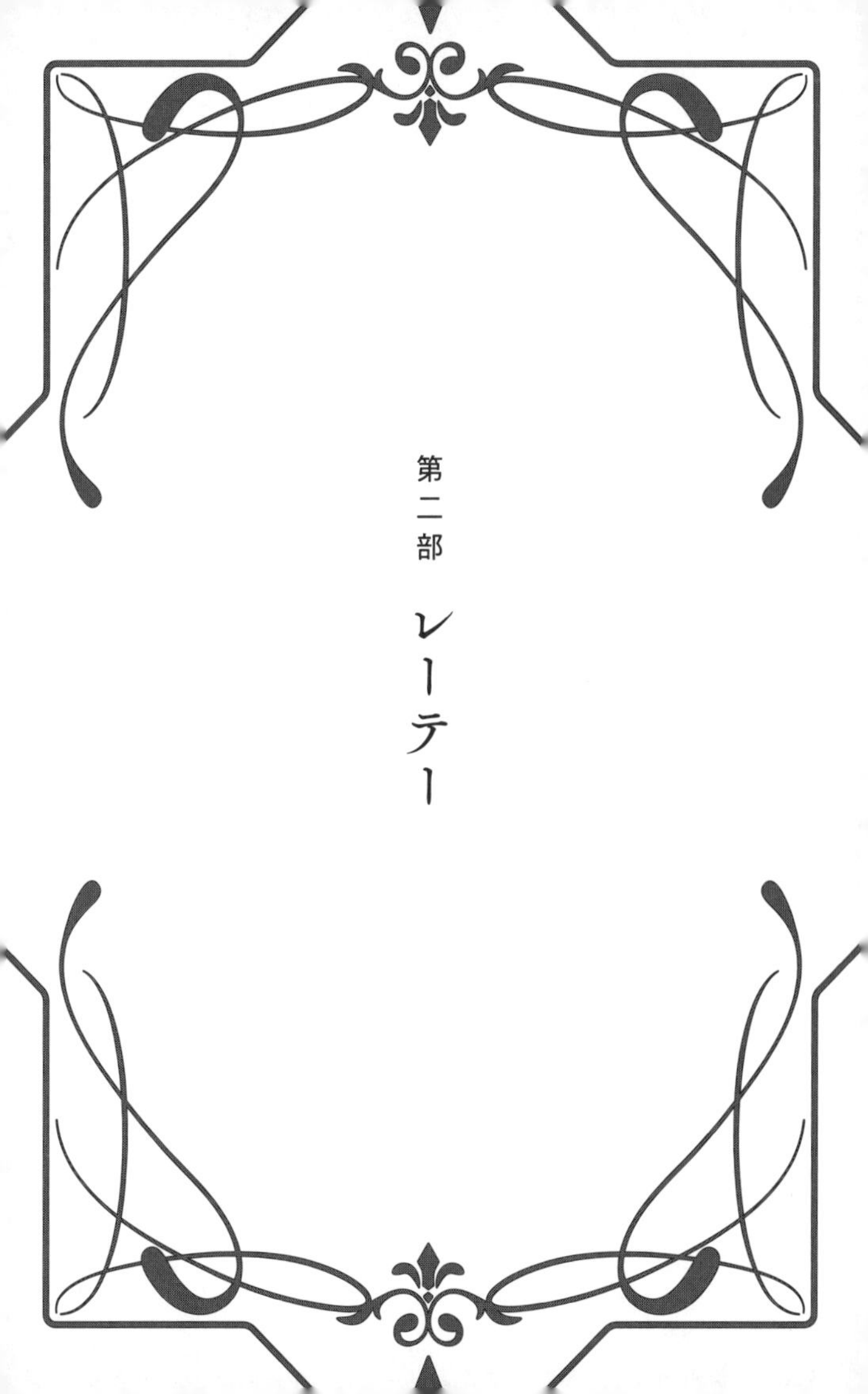

第二部　レーテー

1

プラントの一年は、「芽」「蕾」「花」の三つの時節に区切られる。

一年を通して温暖な気候が続くこの世界では、どのような花々も平等に咲き誇り、それぞれのペースで生命のサイクルを繰り返す。そんな良くも悪くも代わり映えのしない日々で、花人は自分たちの生活に区切りをつけるために暦を作った。

基準は世界樹だ。「蕾の季」は、世界樹の播種が落ち着き、芽吹いた植物が地に定着しつつある時期のことを指す。また、野生動物が活発化する時期でもあった。

「うわうわうわうわうわうわうわうわうわうわ!?」

ハルは巨大なイノシシに掴まっている。そんじょそこらの剪定者よりも大きな奴だ。そいつは追い込まれて完全に興奮し、幽肢馬の全力も追いつかないスピードで森を突き抜けている。

両手両脚でごわごわの毛皮にしがみつきながら、ハルはタイミングを計った。あっという間に流れ去る景色の中、目印の大岩を過ぎ、幅広の河に差し掛かって、叫ぶ。

「アルファ────っ!!」

合図を効き、待ち受けていた影が飛び出す。瑞々しい桜の花弁を散らし、巨大な汎用型戦槌を構えたアルファが、隕石のような打撃を叩き下ろした。

ばっこーん‼　――と、一発でイノシシは昏倒。ハルはぽーんと放り出され、空中をくるくる何回転もして、落ちる寸前のところで受け止められる。

「終わったぞ。こんなもんでいいか？」

「ふー、死ぬかと思った……。ありがとアルファ」

アルファは「ん」と頷き、ハルを下ろしてやる。そのままぴくりとも動かないイノシシを見張っていると、森の奥から二人の花人が追ってきた。

「おー、やったか！　大物だな！」

「いい狩りだったです。協力してくれて、ありがとうございます」

ハルはウォルクとネーベルに親指を立てる。彼らが追い込んでくれなければ、このポイントまでイノシシを誘導できなかっただろう。応じて二人も親指を立てる。

この「親指を立てる」という動作は近頃の流行だ。ハルがなんの気なしにやったことがいつしか広まり、今や「よくやった」「イカすぜ」「おっけー」などの意味で学園中で使われている。

アルファはきょとんと三人を見比べる。ややあって、真似をして「ぐっ」と親指を立てた。

「お、お帰りなさい。お疲れ様です。こ、ここの台に置いてもらえますか？」

花人は食事を必要としないため、獣肉を自ら食べることはない。しかしプラントに生きる野生動物の体は様々な素材となり、花人たちを助けていた。骨や皮は装備や衣類や建材に、血は薬品に、肉や臓は肥料や獣向けの罠(わな)に。雑食性の幽肢馬(カシバ)の飼料にも使える。

更に言えば、獣たちの体から彼らの生態、ひいては周辺環境の変化なども読み取ることができる。そうした理由から、狩った獣はまず研究班に預けるのが決まりだった。

「ふむ、健康な駆磨亥(クマイ)の成獣ですな!!　見事であります!!　では、あとはお任せください!!」

流石(さすが)に肩が凝った。ハルは肩を回し、研究室を辞そうとして、アルファの視線に気付く。

「どしたのアルファ。なんか気になる？」

「なんだあれ？」

指差す先には、研究室に特有の大型機材。今は稼働(かどう)しておらず、静かなものだ。

「鍛造装置であります！　あれで製錬した鉄を更に鍛え、装備を作るのでありますな！」

「あれは？」

「碧晄流体(へきこうりゅうたい)と薬剤の調合チャンバーであります！　下手に触ると爆発しますぞ！」

「じゃ、あっちのはなんだ？」

「ほほうお目が高い！　あれは試作の大型通信装置とその製造ドックであります！」

「あれは？　なにかの巣か？」

「あ、あの、あれは片付けてない廃材置き場でして……整理しなきゃですねあはは……」

アルファの「あれなにこれなに」は今に始まったことではない。最初こそ面食(めんく)らう花人(はなびと)が多かったが、今ではおおむね好意的に受け止められている。

なにしろ今のアルファは、咲いたばかりでなにも知らない新しい花人なのだから。

「あんまり邪魔しちゃ悪いよ。あたしたちは花園に戻ろ」

ん——と曖昧に頷きながら、アルファは広い研究室を見渡す。狩りの時以外はどこかぼんやりしている印象の彼だが、桜色の瞳にはいつも外界への好奇心があった。

「もいっこ教えくれ。あれ、なにについて書いてあるんだ？」

研究室の一角に構えられた、あるスペース。資料やメモ書きや機材などが雑然と敷き詰められ、度重なる研究結果や知識が地層のように積み重なった異様な空間だ。

「ふぁ」スメラヤは目を泳がせ、頼りなさげにハルを見る。「えっと——」

「『剪定者』の記録とか、調査結果をまとめてるとこ。アルファも聞いたことはあるでしょ？」

「話にはな。わたしたちの敵って奴らだろ？　——けど、見たことがない」

時節が変わり、剪定者は花人たちの前から姿を消した。クストスと戦ったあの日から、どういうわけだか、ふっつり現れなくなったのだ。

理由に関しては花人の間でも意見が分かれる。ついに駆逐に成功したのか。どこかに隠れて反撃の機会を伺っているのか。こちらが気付いていないだけで、裏で暗躍しているのか——

「せ、剪定者がいなくなったことに関しては、どうにも結論が出せない状況です。それに対して、ボクたちがどう動けばいいのかも……」

「外に出るべきって子たちもいるよね。剪定者がいない今のうちだって」

「そ、そうした考えも、あり、です。じ、自由に動けるうちに、こちらの勢力圏を広めて……その、つまり。未踏査地区の調査を進められれば、新たな情報や資源も期待できます」

「自分は防備を固めるべきと考えます」クドリャフカはきっぱりと、「学園の構成員は今、往時の半数を割っています。装備や設備の損害も埋められておりません。剪定者側の出方がわからないからこそ、こちら側の態勢を盤石のものとせねば」

「……そうした考えも、理にかなっています、はい。どちらも正しいからこそ、どう動くべきか決めかねているといいますか。い、今はどうにか、学園長がまとめてくれていますが……」

この「積極的に調査に出るべき」派と「学園を守るべき」派の意見の対立は、以前からも水面下であった。それが今、状況の大きな変化により表面化しているのだ。

簡単に答えの出る問題ではなかった。アルファは「ふぅん――」と顎に手を当て、自分なりに初めて聞く剪定者のことや学園の状況について思いを巡らせていた。

と、その視線がまた別のものに注がれる。

「――あれ、なんだ？」

「へっ？　どこ？」

「あそこに置かれてるやつだ。『本』ってやつだよな。かなりボロいけど」

見れば確かに、スメラヤのデスクの片隅に本のように分厚いノートが置かれてあった。ボロく、一見すれば雑紙をまとめただけのように見えるが、付箋だらけだ。スメラヤの私物なのだろうか。

アルファの手が、なんの気なしにそちらに伸びて――

「っ‼　だ、駄目です！　それは駄目っ‼」

ひったくるようにノートを取って胸に抱くスメラヤに、アルファは呆気に取られた。

「……なんでだ？」

「あっ――あぁ、いえあの、急に大声出してごめんなさい。これだけは、その……」

「えと、大事なものだったみたいだね。勝手に見ようとしてごめん。ほら、アルファも」

ハルに促され、アルファは幼児のように「ごめん」と頭を下げる。スメラヤはむしろ自分の方が申し訳なさそうに、しかしノートは慎重に引き出しの奥にしまった。

「いやはや、ハカセの研究ノートには未整理のものが数多くありましてな！　まだ人様に見せられる段階にないものもあるのです！　何卒ご容赦くださいませ、わはは‼」

「そ、そういうことでしてはい……うぅ……」

常日頃考えることの多い研究班長には、そういうこともあるのだろう。スメラヤの聞いたことのない大声には驚かされたが、ハルとアルファは目を見合わせ、追及を控えた。

「……わたし、なにか間違えたかな」

回廊を歩きながら、アルファは思案げだった。

「そんなことないと思うよ。でも、今度からは触る前にちゃんと聞いた方がいいかも」

「わかった。気を付ける」

アルファは素直だった。ハルの言葉になんの疑いもなく頷き、皮肉も疑問も挟まない。ただいつも頭の中で別のことを考えていて、「知らないもの」を見る目は新鮮な興味に溢れている。

彼にプラントのことや学園のことを教えたのは、ハルだった。狩りの仕方も、遺跡探索のセオリーも、仲間たちのことも、学内施設の使い方も。これには自分が書き記していた手紙という名のメモや、かつてアルファが教えてくれたことが役に立った。

「なあハル。次はどうすればいい？」

次はなにを教えてくれる？　――そのような期待も込められた問いは、彼が目覚めてから何度も繰り返されたものだ。ええと、とハルは『月の花園』の世話を含め、今日のうちにやるべきことをざっと伝えた。

「あ、そうだ。あたし学園長に報告があるから、先に行ってて」

「学園長……うん、あの赤いやつだよな。わかった。じゃあ、わたしは花園に行ってる」

お願いね――という返事を、ハルはすぐには言えなかった。かつてアルファとナガツキが一緒にいる姿を知っていたから。

「ああ」と、去り際にアルファが思い立ち、「その学園長っての、大丈夫なのか？　なんか……こう、他の奴と比べて、花の色が褪せてる気がする」

「うん、大丈夫だよ。……きっと大丈夫」

そうかと頷き、軽く手を振りながらアルファは花園へ急ぐ。ハルはその、なんら気負うところのない軽やかな足取りを、しばらく見つめていた。

「そうか。そんなことが」

狩りと研究室での一件に関する報告を受け、ナガツキは感じ入ったように頷いた。

「スメラヤの大事なノートだったみたいです。あたしも知らなかったから、止められなくて」

「いや、無理もない。お互いに納得したのならいいことだ。それに思い返してみれば、確かにアルファにはそんなところもあった」

「そうなんですか？」

「あいつは素直じゃないが、もともと仲間思いで好奇心旺盛だ。知らないことがあるのが我慢ならない性質だった。ごく最初の頃もそんな風に——」言いかけ、ナガツキは首を振り、「いや……比べるものではないな。すまない、忘れてくれ」

彼は「今の」アルファと「昔の」アルファを、意識して分けようとしていた。それはハルも同じだ。一度花人としての死を迎え、再び咲いた彼が厳密には別の花であることは、頭でわかっていても感覚的に飲み込みづらいところがあった。

「ううん……それこそ、無理もないです。重ねちゃうのは当然だと思います」

「いけないな。老いると過去のことばかり考えてしまう。振り返る暇もなかった頃は数日前さえ昔に思えたのに、どうしたことか、今は何百年も前のことが随分色濃く思い出せるんだ」

「あはは、老け込むには早いんじゃないですか？　アルファも心配してましたよ」

「そう言われると気が抜けないな。——さて、すまないが今回も頼めるかな」

快く頷き、ハルはナガツキの後ろに回り込んだ。

彼はあの戦いで力の大半を使い果たし、今は車椅子に座って生活している。樹木でできた車椅子はナガツキの下半身と半ば一体化しており、根付いた彼岸花があちこちで揺れていた。

学園長室のドアを開き、回廊を進む。日に一度はこうして外に出て、風と日光を浴びる必要があった。回廊の窓から差し込む陽光に目を細めながら、ナガツキはぽつりとこぼす。

「君にも気の毒なことをしてしまった」

「え？」

「花人のことを、ちゃんと説明するべきだったね。花人は蘇るが、なにもかもが元通りとはいかない。アルファのことも……」

彼と再会した時のことを思い出す。舞い散る桜。こちらを見つめる純粋な瞳。言いなれておらず、しかし心の底から出ただろう「はじめまして」という言葉。

「いいんです」

「……そうかい？」

「最初はびっくりしたけど、今こうして一緒にいられるんですから。それにほら、全部忘れてるっていうならあたしだって同じだし。おあいこですよ」

ハルは努めて明るくそう言った。今や記憶喪失仲間で、しかもこっちが先輩だ。

——見知った相手が自分のことを忘れているというのは、こんな気分だったのだろうか。頭の隅に思い返されるのは、あの機械仕掛けの少女のことだ。「あなたは誰だ」と、「知らない」と言われた時の彼女は、どんな顔をしていただろう。自分は、なにを忘れているのだろう。

「そうか……。やはり、アルファの傍にいるのが君でよかった。これからも、教育係として色々と教えてやってくれると嬉しい」

「もちろんですっ！　任せてくださいよ！」

胸をどんと叩くハルに、ナガツキは微笑む。ゆったりと流れる暖かい風の中で、ナガツキは開け放たれた窓の外を見やる。学園長室は高い階層にあるため、回廊からの眺めもいい。

「それにしても、なんだね。私がこうなってしまった以上、学園長の任を引き継ぐことも考えなければならないかもしれない。いつなにがあるかもわからないのだから」

「縁起でもないこと言わないでくださいよー。まだまだいけますって！」

「はは。もちろん、まだ気は抜かないがね。……うん？」

「どうしました？」

ナガツキは樹海の向こうを見据えていた。その果てに聳える、プラントで最も高い大樹を。

「いや――世界樹とは、あんな感じだったろうか？」

言っている意味がハルにはわからなかった。見たところ、いつも通りにしか思えない。長年世界樹を見ていたナガツキにしか感じ取れない違和感があるのか、しかし彼自身にもなにがどう違うのか詳しく説明できないようだった。

「気のせいじゃないんですか？　ほら、播種が終わっていつもより落ち着いて見えるとか」

「そう、か……。確かにな。そうかもしれない……」

言いつつ、ナガツキはやはり違和感を拭えないようだった。

実際、このごく小さな変化は、他の幾人かの花人もなんとなく感じ取っていることだった。研究室から、演習場から、食堂から、図書館から、不意に風に導かれるように世界樹を振り仰ぐ花人たち。「どうしたんだろう」「なんか違う」――その程度のことしか感じ取れず、けれど具体的になにが違うかもわからないため、ほとんどがすぐに忘れてしまっていた。

「――どうしたことかな。近頃は、眠る時間ではないはずなのに、妙に眠気が強いんだ」

呟くナガツキ。この時は誰も想像してさえいなかった。彼が、二度と目覚めなくなるとは。

次の日のことだった。晴れているはずなのに日差しがどこかよそよそしく、風が妙に肌寒く感じる朝、ハルは学園長室で倒れているナガツキを発見した。

「……学園長？　学園長っ!!」

駆け寄り、まず花を確認する。赤い彼岸花は、褪せてこそいるが、瑞々しい。枯死はまだ遠いはずだ。抱き起こすと、息はある。

「――眠ってる……」

それは安堵とは程遠い確信だった。ナガツキが眠りにつくサイクルは、近頃早まっているとはいえ定期的で、このように突如として昏睡したことはない。明らかに、異常だった。

しかも、これはナガツキに限ったことではなかった。

少し時間を置き、学園のあちこちで同じようなことが起こった。いつも通り活動していた花人が突如として眠気を訴え、その場に倒れ伏す。いくら揺り動かしても起きることはなく、深い深い眠りに沈む彼らの表情は、穏やかでさえあった。

同じ頃、空の彼方から雲が近付いてきていた。太陽を隠す、白く分厚く、冷たい雲が。

そして、プラントに「冬」が来る。

❀❀❀

それが「雪」というものだとさえ、多くの花人たちは知りもしなかった。

真っ白く塞がった空から、いつまでも降り続く氷の綿毛。真昼でも薄暗く、分厚い積雪は早い段階で辺り一帯を覆い尽くしてしまっていた。

「一体、どうなっているのですか……!?」

学園の中でも高所にある、図書館。下層階は雪に埋もれ、緊急的にこの場所を避難場所とせざるをえなかった。ありったけ集めた火喰蛍の光だけが、館内を朱色に照らしていた。

フライデーは花人たちを避難させ、蔵書からこの状況の原因を必死に探っていた。同じくある程度古代文字を解読できるスメラヤが、ぼろぼろの古書から該当の現象を見つけ出した。

「ふ……『フユ』というもの、だそうです。一年のうちで最も寒くて、氷の雨──『ユキ』がたくさん降る季節。外の平均気温はずっと氷点を下回って、空気が乾燥して……その、しょ、植物や動物が、活動を停止する時期だと」

説明を裏付けるように、花人たち全員に活力がなかった。ぐったりうなだれている者。心ここにあらずで呆けている者。あるいはもう、完全に眠ってしまっている者。比較的元気な者にも冬の影響は色濃く残り、スメラヤとフライデーにも重い眠気と倦怠感がのしかかっていた。

眠気。そう、眠いのだ。気を抜くとすぐ目を閉じてしまいそうになる。外からは鳥や虫や獣の声も聞こえず、ただ虚しく響く風音だけが、体の芯まで冷やすようだった。

「一体、どうして急にそんなことに……！　終わらせる手段はあるんですか？」

「手段、は」スメラヤは記述を隅々まで見て、顔を曇らせる。「……ありません。季節を操作するなんて、できないんです。どの文献を見ても、そんな方法は見当たりませんでした」

「……そんな」

こめかみを押さえ、頭を振るフライデー。まずは現状の打破を、そうでなくとも可能な限りの対処を。目まぐるしく回る思考の中、ふと図書館のある一角を見やる。そこには、眠る花人(はなびと)たちが横たえられていた。

冬のまどろみに沈み、眠りについた花々の中にはナガツキの姿もあった。

「……学園長……」

ハルがナガツキを発見した時、学園長室には、眠るナガツキと共に置手紙も残されていた。

「香り」で記されたそれは、今にも消え入りそうな弱々しさながら、学園長としての最後の言葉を確かに残していた。

世界樹(せかいじゅ)になにかが起こっているらしいこと。自分になにかあった際は、フライデーを学園長代理とすること――手紙はそこまで記し、結びの言葉を記されることもなく、途切れていた。

「――とにかく、可能な限りの保温を。太陽は出ていませんが、それでも最大限の採光を怠ってはいけません。まだ動けるメンバーで、図書館を中心とした生活圏を作りましょう。今の人数で広い学園を保全するのはおそらく不可能です」

その時、図書館の扉が開く。「動けるメンバー」のうち二人、ハルとアルファだ。

「も、戻りましたぁ！　お～寒っ……！　ふ、冬ってこんななんだ……ずびっ」

「『月の花園』、見てきたぞ」

「おかえりなさい。そちらはどうでしたか？」

「今のとこ変化はなかったよ。けど、そのままにすると雪が積もっちゃうから。とりあえず使える廃材で屋根作っておいた」

「そうですか……ひとまずは、良かったです。ありがとうございます。一旦休んでください」

「ん。……あんたは確か、フライデーだったよな？」

と、アルファがフライデーの前に立ち、その髪を指先で持ち上げる。思わず硬直するフライデー。アルファはすんすんと鼻を鳴らし、

「大丈夫なのか？　匂いが前より薄くなってる。花も、前より元気がない」

「こ……このくらい軽いものです。お気になさらず。——あなたも災難でしたね。咲いたばかりでこの未曽有の事態なんて、とんだ苦労を強いてしまうことになって」

「わたしはいい。学園も花園も、大事なところだってハルが言ってたからな。それで、次はなにをしたらいいんだ？」

咲いて間もないアルファは瑞々しい力に満ちていた。ある意味、まっさらな状態でなにもかもが初めてな彼の方が、史上初の「プラントの冬」を受け入れやすいのかもしれない。

そして、ハルも。彼女は今用意できる限りの服でもこもこに着膨れている。その見てくれはともかくとしても、今や学園で最も活発に動ける一人であることは間違いない。保温さえしっかりしていれば、人間は枯れることがなく、冬眠もしない。

「研究室に行こう。あそこには使える機材が残ってるから、回収しといた方がいいと思う」

「あ……でも、け、研究室は下層にあります！　ご提案は嬉しいんですが、その、ゆ、雪に埋まってるかもしれなくて……！」

「安心して、スメラヤ。回廊まで埋まってるわけじゃないんでしょ？　ちょっと時間かかるかもだけど、機材を運び出すくらいならいけるよ。アルファも手伝ってくれる？」

「ん、わかった。研究室だな」

「――であれば、」不意に、片隅から声がした。「自分も、同行するであります」

「クドリャフカ君……！　だ、だ、駄目です！　無理に動いたら……！」

「は、は……。なにをおっしゃいますか、ハカセ。研究室とあれば、は、班長助手の自分が動かずに、どうします。……案内役がいなければ、どこになにがあるかも、わかりますまい……」

「けど……！」

　どうやら「冬」への耐性は個体差があるらしく、クドリャフカもまた、かなり早い段階に倒れたうちの一人だった。泥のような眠気に浸されつつある彼の、それでも気丈に笑おうとする姿は、いつもより一回りも二回りも小さく見えた。

「さ、なにから取り掛かりましょう？　なにしろ、どの機材も重いものですからな。まずは持ち運びやすいもの、から――」

立ち上がって、ものの数歩で限界が来た。クドリャフカは足をもつれさせ、枯れ木のように倒れ込む。そこに、いつの間にか駆け寄っていたアルファが、ぽすんと受け止めた。

「あんまり無理するな」

「…………面目ない」

「あたしたちでなんとかやってみるよ。そっちは自分が休むことに集中すること！　いい？」

「そうしたいのは、山々なのですがな。……自分は、どこか、恐ろしいのであります」

「『恐ろしい』……？　なんでだ？」

「今までになく、眠いのです。これまでに過ごした、どのような深い夜よりも。このまま目を閉じると、なにか底のないものに捕らわれて、ずっと浮き上がれないような気が……」

眠る花人(はなびと)たちの寝顔は、一様に穏やかだった。確かにどんな深い夜よりもよく眠っているようで、だからこそ、このまま目覚めることはないのではという底知れなさがある。

中には、ネーベルの姿もあった。冬が来た瞬間、彼らは外にいた。遠方の遺跡で資材を採取していたのだ。最初に降った雪は今以上に激しく、たちまち樹海を真っ白に染め上げた。予想だにしなかった事態の中、ネーベルは探索班の仲間を学園まで導き、そうして倒れた。

遠出をしていたネーベルたちは、近い位置で世界樹(せかいじゅ)を見たはずだ。本格的に雪が降りだした瞬間、彼らはなにを見たのだろうか。

「——み、みんな!!　大変だ!!　世界樹(せかいじゅ)がっ……!!」

不意に、館内にウォルクが飛び込んできた。白い花に、より白い雪を積もらせたまま。

彼は寒さに耐性があるらしく、この状況でも比較的まともに活動できている。ウォルクは単身で展望台に上り、今の今まで世界樹の姿を探し続けていた。遺跡の技術を用いた高精度の望遠鏡により、ようやくその輪郭を見出せたようだが、続く言葉は絶望的なものだった。

「世界樹が——枯れてるんだ!!」


世界樹は遠目に見てもはっきりわかるほどに萎れ、痩せ細り、許しを請うように頭を垂れていたという。まっすぐ天を衝くように屹立していた往時の姿は見る影もなく、それはまるで、巨大な墓標のようであったと。

花人たちの数百年にも及ぶ歴史の中で、初めてのことだった。

世界樹はずっとあるものだと思っていた。太陽と同じで、たとえ自分たちが遠い未来に滅ぶとも、決して朽ちることのない大樹だと。起こり得ないことが起こったということは、これまでの前提がまったく通用しないということになる。であれば、次に起こることもまた、これまでの常識と完全に逸脱した出来事かもしれないのだ。

「急いで世界樹に行くんだ！　そんで、なにがあったか調べよう！」

「学園全体の態勢を整えるのが先です。まずは、この冬をやり過ごさないことには……！」

今後の方針について、意見ははっきりそのふたつに分かれた。

事態を把握するにあたり、重要な焦点がひとつある。世界樹が枯れたから冬が来たのか、冬が来たから世界樹が枯れたのかだ。前者と考える者は原因を世界樹に求め、自分たちでなんとかしなければと思っている。後者と考える者は、外の変化にかかわらず自分たちの生存を最優先と考えている。この果ても知れない冬さえ終われば、世界樹も元に戻るかもしれないと。

「冷静に考えてください！　外では冬の寒さがずっと続くんですよ⁉　雪だって積もっています！　そんな環境で、世界樹までの距離を移動するんですか⁉」

「なら他にどうしろってんだ！　こうしてるうちにもみんな眠っちまうかもしれないんだぞ！」

「ちょ、ちょっと落ち着いて二人とも⁉　こんなとこで喧嘩してる場合じゃないって！」

「いいえ譲れません！　——第一、世界樹への調査はこれまで一度も成功したことがなかったんです！　それを今になって行こうだなんて、リスクが大きすぎますよ‼」

「そりゃ剪定者がいたからだろ⁉　今アイツらはいねーんだからあとは距離と寒さの問題だ！　装備を整えりゃなんとかなる！　動けるオレたちがどうにかしなきゃならねーんだよ！」

「森の奥にいないとは言いきれないでしょう⁉　この状況で襲われたらそれこそ絶望的です！　そもそも確実に世界樹が原因だと決まったわけじゃありません！　確証のないことで、犠牲者を増やすわけにはいかないんです！　冬が終わるまで学園で耐えるべきです‼」

「じゃあその冬ってのはいつ終わるんだよ⁉」

両者の主張はまったくもって平行線だった。いつまで経っても結論は出ない。クドリャフカもかくやという大声を出すフライデーを、誰もが初めて見た。

それはあたかも花人たちの黎明期、ベルタがいた頃の対立の再現だった。緊急事態下で、なおかつ前代未聞の事態となれば、誰もが感情的になるのは必然と言えた。

「——おい」

そこにアルファの声が混じる。彼は皆が議論している中、また『月の花園』の様子を見に行っていた。ただし戻ってきたアルファの表情には、先程までと違って明らかな困惑がある。更に彼は両の手であるものを包み、潰してしまわないよう大切そうに保持していた。

「これ……まずいんじゃないか?」

手に乗っていたのは、かさかさに乾いた一枚の花弁。

花園で咲いていた花から、ひとりでに落ちたものだった。

「——そっち、もう終わったー!?」

「もうちょい! すぐそっちに手ぇ回す!」

「気を付けてね! 根を傷付けないように!」

『月の花園』には、動ける全員の花人が集まっている。彼らは手分けして土を掘り返し、植えられた花々を取り上げているところだった。彼らを、土ごと安全な場所に移植するのだ。

古い園芸の本にあった「温室」というものをハルは覚えていた。どこまでできるかわからないが、持てる技術と機材の全てを使って、花園を保全する温室を再現しなければならない。

「さ、寒くありませんか？　防寒着が足りない方は、言ってください！　灯りの蛍も……！」

スメラヤが花園中を回って、雪の中で作業を進める花人たちに装備を配っている。急遽作った屋根などその場しのぎに過ぎない。風も雪も、四方から吹き込んでくるのだ。

「……土が……」

ハルは思わず呻く。花園の土は、プラントの豊かな土壌を圧縮したような代物だった。その土が今、乾きつつある。生命力に満ち溢れ、どんな花でも平等に咲かせるはずの土壌が。

「やはり、厳しいですか」

「……うん。けど、気付くのが早くて良かった。急がないと」

フライデーは自らが汚れるのも構わず、慎重に作業を進めながら、ふと口を開く。

「先程は、お見苦しいところをお見せしてしまいました。申し訳ありません」

「いいよ。ああいう風に考えるのも当たり前だと思う。特にほら、フライデーは学園長の代理だしさ。みんなのことを考えればこそでしょ」

「……痛み入ります。ですが、本当はわかっているんです。ウォルクの言うことも一面では正しい。冬が終わるとは限らない……もしかしたら、こちらからなにか手を打たない限り、ずっと続くのかもしれない。そうなってしまうとジリ貧です。ずっと冬のままだったら生きることはできない」

『月の花園』は墓地にして再生の地。死んだ花人が咲き、また産まれうる命の揺りかごだ。

その花園が、朽ちようとしている。全ての終着点にして出発点が終わるということは、花人たちの不可逆の死を意味する。

首尾よく温室を作れたとして、急造の設備で花をいつまでもたせられるかわからない。水と日光を主な活動源とする花人から、永遠に陽光が失われたら、結果は知れきっていた。

ハルは泥のついた顔を上げ、アルファの姿を探す。作業に没頭する花人たちの中に彼の姿を見つけ、声をかけようとして、束の間言葉を失った。

アルファは全身泥だらけになりながら、まるで挑みかかるように、空を見上げていた。

誰に言われるでもなく、誰よりも働いていた。持てる力の全てを使っているようだった。記憶を失った彼も、ここがどういう場所なのか理屈でなく本能で理解していたのかもしれない。

一抱えの土を両腕に立つ彼を、冬風が打つ。長い風がなびき、吹き散らされる桜の花弁は、すぐに白い雪に紛れて区別がつかなくなった。

「大丈夫」ハルは繰り返す。「大丈夫だよ。きっと、大丈夫だよ」

アルファの視線を追うと、どこまでいっても雪の帳。遥か先の世界樹はおろか、すぐ麓の樹海も見えそうにない白い闇だけが広がっている。

思わずにはいられない。この白い闇は、もしかしたら、晴れることがないのではないか。

一方で、ハルはずっと蝶の行方を探っていた。

冬が来て、紋様蝶はその数を明らかに減らした。しかし根気強く注意を払うと、雪の中でほんのわずかに蒼い光がちらつくのが何度か見えた。干渉しようとしてもすぐにいなくなってしまうが、見た限りでは彼らの動きが鈍っているようには思えなかった。

これは推測だ。紋様蝶はどこかに隠れているだけで、命を落としたり、活動を停止したりしているわけではないのではないか。そもそもが遺跡に関わる特殊な蟲である。環境に左右されず、ただあるがままに己の「機能」を全うしているのではないか。

ならば、どこにいるのか。世界樹の異変は遺跡にも波及し、そこでなにかが行われているのではないか。もしかしたら「冬」の原因を究明できるのではないか。

あくまで推測に過ぎない。けれど賭ける価値はある。この時ハルは、はっきりと決意した。

あたし一人ででも、遺跡を――世界樹を調べに行こう。

❀❀❀

皆にこの提案をした時の反応は、やはりと言えばやはりというものだった。

「いけません！　何度も言ったように、リスクが大きすぎます!!」

「それならオレたちも行く！　どうせ行くなら、みんなで助け合った方がいいだろ！」

このままだと余計に分断を煽りかねない。ハルは、順を追って自分の考えを説明する。

「落ち着いて聞いて。まず、『冬』の中で一番動きやすいのは、人間だと思う」

当然、かといって無敵ではない。めちゃくちゃ寒い。腹は減るし喉も乾く。極寒の中でうっかり眠ると普通に凍死する。それでも、防寒対策を万全にし、装備を整えて体を温めながら食事をしっかりすれば、豪雪の中をわしわし進む熱量を生み出すことができるのが人間だ。

「それにね、ルートがないわけじゃないんだ。遺跡の地下水路を覚えてる？　あそこではいっぱいの碧晄流体が循環し続けてるけど、脇に管理用の通路があるの。中がどうなってるかはわからないけど、少なくとも雪の中を進み続けるよりはずっとマシだと思う」

「しかし、地上が雪に埋まっているのでは遺跡の場所さえ……」

「外では何匹か紋様蝶が飛んでる。そういう子たちをサーチし続ければ、遺跡までは辿れると思う。――で、結構複雑なルートを通るから、できるだけ身軽な方がいい。だから冬でも動けて、紋様蝶や古代文字のことがわかるあたしが行くのがベストだと思う」

「……いえ、しかし、それでも危険すぎます。何故あなたが、そこまでの危険を冒して賭けに出なければならないのか、私には理解できません」

理解は――しなくてもいい、とさえハルは思う。この決意に根差すものは、仲間を想う心よりもっと、自分勝手なものだからだ。

「みんなを助けたいのもあるよ。……けど一番には、あたしが世界樹を調べてみたいんだ」

以前から持っていた願望だ。自身が入っていた繭は、そもそも世界樹から飛ばされたもの。自分のルーツはおそらく世界樹にある。いつか行ってみたいと思っていて、そのいつかは気付けば遠くなった。共に行ってくれると言った相手の消失と共に。

今こそが、その「いつか」ではないかとハルは思うのだ。

「――本当に危なくないのか？」

アルファが口を挟む。彼の表情は、かつてあの廃墟で見せてくれたものとは全く違う。当然の疑問と懸念、予期すべき事態をあるがままに危惧している。

「途中になにがあるかわからないいんだろ。あの、剪定者だったか？　そういう奴らもいないとは言えないとかって話だし。大体その世界樹だって安全かどうか誰も知らない」

不思議な緊張感があった。続く意見は、普通に考えたら「だから行くな」だ。彼の口からまたその言葉が出るだろうか。

「それは……わかってる。けど、あたしはどんなことがあっても」

「だから、わたしも行く」

「は？」

アルファの表情には、なんの衒いも気負いもなかった。それを聞いた時ハルの口から出てきたのは、心で思っているのとは正反対のことだった。

「や、あの、でもほら。アルファは花人だし。寒い中進んだら眠くなっちゃうかもでしょ？

万が一に備えて学園にいた方がいいよ」

「わたしはまだ動ける。地下を使うならこっちだって影響は小さいはずだ。それよりお前が途中で変なことに巻き込まれる方が心配だ」

「アルファの方が危ないんだってば！　変に連れ回して、なにが起こるか――」

「お前だって危ない。だったら、わたしが助けるのは当たり前だ」

アルファはハルから目を逸らさず、きっぱりと断言した。その様子に、かつて繭のある廃墟で向き合った時の、彼の顔が重なる。

――あいつは素直じゃないところがあったが、もともと仲間思いで、好奇心旺盛だ。

ナガツキの言葉が思い出された。炎を纏う「彼」の姿が脳裏に蘇った。今のアルファとしては、ただ純粋に思うままを口にしただけなのだろう。その姿がハルにはひどく眩しく見えた。

「……本当に、いいの？」

「よくないわけないだろ。来るなって言ってもついてくからな」

思わず笑いそうになる。忠告する側とされる側の立場が逆だ。気が付けばさっきより肩が軽くなっていた。予想していたのと違うかたちにこそなったが、ハルは「うん」と頷きかけて、

「待てよ！」

神妙な顔で、ウォルクが口を挟んだ。そうだ。彼らもちゃんと説得しなければならない。調査派と慎重派の両者を納得させなければ、スタート地点にすら立っていないのだ。

「ウォルク、あのね。一緒に行きたいのはあたしも同じ。だけど、あんまり大所帯じゃ――」

「違う、ちょっと待ってろって言ったんだ。あんまりどんどん話進めんなってのまったく」

言うなりウォルクは図書館の片隅に引っ込んでいった。なにやらどちゃがちゃ物を引っくり返すような音が聞こえ、ほどなくしてありったけの装備を抱えて戻ってくる。蛍を閉じ込めたランタン、例のでかいイノシシから作ったらしき分厚い毛皮の外套、風と雪除けになる硬質な被り笠、燃料電池を用いた簡易な保温装置などなど、などなどなどなど。

「ちょ!?　ちょっと待ってください、いつの間にこんなものを!?」

「余った端材とか使ってこっそり作ってたやつだ。話があんまり拗れるようなら、これ使って脱走しようと思ってた」

「さらっととんでもないこと言いますねあなた……」

「とにかくだ！　行くなら使えそうなの持ってけ！　オレたちはここで待って、フライデーたちとなんとか学園を立て直す。温室だってまだ完成してないしさ。みんなも、いいか？」

調査派の中には、まだ納得しきれていない者もいるようだった。彼らの説得に踏みきったのは、意外と言うべきか、調査派の急先鋒であるウォルクその人だった。

「――オマエたちなら、任せられる。残った奴らはなんとかまとめる。頼めるか？」

「う、うん……！　わかってる！　ありがとう、ウォルク！」

ウォルクは歯を見せて笑う。なんだか随分久しぶりに思えるような、いつか見た誰かを思い出すような、朗らかな顔だった。

フライデーはハルたちを見比べ、目を閉じて何事か考えていた。何十秒か経ち、ちらりと眠るナガツキの姿を一瞥し、ついに考えをまとめた。

「……わかりました。このままでは埒が明かないのも確かです。プランがあるというのなら、信じましょう。――では、ハルとアルファは地下を辿って世界樹へ。残った私たちは、なんとか冬を越せるよう学園の環境を整えましょう。前代未聞の状況です。全員で力を合わせなければ乗り越えることはできません。どうか、力を貸してください」

言って、粛々とその場に両膝を突いた。ちょっと待て。

「なにしようとしてるの？」

「土下座ですが」

「なんで⁉」

「侮らないでください。私とてこれくらいは知っています。土下座とは古来より伝わる最大限の礼儀作法。反対意見を押してでも議決を取る以上どうしてもやらねば」

「いや別にそこまでしねーでもいいけどさ！」

ウォルクも慌ててそう言うし、花人たちも「話はわかったよ」「やること決まったなら」「そいつらなら大丈夫じゃね」「でも委員長の土下座は見たいかも」と口々に同意する（最後の奴は頭をひっぱたかれた）。フライデーは渋々立ち上がり、全員の顔を見渡し、改めて頭を下げる。

「お願いします」

土下座ほどではないが、彼なりの謝意として。全員の意見がまとまった瞬間だった。

その様子を、スメラヤはじっと見守っていた。最後まで口を挟むことはできなかった。両陣営の激論や、ハルとアルファの決意を目の当たりにしても、自分がどうすればいいのかわからない。ただ部屋の隅で膝を抱え、答えの出ない自問をぐるぐる繰り返していた。

「――ハカ、セ」

「！　クドリャフカ君……！」

すぐ隣で、大きな花人がわずかに首を上げる。スメラヤは無意識のうちに、眠る彼に身を寄せていた。もう上体を起こすことさえできぬまま、クドリャフカは力なく笑う。

「ふ、ふふ、ふ……。自分には、ハカセがなにを考えているか、わかりますぞ」

「……は、はい。みんな色んなことを考えてるのに、ボクだけ、なにも……」

「違い、ますな。本当は、とっくに結論が出ているはずであります」

スメラヤは比喩ではなく跳ねた。思考が堂々巡りするのは、どうすればいいのかわからないのではなく、わかるのが恐ろしいからだ。隠し持った古いノート。研究班長としての自分。スメラヤという名。本当はわかっているのではないか。敢えて目を逸らしているのではないか。

「……忌憚(きたん)なく、自分の意見を申し上げるのであれば……決して、おすすめは、しません」

「はい」

「自分の意見は、変わりません。学園の態勢を、整えるべきと。このような状況であれば、なおさら。それに……ハカセを危険な目に遭わせるなど、助手の名折れで、あります」

「……はい」

「ですが」クドリャフカは途切れ途切れに、「ハカセがご自身に従うのであれば」しかしはっきりと、「自分に、止める権利は、ないのであります」

ごとん。クドリャフカの頭が床に落ちる。言うべきことを言った彼は、冷たい空気をすうはあ吸って、どこかすっきりしたように天井を見上げていた。

「……ごめんなさい、クドリャフカ君」

「は、は。なにを謝ることが、ありましょう」

スメラヤは例のノートを隠し持っていた。研究室から大事な機材を持ち出す時、ついでに回収しておいたのだ。懐(ふところ)に忍ばせたそれに触れ、「自分はなにがしたいのか」を見つめ直す。

出発は翌日の真昼だった。まだ寒さがマシな時間に距離を稼ぎ、地下に潜り込む算段だ。

「幽肢馬(カシバ)は……やっぱり使えないか」

「寒いもんね。それに、地下までは連れてけない」

幽肢馬(カシバ)は花人(はなびと)よりは寒さに強いようだが、それでも突然の厳冬に元気をなくしていた。厩舎(きゅうしゃ)をありったけの枯草やゴム素材のマットで保温し、時折担当の花人(はなびと)が様子見に来ている。移動は徒歩になる。ハルは、あるだけの防寒着に身を包み、最低限持てるだけの荷物をリュックに詰めている。食堂の厨房(ちゅうぼう)担当から持たされた糧食は、大事に食べる必要がある。一方アルファも似たようなもので、いつもの外套(がいとう)の上に獣皮のものを重ね着し、円形の笠(かさ)を被(かぶ)って、急ごしらえの雪上ブーツを履いている。

「まずは『第一の指』までがハードルかな。あそこから地下に潜るのがベストだけど、この雪じゃ見つけるまでが大変かも」

「紋様蝶(もんようちょう)ってのは今、見えてるか？」

「まだ。でも遺跡までのおおまかな方角はわかるから、まずそっちに」「……さい」「ん？」

なにか聞こえた気がする。なんか言った？　とアルファを見るも、アルファはいいやと首を振る。「待っ」ほらまた。「ぁのぅ」風の音でかき消される。「……っちですぅ……」あれ？

「ま、ま、まってくださいぃ………」

「スメラヤ!?　なにしてんのそんなとこで!?」

振り向けば物陰からスメラヤが半身だけ出していた。それも物凄(ものすご)い厚着で、リュックをぱんぱんに膨らませている。声が小さすぎて気付かなかった。

目が合い、スメラヤは意を決して、彼史上最大の大声を出した。

「ぼ、ぼぼ、ボクも行きます！　つ、連れていってください、お願いします……!!」

ハルとアルファは、顔を見合わせる。

「ぁの、ふ、フライデーさんにも報告してます。足手まといかもしれませんが、でででもそのある程度遺跡のことはわかりますし、その、ぼ、防寒用の新しい装備も用意してますので、お、お嫌でなければあのその」

「三人までなら身軽ってことでいいよな？」

「うん、むしろ頼もしいかも！　――行こう、スメラヤ。装備の使い方、教えてくれる？」

「！　は、ははは、はいっ！　よ、よろしくお願いします……!!」

着膨れしたスメラヤが、転げるようにして合流する。ハルは世界樹(せかいじゅ)を振り仰いだ。この雪だと上層にある図書館は輪郭さえも見えない。そこにいるであろう皆に一度だけ手を振り、避難した花々のことを想(おも)った。黄色いチューリップのことや、蒼(あお)いワスレナグサのことも。

2

冬の樹海は、どこまでも白い。乾いた木々は葉の代わりに雪を被り、うっかり触れると上から大量の土産を降らされてしまう。雪上ブーツであっても油断すると足元が沈み、まっすぐ進んでいるはずなのに同じ場所をぐるぐる回っている気持ちになる。

途中、河川や湖を経由した。それら全てが鏡のように凍っていた。氷の中に魚が封じ込められている。時折飛び石のように露出しているのは、凍結した野生動物の背だ。凍りかけた水を泳いで渡ろうとし、そのまま力尽きて、氷河の一部になってしまったのだろう。

ただ冷たい風だけが吹き抜ける、無音の世界が続いていた。

「……本当に、生きてる奴はいなくなったのか？」

アルファが呟く。スメラヤが悄然として呻く。生まれてこのかた緑豊かなプラントしか知らなかった花人たちにとって、無限とも思える茫漠たる冬は世界の終わりにも近い。

ハルは果敢に右手に紋様蝶の籠を掲げ、降りしきる雪の向こうに目を細めた。

その時、蝶の翅がちかりとまたたいた。

「いた！」

読める。やり取りされる信号を解析。途切れ途切れのパターンでも、発信源を辿っていくことはできる。どうやら遺跡の稼働状況について連絡を取り合っているようだ。

凍りついた樹海の中で、紋様蝶の翅は余計に目立った。ハルを先頭に、信号の方向を頼りに進むと、やがて開けた場所に出る。同時に、眩い光が三人の目を晦ませた。

「わ⁉　な、なに⁉　信号パターンがたくさん……！」

「……！　み、見てください！　あれが、『第一の指』──なの、でしょうか……？」

場所は合っているはずだ。凍りついた広めの湖と、傾いて聳える人工的な建造物。屋根に雪を積もらせながらも、『第一の指』はいつもと変わらずそこにあった。

だが、一見するとそれは、目を潰すほどに大きな光の柱に見えた。

夥しい数の紋様蝶が遺跡を覆い尽くし、光と信号の対話を繰り返していた。ハルにも読み取れない情報量だ。色を失った樹海の中でそこだけ煌びやかで、雪や氷に光が乱反射する様は、いっそ怖気を振るうほどだった。

「……地下に行こう。やっぱり、なにか起こってるんだ」

❀❀❀

同じ頃、学園では急ピッチで温室の環境作りが行われていた。まずは温度の安定を、それから土の栄養状態の改善を。『花守』の二人が出発してしまったのは痛いが、ハルが残した資料のおかげで人手さえあれば滞りなく作業ができた。

「このまま図書館を使うか？」

「十分なスペースがあるかどうか。上層にもっと広い空間があったでしょうか——」

　いいいみしり——と、頭の上から厭な音がした。もう何度も聞いたものだ。「雪」などというものを考えていなかった建築は上からの圧力に重いのほか脆く、何度下ろしても雪は積もる。

　フライデーとウォルクは、土に汚れた顔を見合わせる。

「……オレ、この前展望台に上ったからわかるけどさ。ここより上の積もりっぷりは相当なもんだったぞ。今はもっと酷いことになってるかもしれねー」

「上へ上へと逃げ場を求めるのも危険ですね……。最悪、重みで居住区が崩れてしまいかねません。しかし下層もどんどん雪に埋もれていきますし——」

　樹上は文字通り先細り。地表は雪に覆い隠されて土も見えない。今全員がいる図書館がちょうど、ギリギリの瀬戸際だった。眠る花人たちと数多の花たちを抱え、どうすべきか。

　ふと、フライデーに閃くものがあった。学内の構造を思い出す。雪に軋む回廊、長い階段、巨木の化石の内部を通れるうちに通ったとして辿り着く場所。

「おい、急に黙ってどうしたんだよ？　なにか思いついたのか？」

「……ウォルク。結局のところ、樹木で一番強いところはどこですか？」

「は？　あー……そりゃまあ、下の方じゃねーの？　枝だと折れちまうし。地面に近い一番太い幹とか、それこそ根とか――」

ここまで言って、ウォルクもフライデーと同じ考えに行き着いたようだった。この発想は、出発前のハルの言葉にも基づいている。世界樹に到達するためのルートについて、彼女はなんと言ったか。降りしきる豪雪の中で最もマシな場所はどこか。

「根を掘りましょう。最下層の大広間は、そのまま地面に繋がっています。地下にシェルターを作れば、きっと冬を凌げるはずです……!」

❀❀❀

碧晄流体は、往時と変わらず長く歪曲した水路をどうどうと流れていた。

「よかった。ここまで凍りついてたらどうしようかと思ったよ」

度重なる調査を重ね、『第一の指』地下から水路に繋がる管理用通路を見つけていた。それらが他の遺跡と接続することも調べがついている。ハルは飛び交う紋様蝶を目印に、アルファとスメラヤを先導した。

「す、凄い、ですね。こんなになってるんだ……地下道を通ったのは初めてです……」

「ん……。そうだな」

二人の花人は物珍しげだった。上から下まで被造物の、いわば遺跡の臓の中だ。初めてならばそれこそ異世界にでも来た気分になるに違いない。途中、ブロックを区切る隔壁があり、その度にメンテナンスゲートを開く。似たような景色が続き、どれほど歩いたかも知れない。

やがて何度目かのゲートに行き当たった。しかし、ハルがコマンドを出してもゲートは沈黙したまま。数秒経ってようやく思い出す。

「うわそうか、ここのゲートは壊れてて開かないんだ。忘れてた……！」

「そうなのか？」

「確かどっかに抜け道あったよね？　どこで回り込むんだっけ、アル――」

「ん？」

振り返り、アルファのきょとんとした顔を見て、ようやくハルは我に返った。

「――ごめん、今の忘れて。でも確かに道があるはずなの。大丈夫、あたしに任せて」

「ん……ああ。なにかあったら言ってくれ。できることなら、やる」

「うん、ありがとね。――さ、行こうか」

ほんの一瞬の、取り繕うような間を悟られなかっただろうか。今の、、アルファは地下道を通るのは初めてだ。そのことを忘れてはいけない。

「……」

そんな二人の様子を、スメラヤだけが見守っていた。

一度、現在地点を確かめるために地上に出た。

「ううう、やっぱり寒い～……！」

通称『第五の爪先』と呼ばれる巡回ルート上の遺跡から出ると、たちまち身を切るような風に晒される。世界樹はまだ遠い。今はまだいいが、普段の行動圏から離れたら地下水路の構造もわからなくなる。方角を見失わないよう、適宜地上に出ながら進むのが得策だった。じきに日も暮れるだろう。一行は、遺跡の内部で一日目を終えることにした。

「それ、なんだ？　火が点くのか？」

「し、新型の、小型携帯ストーブです。獣脂の固形燃料を使って、こ、こうして」

「へえ……お前、なんでも作れるんだな」

「ほひっ⁉　あ、はいあの、これくらいしかできないのでその、ふへ、ふへへへへ」

「なあ、それわたしがやってみてもいいか？」

「あ、ちょ、ちょっと待ってください、もう一度手順を最初から」

「ははは早く点けてぇ！　寒い～！」

ぽっと火が熾ると、遺跡の闇がオレンジ色に照らされる。じんわり広がる熱が、凍えるような骨身に心底染みた。一刻も早く眠ってしまいたくなるが、その前に腹になにか入れておかないと二度と起き上がれない気がする。

食堂のニハチという花人は古代技術「料理」を再現するある種の天才だが、花人が食事を必要としないためあくまで趣味人に留まっていた。そこに人間が現れたため、毎日新メニューの開発に余念がなかった。出発時点で彼はまだ元気だったが、今頃はどうしているだろうか。

「あたしご飯食べるね。えーとこの……切り口から開いて……あれこれどう開けるんだろ」

「なんだその三角のやつ？　やけにめんどくさい包み方してないか？」

「おにぎりっていうんだって。古代の資料によると、こうやって包むのが一番お米や具の鮮度とノリのパリパリ感が保てて……あっちょっと破れた！」

なんとか開けて食べてみる。具は甘辛く煮詰めた挽肉や、岩塩で焼いてほぐした川魚、漬汁に浸し味を染みさせた根菜など。更には雪を溶かし煮沸させたお湯をかければ森で採れた山菜のスープができるという乾燥具材も持たせてくれていた。温かく栄養のあるものを腹に入れると、芯から活力が湧いてきた。

「二人も食べる？　お日様がないから、これで栄養摂った方がいいかも」

「いや、いい。それはお前のものだ」

「ハルさんが、せ、先頭ですから。ご自分の体を、一番大切にしてくださ――くぁ」

スメラヤが欠伸を噛み殺す。

「大丈夫？　疲れもそうだけど、寒さとか。二人にはそっちの方が深刻じゃない？」

「な、なんとか。思ってたより、ボクは平気みたいです」

ルートの大半が地下道だったのもあるだろうが、スメラヤは意外なほどタフだった。学園にいた頃からそうだったので、ラベンダーという花は耐寒性に優れるのだろう。加えてスメラヤ自身の世界樹への強い志向が、彼に弱音ひとつ吐かない強さを与えていた。

「——てか、さっきからそれ、なにしてるの？」

「ほ、歩数を数えています。世界樹に近付くにつれて、未踏査の地区になっていきます。と、特に、風景に変わり映えのしない地下道ですと、距離がなにより重要ですから。どこをどうやって、どれくらい進んだのかは、記録しておかないといけません」

数千歩、数万歩——振動を感知して歩数を計上する自作の小型装置（人類の文明にもそういうのがあった気がする）の数値をまとめるスメラヤ。ノートには遺跡から遺跡、水路入り口から出口までの歩数が、エリアに分けて正確に記されている。

アルファもそんな様子を興味深げに見守りながら、ふと疑問を口にする。

「なあ、そろそろ聞いてもいいか？　お前はどうして、わたしたちについてきたんだ？」

「え？」

「危ないのは知ってただろ。学園で待ってたって良かったはずだ。わざわざ大変な方を選ぶのはどうしてかって思ってな」

壁に背を預けるアルファは、肩に量産型の斬甲刀を担いでいる。もし事が起これば、彼は当然ハルもスメラヤもひっくるめて守るつもりでいる。しかしながら、いつも学園から出ない研究班長がこうして冒険の決意をしたのは、アルファから見ても意外らしい。

「その……やはり、世界樹をこの目で見て、調べてみたいという気持ちがありまして」

「ああ、あたしもわかる！　この寒さをなんとかしたいって気持ちもあるんだけどさ。それとは別に、あの世界樹になにがあるのか知りたいんだよね。ずっと気になってたんだ！」

こくこく頷くスメラヤ。いつもの調子なら堰を切ったように自身の仮説や推測を並べるところだが、彼はそうしなかった。目を泳がせ、なにかもごもご言いかけて、ようやく決心した。

「……他にも、理由があるんです」

言って、厚着した懐に手を突っ込み、一冊のノートを取り出した。あの日アルファが興味を持ち、スメラヤが慌てて奪い返した、年季の入ったノートだ。

「昔、スメラヤという花人が、いました」

二人は最初、彼がなにを言っているのか理解しかねた。スメラヤなら、自分ではないか。けれどノートを見つめる彼は真剣そのもので、冗談を言っている風ではない。自身をまるで他人のように表現する物言いに、ハルの中で思い当たるものがあった。

「……前のスメラヤ、ってこと？」

前のという表現に、アルファがぴくりと反応する。

花人の死は、動物の死とは違う。一度滅びを迎えた体は『月の花園』に根付き、一輪の花として咲いて、再び花人の生を受ける――こともある。以前の記憶を失い、新しい個体として。どうして思い至らなかったのだろう。今目の前にいるスメラヤもまた、花人としての死を迎え、新たに咲いた個体である可能性に。

スメラヤは頷（うなず）き、ノートを開く。古く黄ばんだ紙面は隅から隅まで図面や文字でびっしり埋められていた。書かれているのは古代文字だ。それもかなり達者で、ハルと同等以上に使いこなしていると思われた。筆跡は確かに、スメラヤ自身のそれに似通っていた。

「これは以前のボク（スメラヤ）の調査記録です。彼は、世界樹（せかいじゅ）を調べに行って死んだと聞いています」

ラベンダーの花人（はなびと）、スメラヤは、探究心が旺盛な新進気鋭の研究員だった。物覚えが早く、気になることは体当たりで調査し、小さな体に大きな声でハキハキ喋（しゃべ）ってよく笑った。

当時の研究班は、スメラヤを中心とした外征チームを作り、積極的にフィールドワークを繰り返していたらしい。その結果は今日（こんにち）まで遺跡調査の結果として残り、学園周辺の土壌や各種資源、生態系などをまとめた報告書が探索班の重要な指針になっている。

ノートによると、スメラヤは世界樹（せかいじゅ）に並々ならぬ興味を持っていた。彼の世代では既に「学園から遠く離れると危険」という共通認識が出来上がっていたが、そんなもので彼の好奇心を縛ることはできなかった。

世界樹（せかいじゅ）。このプラントの中心と言われるもの。定期的に播種（はしゅ）を行い、この緑豊かな樹海を形作っている、文字通り世界の支柱。花人（はなびと）たちに神がいるとすれば、あれがまさにそうだ。だというのに——だからこそ、かもしれないが——我々はその実態をなにも知らない。知らないことは、知らなければならない。かつてのスメラヤは、ごく自然にそう思うに至った。

今より数えて百年ほど前。スメラヤ率いる外征チームは、秘密裏に学園を出て世界樹を目指した。充分な機材や装備を持ち出しても、幽肢馬の健脚なら数日とかからなかった。

そこでなにかが起こった。

調査チームは帰らなかった。遅れて事態に気付いた花人たちが捜索に出ても、姿を消した彼らの発見には至らなかった。唯一、学園から遠い遺跡で、辛うじて一輪のラベンダーが発見されたという。その花を『月の花園』に移植したのは、当時既にたった一人の『花守』として活動していたかつてのアルファだった。そして長い時が経ち、今に至る。

――世界樹に行けば、生きては帰れない。

学園の外にはなにかがいる、という説は以前から根強くあった。更にそれが「世界樹に近付けば近付くほど危険だ」というかたちに補強され、なによりも花人たちの安全を守るために、世界樹へのアタックは暗黙の了解で禁じられた。

新たに咲いたラベンダーは、かつての彼とは似ても似つかない性格をしていた。その名が誰に付けられたものなのかは覚えていない。何代か前の、研究班長だっただろうか。

その意味は、「帰り方を忘れてしまったもの」というらしい。

「こ、これを見てください」

スメラヤは付箋だらけのノートからあるページを見つけ出し、二人に開いて見せた。

「………読めん」

「えーちょっと待って、こっちが数式でこれがグラフで、但し書きが……」

読み取って驚いた。これは、世界樹の状態と気象の関わりについてまとめたものだ。

曰く、年中ずっと同じように見える世界樹も、プラントの自然の移り変わりによってごくわずかに変化しているという。花人が定めた「芽」「蕾」「花」の三季ごとに観測した微妙な違いが詳細に記されてある。播種のサイクルなどはその最たるものだ。

しかし、具体的にどのような相関性にあるのかまでは書かれていなかった。遠目から見ているだけではわからなかったのだろう。

「今の状況とほとんど同じだ、これ。変化の幅が大きいか小さいかだけ。冬が来て、世界樹が枯れたように見えたのも、サイクルの一環かもしれない。けどまだ情報が少なすぎる」

「ノートにも、この先はありません。でも書かれているはずなんです」

はず、とは。首を傾げるハルに、スメラヤは最後のページを見せる。内容は遠征日誌のようなものだった。メンバーや機材について、今後の行程について。道中の遺跡に関する調査記録もあり、世界樹の謎への期待が綴られているが、途中でぶっつり途切れている。

「というか、これ、破れてないか？」

「……はい。このノートは、完全じゃないんです」

今のスメラヤが修繕したノートはいわば分冊であり、どこかに続きがあるという。その失われた部分にこそ、世界樹の詳細な調査記録が残っているのではないか。

「もちろん、ずっと前のものです。野ざらしになっていたとしたらとっくに朽ちてなくなっていると思います。けど、万が一……一部分だけでも、残ってるとしたら……」

彼はボロボロのノートを、まるで自分の半身であるかのように抱き締めた。ぽつり、ぽつりと零れ落ちる言葉は、ある種の自戒か、あるいは祈りにも似ていた。

「……ボクの知らないボクは……もっと、勇敢で、強くて、凄い花人、でした。きっと、クドリャフカ君みたいに……。だったらボクは、それを知りたい。彼がなにをしたのか……あの世界樹で、一体なにを見たのかを、知りたいんです」

突き詰めれば、それは自分自身のための行動だった。この非常事態に通すべき我儘ではないと、他ならぬスメラヤ本人が自覚していたに違いない。いわば、この状況を利用したのだ。けれどそうせずにはいられなかったということが、彼の秘めたる冒険心を表していた。

「凄いよスメラヤ！」

がしっ！　と小さな両手を摑む。

「おひっ⁉　はぇ？　す、すごい……ですか……？」

「前のスメラヤの痕跡を辿れば、もっとたくさんのことがわかるかも。やっぱり世界樹にはなにかがあるんだよ！　教えてくれてありがとう、なにを目指せばいいのかはっきりわかった!」

「あ——」

「絶対に見つけよう。それで、みんなを助けるんだ」

目を白黒させ慌てていたスメラヤが、その言葉に息を呑んだ。もう視線がぶれることはなかった。間近にハルの目を見返し、決意を込めて、頷いた。


朝が来て、雪が落ち着くのを待ち、地上を進む。方角を確かめて地下に潜り、遺跡から遺跡を経由する。上に下にと場所を変え、紋様蝶の光だけを指針として、どれだけ歩いただろう。

やがて地下道が広くなっていることに気付いた。碧晄流体の、いわば「川幅」とも言うべき水路が大きくなっている。長いトンネル状の道という構造は変わっていないのだろうが、その半径がどんどん広がり、今はどうどうと流れる流体の対岸も見えないほどだった。

「きっと、世界樹に近付いてるんだ」

「こ、この太い水路に、接続しているということでしょうか。であれば、碧晄流体は……」

「最終的に、世界樹に行き着く。——というより、世界樹が水源なのかも。碧晄流体は世界樹から流れて、プラント中の遺跡を経由して、世界樹に戻る……」

だとすれば、これ自体がもう凄い発見だとハルは思った。流体はいわば、プラントの地下を絶えず循環する血液だ。その中心に座すのが世界樹ならば、碧晄流体の地下水路そのものが大樹の根と言うことができる。

「世界樹も遺跡も、一繋がりの大きな施設だったんだ……！」

疲れも忘れて大股で先を急ぐ。巨大な急流となった流体に落ちないよう気を付けながら進み続けると、見上げるほど巨大な円形のゲートに行き当たった。アルファが刀の柄でごんごん叩いてみてもビクともしない。どうやら、かなり分厚いもののようだ。

「開けそうか？」

「ええとね――ああ、駄目だ、開放のパスがない。ここからは地上に出るしかないよ」

紋様蝶によると「開放厳禁」「流体集積地点」とのことだ。ゲートの向こうは流体を溜めるプールなのだろう。それも『第一の指』などとは比べ物にならない規模のはずだ。

大規模水路の終着点。おそらく、最も大きな規模のプール。だとすれば地上にあるのは――

緊急事態にもかかわらず、胸の高鳴りが抑えきれない。

蝶の導きで管理通路を抜け、地上に繋がるハッチを開く。ここから先は完全に未知だ。身を切る寒風を覚悟していたが、意外なことに、頬を撫でるのは暖かい風だった。

「――あ、れ？」

雪が降っていない。最後に地下道に潜った時は、吹雪いているくらいだったのに。

「み、見てください！　あれ……！」

遺跡から出て、スメラヤがある一点を指差す。そちらを見て、ハルもアルファも絶句した。

雪雲が開き、ぽっかりと青い空が見えていたのだ。

そこから細い陽光が降っている。雲の穴を突き抜けて伸びるのは、やはりと言うべきか、

「——世界樹……！」

もう、すぐそこだ。巨大すぎて距離感が狂ってしまいそうだが、もう少し歩けば着く。足元の積雪はさっきまでが信じられないほど薄く、足元までですら埋まらない。

以前ウォルクが証言した通りだった。今なお頂点は雲より高いが、世界樹は明らかに萎れ、曲がってしまっている。瑞々しさを失って化石のようになったそれが、白い世界の中で唯一眩しいほどに照らし出されている。

ここまで世界樹に接近したことは未だかつてなく、名前も付いていない遺跡群が目の前に広がっている。あちらにも、こちらにも、見渡す限り大小さまざまな建築物が林立している様は街のようだった。この遺跡群こそ、世界樹の麓と言える場所なのかもしれない。

ハルもスメラヤも驚きを隠せない。同時に抑えようもない興奮があった。ついにここまで来たという達成感と、この先にあるものへの期待感。学園で待つ仲間たちの顔が思い出される。

アルファだけが、嬉しいとも悲しいともつかない、微妙に硬直した表情をしていた。彼は注意深く周囲を見渡し、耳を凝らし鼻を鳴らして、そのどの感覚にも引っかからない「なにか」を摑んだ。——思い出した、とも言えるかもしれない。

「ここだ」

「……え？　アルファ、どうし――」

聞かれる前にアルファは歩を進めていた。薄い積雪を蹴散らし、冷たい遺跡群の只中を突き抜ける。本来ならこれだけでも研究班と資料班垂涎の情報の宝庫だ。好奇心旺盛なはずのアルファはしかしそれらを一顧だにせず、中でも小さな遺跡に入り込む。ハルとスメラヤは、慌てて彼を追いかけるしかなかった。

中は狭かった。アルファはその真ん中に立ち、壁のある一点を見下ろしている。

「もう、アルファ！　急にどうしたの⁉　ここになに、が……」

壊れた計測装置が落ちている。ぼろぼろの外套が落ちている。おそらくは何世代も前の型式であろう、砕け散った武器と思しきものが転がっている。

「――これは、」

紋様蝶が飛んでいた。百年もの時を経てなお残骸が原型を保ち続けているのは、蝶の力によるものか、それとも遺跡のなんらかの力場によるものか。スメラヤが揺れた。そこに落ちていたであろう一輪のラベンダーが脳裏によぎった。床のあちこちに散らばる乾燥しきった紙クズの慣れの果てには、自筆の調査記録が記されていただろうか。

壁に大きく、文字が刻まれていた。武器で削ったものだろう。時を経てもそれだけはくっきりと残っている。ノートの文字にも合致する、以前のスメラヤの筆跡で、こうある。

『い』『く』『な』

❀❀❀

ハルたちが世界樹への道を突き進んでいる間にも、待機組は作業を進めていた。

学園地下の掘削は、今動けるメンバーを総動員して行われた。多少荒っぽい手段もやむを得ない。研究室の機材や、あるいは武器を使っての破壊行為まで辞さない構えだった。

「学内および設備の破壊は厳禁。程度によっては一週間以下の反省室入り……だったっけか？　まさかクソ真面目な委員長がこれにゴーサイン出すなんてな」

「緊急ですので、やむを得ません。学園長が起きた際には私から説明しておきます」

思った通りだ。掘り進めれば、肥沃な土はまだ生きていた。巨木の化石を支え、花人たちを育んだ学園の土壌は、かつての温暖な日々と変わらずそこにあった。

希望が見えてきた。とにかく、最優先は花園の移植。それから眠ってしまった仲間たちの保護だ。学園の根そのものを基礎として、蟻の巣のような避難壕を作る。急ごしらえといえど、これさえ完成してしまえばまだまだ耐えられるという確信があった。あとはハルたちが有用な情報を持ち帰ってくれれば、きっと冬を乗り越えることができる。

しかし、その淡い期待は呆気なく打ち砕かれることとなる。

「っ……！　な、なんだ？」

　ある程度まで掘り進んだところで、作業が止まった。突然、なにか固いものに行き当たったのだ。岩盤ではない。花人（はなびと）なら誰もが見覚えのある、無機質な鉄の光沢をしていた。

　急遽（きゅうきょ）検分にかかった研究班のメンバーが、愕然（がくぜん）とした顔で仲間を見上げる。

「これ、剪定者の装甲と同じ、合金……」

　ならば砕けば――などという甘い見通しは通用しなかった。腕に覚えのある花人（はなびと）が武器を手にありったけの攻撃を繰り出すも、ほんの表層を削るばかりで武器の方が先に駄目になってしまう。剪定者の装甲を貫ける武器でも、同素材の巨大な鉄塊を砕けることにはならない。加工用の大型機材でも思うようにはいかなかった。その分厚さといったら、想像も及ばない。

　ならばと別のところに取り掛かっても結果は同じだった。どこを掘り進めようとも、どうしても行き止まりになる。いくら叩（たた）こうにも反響さえ返ってこない高密度で巨大な鉄塊が、巨木の化石のすぐ下に重々しく鎮座しているのだ。

「――じゃあ、こういうこと？」

　冷たい鉄の上にへたり込み、ある花人（はなびと）が言った。

「僕たちって――剪定者の上で暮らしてたの？」

　雪は深まる。全ての生命は眠りゆく。行けるような場所は、もうどこにもない。

❀❀❀

「そん、な」

残骸を前に、スメラヤは絶句した。百年前の断末魔が、生々しくそこにあった。命を振り絞って遺した警句は、これまでの道中を全て否定するものだった。

「ここにいたような気がしたんだ。……なんとなく、わかった」

アルファはその場にしゃがみ込み、残骸を検分する。彼の中にほんのわずかに残る記憶の残滓がそうさせたものだろうか。理屈ではなく直感で、今や目と鼻の先にまで迫りつつある禁忌とその危険を理解しているようだった。

「……どうする？　この先は、多分もっとヤバい。書いてあることは嘘じゃないと思う」

「なにかに襲われたってことかな？　やっぱり剪定者に？　それじゃあ、この辺りに……」

「っ……！」

突然、スメラヤが床に這いつくばり、紙屑や残骸をかき集めた。

「なにかがあるんです。きっと、重大なものがあるはずなんです！　こんなもので終わりなわけがありません！　ぼ、ボクはきっと、この先で凄い発見をしているはずなんですっ……！」

散らばった紙片は触れる端からぼろぼろと崩れゆく。書かれていたであろう文字のひとつひとつを読み取ることさえ覚束ない。スメラヤはそれでも目を皿のようにして、今までに見たこともない必死の形相でかつての自分の遺言を解読しようとした。

「――『制×』――『管×機×』――『×ード』――世界樹……！　やっぱり、直接世界樹まで行かなきゃ……！　あの場所、そうだ、あそこならなにかがっ……！」

「あ、ちょっ、スメラヤ⁉」

ハルが止める暇もなかった。スメラヤは崩れかけの紙片を胸に抱き、風のような速さで屋外に飛び出る。平時なら大喜びで調査したであろう遺跡群に目もくれない。

「おい、待て！　あんまり先走るな！」

二人が必死に追いかけるも、なりふり構わぬスメラヤの足取りは思いのほか早い。制止の声ももはや届かず、彼は自身が遠い昔に忘れた記憶か、あるいは自分自身の中にある研究者としての衝動にのみ従ってひた走る。

巨大な世界樹との距離は、いくら走っても縮まる感じがしない。しかし変化は確実に起こっていた。空気の匂いが、風の冷たさが、そしてなによりも踏みしめる地面が、一歩進むごとに過酷な冬から豊かな緑へと変わりつつあった。

ついに陽光を体で受けた時、ハルの分厚い靴底が雪ひとつ落ちていない草原を踏んだ。

前を走るスメラヤも、いつしか足を止めていた。冬の装いがあまりに不似合いな陽だまりにあって、全員がそこかしこに散らばっているものに気付いた。

「『せいぎょそうち』」

スメラヤは、紙屑にある記述の断片を、呆然と拾い上げる。

「『みんなしんだ』『なにかがいる』『たくさんの、ちょう、が』――」

足元には、色とりどりの野花が咲き乱れている。世界樹の麓で咲いては枯れてを繰り返し、長きにわたって草原を彩ってきた花々の「元」はなにか。地面に刺さった武器の残骸。比較的新しいものから、元がなんだったのかわからない錆の塊まで。

それはスメラヤたち調査チームの残骸だっただろうか？　いいや、百年や二百年では説明のつかないほど古いものもあった。ではあちこちの機械は、剪定者の成れの果てか。今よりも無骨で洗練されていない、もっと古い時代の遺物であるようにも見える。

鳥も獣も虫もいない。緑豊かでありながら、不気味なほどに生命の気配を感じない草原を、物言わぬ紋様蝶が飛び交っている。ハルは決意した。

「あたしが、あれを読んでみる」

密度が高すぎてまともに読めるかもわからない大群だ。しかし、糸口でも掴むことができれば、そこを起点になにかわかるかもしれない。そっちはスメラヤをお願い――アルファにそう目配せして、飛び交う蝶のうちの一匹に、アクセスする。

『縺ゅ↑縺溷◆縺。縺ッ豌ｸ驕?縺ｫ縺薙?讌ｽ偵r螻ｺ繧句ｿ?ﾁ√?縺ゅｊ縺ｾ縺帙ｓ』

突如として頭に叩き込まれる大量のノイズに、ハルは思わずのけぞった。部外者からの不随意のアクセスを受けて、草原の紋様蝶は今までにない強い光を放った。眩暈がする。鈍い頭痛に苛まれながらも、ハルは膨大な情報の中に、あるアクセスコマンドを見つけた。起動。すると紋様蝶が新たな光のパターンを見せ、空中に無数の「人間」を映し出した。

「な、なんだ？　誰だ⁉　たくさんいるぞ！」

「透けてる……これ、紋様蝶が作った、映像……？」

それが電子的に構成された立体映像というものだと、誰一人として知る由もない。空中に、人々がなにかを語らうノイズ交じりの映像が投影されている。続いて森林、湖畔に草原、そこで生きる野生動物、快適で清潔な住居に暮らす家族といったイメージ映像が挿入される。やがてノイズが徐々に消え、晴れがましい笑顔の女が大写しになる。

『皆さん、ご覧ください！　これが、人類史上最高の技術と叡智の結晶です！』

女が指し示すのは、天を衝く大樹に似た塔。

それが、視界の向こうで朽ちて曲がる世界樹と重なった。

『Harmonious Alternative Life cycle――通称「H.A.L」システム！　環境改変技術の劇的な進歩により、我々は季節の概念を掌握しました！　これは、長く続いた気象変動によるあらゆる障害を克服するものです。死を運ぶ夏も、暗く長い冬も終わります。蒼く清爽な春と、輝ける黄金の秋！　そう、帰れるのです！　祖先が遠い昔に忘れ去った美しい季節に！』

歓声が上がる。ハルにとっては信じられないほど多くの「人」の声だった。立体映像のタグには日付と思しき数字がある——2897・05・18。西暦二八九七年五月十八日。

では今は？　この紀年法でいくと現在は何年の何月になるのか？　ぐらつく思考のまま情報を漁る。崩れた遺跡。見る者がいなくなったなにかの記念碑。その周辺を飛ぶ蝶が、頼りなく明滅しながらも時を刻んでいた。アクセス。ノイズだらけの情報を読む。

「なな、せん……」

電子表記は「7957」の四桁で止まっていた。西暦七九五七年。少なくとも。この時計が止まったタイミングによっては更にそれ以上。

五千年以上前の女は、花人たちが世界樹と呼ぶものを指差して、高らかに宣言した。

『人類を楽園へと導く、プラントピア計画！　あれらの塔こそ、我々の未来なのです‼』

世界樹？　プラントの中心？　全ての生命の源？　——まさか。

額に脂汗が滲む。雪雲にぽっかり穴の開いた空、そこから覗く背筋が凍るほど青い空。表面を樹木にびっしり覆われ、内側の本体はぼろぼろに朽ちきっているであろう「未来」とやらがつまりは真実の姿だった。

「——世界樹は、それ自体が大きな気象コントロール装置だったんだ」

では花人はなんだ？　剪定者は？　この冬は、システムが想定していなかった異常事態しいうことか？　人間はどこに行った？　この惨状は、一体どういうことなのか？

「うん……？　おい、これ……」

と、アルファがなにか硬く乾いたものを拾い上げた。石ではない。足元に落ちていたそれを拾い上げ、しげしげと観察してみるが、それでもなんなのかわからない。似たような色の似たようなものが、よく見れば草原のそこかしこに散らばっていた。

それは、遠い時間を経てなお不気味なほどに瑞々しい、人骨だった。

『本日の定期放送。H．A．Lシステムの稼働効率が30％を下回りました。晄蝕病による死者の数は』『command／不受理／アクセス不可』『どうなってるんだ⁉』『うち十五歳未満の児童の数は』『皆さん、どうか落ち着いてください。この現象は』

映像が切り替わる。プロモーション用に編集されたものであろう先程までのそれとは雰囲気からして違う。緊急放送や個人による録画、音声しかないようなものなどが混然一体となって流れゆく様は、当時の惨状をありのままハルたちに伝えた。

『どうか、どうかこの子だけは』『最下層の格納ブロック』『特秘データの流出』『保存中の遺伝子情報が』『本日の定期放送。計画指導者の声明によりますと』『北方の管理区域から未定義の生命反応が』『市民データに合致しません』『接触が』『あれはなんだ？』『なにかいる！』

誰が映した映像だろうか。激しく揺れ、ぶれが酷い様は、必死に逃げる被捕食動物の視界そのものを思わせた。燎原の火。蠢く自動機械。人々は手に武器のようなものを取り、なにかに必死で応戦していた。知っている。この光景に覚えがある。ハルは吐き気を催すような悪寒の中で、自身の記憶の澱が掻き混ぜられるのを感じた。

続いて視界の隅で動いたものは、立体映像ではなかった。

アルファが最初に動いた。反射的に、手近なハルに飛びついて庇う。その外套をなにかが引き裂いた。目にも止まらぬ速さの、蟲よりも小さな飛来物に思えた。アルファが顔を上げてスメラヤになにか叫んでいる。内容が頭に入らない。

「『銃』？」ハルは何故か、飛来物の正体がすぐにわかった。「どうして、あんなもの、が」

「逃げるぞ！　数が多すぎる！」

草原の向こうで、朽ちかけたなにかが動きだす。それは無数の紋様蝶を纏い「警告」「危険」を意味する真っ赤な翅の光に照らされている。剪定者ではない。自走機能を持たない、遺跡の外壁に取りつけられた自動迎撃システムだ。

「遺跡歩き……こ、こんなところに、まで……！」

遺跡歩きとは、遺跡に残された自動設備に紋様蝶が取りつき、ひとりでに動き出す現象を指す。その牙が——花人たちの知らない「機銃」という武器が、こちらに向けられていた。

地面が爆ぜる。耳を聾する銃声が炸裂する。アルファはハルを抱えて逃げた。スメラヤも少し遅れて続いた。もうなにかを調べるも調べないもない、一秒も長くここにいられない。本能的に危険を察知して、アルファが斬甲刀を振り上げる。火花、衝撃、金属音。当たる軌道だった銃弾が寸前で弾かれ、引き換えに強靭な刃を欠いた。

草原が遠ざかっていく。代わりに冬の冷気と雪の世界に飛び込む。酷い頭痛の中で、ハルは世界樹の麓に一体なにが広がっていたのかを理解した。

あれは墓場にして、遠い過去の戦場の跡。人間と文明が死んだ場所だ。

かつてのスメラヤたちも、ここを越えることはできなかった。

――あたしも、あの場所にいた。


元来た道を辿っただけのはずだが、どこをどう歩いたのかもろくに覚えていない。残った数少ない物資で食い繋ぎ、ほとんど会話もないまま、追い立てられる獣のように地下を進んだ。

ハルはずっと頭痛に苛まれていた。眠くもないのに無理やり眠ると必ず悪夢を見た。悪夢は炎の色をしていて、見たこともない機械が動いていて、自分は中心にいた。誰かと話していた気がする。あまり快い話ではなかった気がする。紋様蝶の光が脳に焼きついて離れない。

誰かと、なにかを、約束したような。

スメラヤはずっと自分の荷物を弄っていた。なにをしているかはわからなかったし、気にする余裕もなかった。アルファだけが変わらなかった。ひたむきに前だけを見て、使い物にならない二人を先導した。ただずっと、欠けた斬甲刀を片時も離さずなにかを警戒していた。

「アルファ」ある夜に、自分から話しかけた。「ごめんね」

「なんで謝る」

「ずっと、頑張ってもらってる。撃たれた時も守ってくれた。あたしはなにもできてないのに」

「変なこと言うな。わたしには、これが当たり前だ。面倒なこと考えてないで寝ろ」

携帯ストーブの火を眺め、寝袋にくるまりながら、絶えず流れる碧晄流体の音を聞く。スメラヤは目を閉じて休んでいる。ずっと暗くて今が何時かもわからない。

「……なにか思い出しそうになったのか？」

「まだはっきりじゃないけど。──あの女の人が喋ってるところとか、騒ぎになってるところとか……あの、人間がいっぱい死んじゃったようなこととかの中に、あたしもいた気がする」

「けど、五千年も前なんだろ？　芽と蕾と花の季が何巡してもそうはならないぞ。その間お前はどこでなにしてたんだってことにならないか？」

「ん……それはまだ、わからない。足りないものがいっぱいある気がする。けど……」

世界樹に近付き、その正体を知った今、ハルは予想だにしなかった感情を持て余している。全てを思い出した時、起こる変化は好ましいものとは限らない。今は覚えてもいない自身の過去に、清算しなければならない特大の問題があるのではないか。

「……怖いんだ。あたしは、あたしのままでいられるのかな」

アルファはしばらく黙っていた。その横顔が、花園で作業を続ける「いつかの彼」と重なって見えた。表面上はしれっとした無表情でありながら、頭の中では色んなことをぐるぐる考えている、あの時の顔だった。

「ずっと聞きたかったことがある」

「え？」

「わたしにも、昔のわたしがいたのか？」

「！」

再び咲いた花人(はなびと)に、かつての自身について教えることは禁じられていない。ただし推奨されてもいない。本人が望むのなら止める道理はないが、記憶の混乱を考慮して、基本的には伏せる傾向にある。だからアルファも、「前の自分」がいたこと自体を知らされていなかった。

しかしアルファは『月の花園』や、花人(はなびと)の死と転生については知識として知っている。それが常識ならば、自分もそうかもしれないと思うのは当然のことではあった。

「スメラヤの話を聞いて、余計に気になってな。それにお前はたまに、わたしじゃなく、わたしの向こうにいる誰かを見ているような時が何回かあった」

「……知りたいの？」

「ああ」

ハルは寝袋から身を起こし、居住まいを正す。

「――わかった、話すね。とっ散らかってるかもしれないけど、最後まで聞いてほしいな」

今まで語らずにいたのは、黙っていたかったからではない。仮に話すとしても、上手(うま)く説明する自信がなかったからだ。アルファといた日々はそれほどまでに濃密で、ハルがプラントで目覚めてからの、ほとんど全てだったから。

文章にまとめるよりも、口頭で話す方がずっと難しい。そこに感情が乗ってしまうから。それでもハルは、不器用ながらも、全てを話した。かつていた、自分が知る限りの「アルファ」という花人(はなびと)について。彼と歩んだ軌跡も、その結末まで。

アルファは壁に背を預け、黙って聞いていた。小さく「そうか」とだけ返し、水路の暗い天井を見上げ、少しの間なにかを考えていた。

ふと、こちらを見て、ぱっと両手を広げる。

「なにか変わったか？」

「え？　なにかって……なにも？」

「そういうことだ」

どういうことなんだ。

ぽかんとするハルに、アルファは淡々と述べる。

「わたしはもう、昔のわたしのことを知った。自分で思い出したわけじゃないけどな。驚いたし、なるほどとも思ったし、凄(すご)いなとも思った。けど、それだけだ。今のわたしがなにか変わったり、おかしくなったりしたわけじゃない。——お前もそうなんじゃないか？」

——あ。

ようやくピンと来た。アルファは、自分を励まそうとしてくれていたのだ。

もちろん自分の過去を知りたいという気持ちもあったろう。けれどそれ以上に、過去の残影に怯える自分の心を、少しでも軽くしようとしてくれたのではないか。その飾らない心遣いに救われたような気がした。

「——だね。昔のことがわかっても、アルファはアルファだし、あたしはあたしだね」

「それだ。わかったら、あんまり考えすぎるな。お前がどうなっても、わたしは傍にいる」

そう言ってくれるアルファに、ハルは何故だか胸が締めつけられるような気持ちになる。

「ありがと。あはは、なんかあたし変に後ろ向きになっちゃってたみたい」

「疲れてるんだろ。わたしも適当なところで休むから、お前ももう寝ろ」

頷き、もう一度寝袋にくるまる。先は長いのだから、体力は少しでも温存するべきだ。

学園のみんなは無事だろうか。自分たちにできることは、まだあるだろうか——考えているうちに眠りに落ちていた。その夜は悪夢を見なかった。

アルファは眠るハルを見下ろし、しばらくじっとしていた。辛うじて悟られなかったが、桜色の瞳の奥には、いつかの彼と似通った「変化への恐怖」があった。

アルファは、ハルを守る。何故なら、ハルは自分が咲いた瞬間からずっと傍にいたからだ。自分の名前や、プラントで生きるための全てのことを教えてくれたからだ。細かいことを考えずとも、そういうものだと、疑いもなく思っていた。だが。

——これは、わたしの意思なんだろうか。今の、こうしてここにある、わたし自身の？
かつてのアルファは命を賭して学園を守り、ハルのことも守った。
もしも「その時」が来た時、自分は、そうできるだろうか。

3

　帰って驚いた。学園の一階部分が、ほぼ余すところなく掘り返されていたからだ。

　全ての花人が疲れきっていた。ただでさえ冬に体を蝕まれている中、一か八かの解決策に力を傾け、結果が空振りならばそうもなろう。ついに眠りに落ちた仲間も増える中、悄然とした様子のフライデーが三人を出迎えてくれた。

「——申し訳ありません。いい報告は、できそうにないです」

「うん。……あたしたちも、似たような感じだと思う」

　結局、花の移植先も花人の避難場所も、図書館の他にいい場所がなかった。積雪でギシギシと軋む中、身を縮こめて室内に戻り、互いの結果を伝え合う。

　世界樹の正体。麓に広がっていた光景。道中で目の当たりにした全てのこと。

　学園側でやろうとしたこと。脆くも崩れ去った希望。学園のすぐ下にある硬く重い鋼鉄。

「——そんな……じゃあ、これ以上どうしようもないってこと？」

「万策は尽きました。……世界樹のことも、ご報告に感謝します。あれがひとつのシステムならば、とうとう終わりが来たということでしょうか。なら、私たちは……」

　もうどうしようもない——という言葉を飲み込みつつ、フライデーの表情には深い諦めがあった。まだ動く仲間たちの間にも、虚脱感にも似たうっすらとした諦念の気配が漂っていた。

その時、どんっ!! とリュックが置かれた。スメラヤの荷物だ。

彼は見る間にリュックを引っくり返し、中身を卓上にぶちまける。あまりに唐突で荒々しく、よりによってスメラヤがそれをやっているということに、全員言葉もない。

「ず、ずっと、考えて、ました」

双眸(そうぼう)には覚悟があった。リュックの中身は、かき集めてきた昔のスメラヤの残骸。それらをまとめた新たなノートや、いつの間に回収していたのかと思うほどの計測器や機材の数々。

「世界樹(せかいじゅ)は神様なんかじゃありませんでした。昔きっと酷(ひど)いことが起こって、『プラントピア計画』はご破算になりました。よーくわかりました。けど、それでも、だからってボクたちが諦めなくちゃならない理由にはならないと思うんです」

荷物の中は、籠の群体から回収してきた紋様蝶(もんようちょう)もいて、籠の中でちかちか光っている。

「世界樹(せかいじゅ)が人間の技術によるものならば、そこには理論的な体系があるはずなんです。超常的なものがないのならあとは『問題と解決』のプロセスをなぞるだけです。フライデーさんの報告を聞いて、ボクはひとつの仮説を立ててました」

誰もが圧倒されていた。彼は自分の死に場所を見て絶望したのではなく、今までずっと思考を巡らせていたのだ。

「この学園も、遺跡の一部なんじゃないでしょうか?」

「遺跡の、一部……⁉　遺跡の上にこの樹が生えたということですか⁉」

「少なくとも、そうでないとは誰も言っていません。あの鉄塊は、いわば地下施設の天井部分と言えるのではないでしょうか。であればどこかに正規の入り口があるはずなんです。今までだって、わざわざ遺跡の外壁を壊して中に入ろうとしたことなんてなかったでしょう？」

剪定者の装甲に使われる鋼材は、遺跡の外壁と同質のものだ。花人には再現できない高度な冶金技術によるもので、元を辿ればおそらく人間による被造物。

「考えてみれば疑問でした。ここは一体なんなんでしょう？　樹木として成長せず、かといって枯れることもなく、ほとんど石化したものです。ボクが……前のボクが咲いた頃からもずっと、ここは学園でした。以前、学園長から聞いたところによると、最古の花人は拠点を持たず森の中を移動しながら暮らしていたといいます。短期間ながら、ですが」

アルファがぴくりと反応する。最古の花人について、彼にも思うところがあるのだろう。最初は勢いに圧倒されていたフライデーが、気を取り直して同調する。

「ええ。この場所が拠点に選ばれたのは、非常に快適だったからだと聞いています。日当たりがよく、見晴らしもよく、他と比べて土壌の条件もいい。地理的に遺跡や危険なものとも適度な距離を保てる。更にはこの巨木の化石が、住居として都合がよかったと。当時の花人たちにとって安全圏の確保は急務でした」

「そう。そうなんです。都合がよすぎるほど都合がいいんです。第一、この広大なプラントにあって、世界樹の次に大きな存在というものになんの意味もないなんて思えません」

全員、息を呑む。こんな状況にでもなって、地下を掘り返しでもしなければ気付きようのなかったことだ。遺跡の実態や紋様蝶の生態だってハルが目覚め、信号を解析するまで知らなかった。この世界は自然にできたものではない。なら、遺跡や学園の位置関係にも法則性があるはずだ。

ハルは考える。学園が、本当に遺跡の一部で、別の入り口があるというのなら――

「碧晄流体の、地下水路……！」

「そうです。やれることは残ってます。今が『計画』の失敗した成れの果てでも、そこにルールがある以上、利用することも裏をかくこともできるはずです。諦めるには早いんですよ!!」

卓を両手で叩き、スメラヤは全員に檄を飛ばした。信じられないほど大きく、気迫に満ちた声だった。よく見れば、彼の両手は小さく震えていた。それはそうだろう。いきなり昔の彼に戻ったわけはない。それでも、与えられた情報を基に必死に考え、仮説を立て、今できることを見つけ出した。ほんの一瞬、彼が振り返る先には、眠りに落ちたクドリャフカの姿がある。

「――わかった。わたしたちは、なにをすればいい？」

最初に口を開いたのはアルファだ。続いてウォルクが勢い込む。

「なんでもするぜ。このままおしまいなんてムカつくもんな。指示してくれ、『博士』！」

「私も、全力で協力させていただきます。学園をこのままにしてはおけません」

フライデーも身を乗り出し、残った数少ない花人たちも覚悟を決めた。スメラヤは一瞬救われたような顔をして、すぐに表情を引き締める。体の震えは止まっていた。

「時間も人手も限られてます。ここからは全員で一緒に動いた方がいいでしょう。学園と世界樹の関係を暴き出すことと、水路を経由して地下への入り口を探すこと、同時にしなければなりません。まず目指すのは――」

「『第一の指』、だね」

残った人数は、ハルを含めて二十余名。皆、他より冬に強い個体とはいえ、消耗している。後はないが、躊躇いはなかった。ここまで来ると意地だった。冬だろうとなんだろうと知るか。全員、装備をまとめ、豪雪の中を『第一の指』へと急ぐ。

❀❀❀

まず、三人が通ったルートのおさらいから始めた。遺跡に到着し、地下の流体プールに臨時キャンプを張るなり、床一面に地図を広げる。

『第一の指』を起点として、経由した遺跡を線で繋げる。すると、わかることがあった。

「――水路の繋がる遺跡が、ほぼ等間隔ですね」

花人たちの活動圏にある遺跡も、そこから外れた遺跡もだ。地形の複雑な地上ルートからでは見出せない位置関係だった。距離の算出には、スメラヤの歩数計が大いに役立った。

「分岐点はなかったんですか？」

「幾つかあったけど、方角を確かめて、世界樹に繋がりそうな方を選んだの。それにそっちの方が水路が太くなってきてたからさ」

「つまり、世界樹に行き着くいわば幹線水路を軸として、細かく枝分かれした支流が他の遺跡に接続しているというわけですか」

幹線水路は世界樹から遠ざかるほど細くなり、『第一の指』まで来ると他の支流とさして差がないように思えるが、違いは確かにある。流体を溜めるプールと接続しているか否かだ。大きな水門を経由して循環する流体の勢いは支流と明らかに違う。その激しさときたら、かつてのアルファがなすすべもなく呑み込まれたほどだ。

「以前、ハルたちはここから流されてしまいましたよね。それで、メンテナンス用の通路を辿ってみたら地上の『シェルター』に出たと……」

「うん。『シェルター』までを線で結ぶと、こう。幹線水路からは逸れてる。通路の細さから考えると、こっちはこっちで支流が繋がってるんだと思う。ということは――『第一の指』から繋がる、主流の遺跡が別にある」

「世界樹から遺跡の間は、幹線水路ってので等間隔に繋がってるとしてだ。このルートから、この距離で繋げると、行き着くのは……」

アルファがペンを走らせ、ある地点で止める。ここまで来ると、予想のついたことだった。

「――そう。学園に繋がると考えるのが、自然です」

そして学園を経由し、次の遺跡へと繋がる。こうして図面にまとめてみると、幹線水路の経由地の中である一点だけ不自然に距離の開いている地点があった。ちょうど遺跡ひとつ分を飛ばしたとしか思えない空白で、それがつまり、巨木の化石だった。

「ひぇえええぇ……！　た、た、高いですねぇ……!!」

「足元、気を付けてね。下になにがあるかはわかってないから」

十数分後、一行は巨大な滝を見下ろしていた。

ここ自体が地下だというのに、流体は更に底も知れない奈落へと落ちていく。降りるルートはどこを探してもなかった。度重なる調査の中で、ひとまずはここが碧眺流体の終点なのだろうと仮定していたのがこれまでの話だ。だが、今は違う。

「どこかにゲートや階段みたいなのがあればいいんだけどな。わたしが探してみる」

「お願いアルファ。みんなも。あたしは、改めて紋様蝶を読んでみる」

籠を開くと、数匹の紋様蝶が出てきて翅をちらつかせた。研究室にいた個体に、世界樹の麓から連れてきた個体が加わり、互いにしきりに信号をやりとりしている。

ハルは人知れず唾を飲み込んだ。世界樹近辺の情報量はこれまで読んできたものの比では到底ない。また強烈な頭痛に見舞われてしまわないか。自身が痛みに苛まれることが怖いのではない。この切迫した状況で、みんなの足を引っ張ってしまうのが怖かった。

「ハル」ぽすん、と背中が叩かれる。「こっちは気にするな。思いきりやれ」

　驚いて振り返ると、アルファはさっさと行ってしまっていた。彼は他の仲間に声をかけ、先導して周囲の調査に取り掛かる。

「わたしはこっちを調べる。お前たちはそっち頼む。なんかあったら言ってくれ」

　仲間の花人は、少しぎこちなくこう返す。

「あ、わかった。――じゃなくて、わかりました、っす。えーとあの」

「……？　なんだ？」

「や、なんかその。自分、色々と噂は聞いてて、『花守』のアルファさんっつーとヤベースゲーかっこいいヒトみたいな。ちゃんと話すの初めてなんすけど、意外と気さくなんだなっつーか……」

「別に普通だけどな。それに、お前が話してるのは前のわたしのことだと思うぞ」

「そすかね？　すんません、まだあんまよくわかってなくて……」

「気にするな、どっちでもいいよ。そうだ、面倒事が全部終わったら一緒に狩りにでも行くか？」

「ははは、はいっす！　是非！」

そのやり取りを見て、ハルは少し笑いそうになった。比較的新人にあたる花人はアルファについてあまり知らず、ただ過去の武勇伝や噂話を聞いているだけのことが多い。特に以前の彼は仲間ともあまり触れ合いたがらなかったこともあり、その時の印象を引きずって緊張しすぎてしまう者がいるのも当然と言えた。

しかし蓋を開けてみれば、アルファは噂からのイメージほどお堅い奴ではない。ちゃんと話せば優しいし、自ら仲間を遠ざけていたのも、過去の経験から来る気負いと不器用さのせいだ。本当は、誰とだって打ち解けることができる。それは以前の彼にも今の彼にも共通の、アルファという花人に共通の性格だ。

覚悟を決めよう。ここなら邪魔も入らない。準備が整ったことをスメラヤに伝える。

「始めるね。あたし解析に集中しすぎると周り見えなくなっちゃうから、サポートお願い」

「わかりました。この計画にはあなたが必要です。ハルさん、どうかお願いします……！」

頷き、深呼吸をする。紋様蝶の色が切り替わる。黄、朱、赤。外部からの干渉を感知し、警告を発している。これらの情報は本来、機密として扱われたものだろう。世界を規定するシステムが崩壊し、誰も読み取る者がいなくなってから、実に数千年ぶりの不正アクセスである。

「――【Access／エラーコード強制解除／レベルAの秘匿情報開示／全周波数接続】！」

一度接続すれば、紋様蝶に距離など関係ない。遥か太古の時代、世界中を繋いだ情報装置がそうであるように、情報の住所とアクセスコードさえわかればいい。世界樹近辺の個体から糸口を掴み、ハルはそれらの群体が保有する機密情報の海へともう一度飛び込む。今度は自らの意思で、不退転の覚悟を持って。

最初に、衝撃。続いて、五感が大きく揺らぎ、前後がたちまちわからなくなる。

スメラヤとフライデーの呼びかけを最後として、情報の深部へと迷い込む——

【最高機密】【地球環境ノ劇的ナ変化及ビ世界人類ノ生息域保全ニ関スル新規事業計画】【改メ『プラントピア計画』概要】『では非常時の』【以下、緊急時ニ於ケル次善策】『気象操作のレベルによって』【サブシステム構築】『エネルギーの退避先を』【追加ノ一、一基——】

ばちん、と火花の爆ぜるような感覚がして、視界が地下水路の暗い天井に戻った。データの濁流に数えきれぬほどの人々が激論を戦わせる様は寝ている時の夢より現実味に乏しい。気が付けば鼻血が出ていた。親指で乱暴に拭い去り、震える奥歯を噛み締めて、コマンド。

「【／call／00001-cp／投影開始】！」

翅の光が増幅し、ぶぅん、と像を結ぶ。映し出されるのは往時の世界樹の全景。

「……！　これ、立体図面……！　ちょっと待ってください、こっちにも確か……！」

スメラヤは慌ててノートを確かめる。かつての自分が遺した情報の断片をまとめ、整理し、書き記したもの。いわば自分自身の遺言とも言うべき奇妙なものだ。

そこに書き記されていた図面が、ホログラムと合致する。

「世界樹の、内部構造。最初はなんだかわからなかったのに……これ……」

手当たり次第に書き写していたから、なにが書かれているか精査する暇もなかった。どこまで再現できていたかは疑問だが、こうして見比べると、かなり正確な図面だとわかる。届いていたのだ。スメラヤの調査隊は、世界樹の中を見ていた。

たとえ二度とは帰れぬ道行きだったとしても、真実の一端に、確かに触れていた。

「――やったじゃん。スメラヤ。スメラヤが辿り着いて、スメラヤが情報を持ち帰ったんだよ、今」

「はい。はい……！」

震える腕でノートを抱き、スメラヤは束の間、過去と今に思いを馳せた。しかしまだ終わっていない。強い視線でハルを見返し、情報検索の続きを促す。

更なる情報を呼び出す。タワーの内部図面から、その地下水路へ。それは主流を軸に枝分かれし、各地の遺跡を経由してプラント全域を一周してタワーへ戻る一大循環水路だった。こうして見ると予想より遥かに複雑で多岐にわたるルートが構築されており、木の根を通り越して巨大生物の毛細血管のようにも思える。しかも、地下水路のすぐ下の階層に各地を高速で巡回する地下鉄のようなものまであった。とっとと気付いておけばよかった。

ここまでは答え合わせだ。ハルは路線図をなぞり、学園へと繋がるルートを探す。ここはあの遺跡、これはあの時通った遺跡で、これが『第一の指』で（なにかわからない数字と英字の羅列でコードネームが振られてあった）、その次が――

「ここが、学園――ううん、そう呼ばれるようになる前の、遺跡……」

地上部分はかなり小さい。しかし、地下部は近隣のどの遺跡よりも大きかった。

そのステータスと、地下水路の構造とを確認して、ハルは瞠目（どうもく）した。

立体図面を拡大。遺跡の内部構造を確認。進入口を検索。ヒット。現在地との位置関係を照らし合わせて、あるべきスイッチの場所を探り当てる。

「アルファ！　みんな！」図面に集中しながら、薄闇の向こうに呼びかける。「今から言う場所に、隠されたスイッチがあるはず！　合図でそれを押して！」

聞き届けたアルファが指定の場所を調べる。滝のすぐ手前、今にも落ちてしまいそうなところに、固く閉ざされたハッチがある。ハルが指定した手順でレバーを引くと、ばっこん、と落ちるように蓋が開いて冷えた空気が流れ出てくる。

「開いたぞ！　ここからどうすればいい⁉」

「今からコマンドする！　――揺れるから、足元に気を付けてね！」

蝶（ちょう）が一匹、ハッチの中に入り込む。操作盤（コンソール）は生きていた。当たり前だ。世界樹（せかいじゅ）が今の今までギリギリで稼働（かどう）していた以上、その次善策のシステムが使えないと困る。

がっこんっ‼　――と、ひときわ大きな振動が起こり、全員その場でたたらを踏んだ。

「な、なんだ⁉」「ハル、これは⁉」「ちょっと待ておい動いてる動いてる‼」「しししし下に落ちていってますううう!!」「どこ繋がんのこれーっ!?」「心の準備が」「たのしい」「お腹空いた」

無事に動いた。ハルは紋様蝶とのリンクを切り、ようやっと一息つく。本来ここは正規の進入口ではなく緊急も緊急、メンテナンス時に使うか使わないかのルートだから、とにかくざっくばらんで荒っぽい。かつての人類も、設備点検の安全策はアバウトだったらしい。

「リフトだよ。今立ってたとこ自体が動いて、目的のとこまで連れてってくれるんだ」

足場がゆっくり斜め下に降りていく。花人にとっては「自動で動く床」というもの自体が初めてなため、リフトと言われてもなにがなにやらである。しかし、花人たちもこのリフトが今どこへ向かっているのかはなんとなく察することができた。

地下最深部の空洞は恐ろしいほど広い。ゆったりと循環する空気は無臭で、流体の流れ落ちる音だけが遠く残響を引く。幾つもの隔壁が開き、やがてリフトが底に行き着く。リフトの非常用ライトではあまりに光源に乏しく、連れてきた蛍たちを開放して闇を照らした。

次の瞬間、一同は高い「塔」を見た。

一見して混乱してしまうような光景だった。地下の更に深淵から、一直線に真上まで伸びる円筒状の建物。飛び上がる蛍の光が、塔の上側を頼りなく照らす。地上に向かって伸びているだろう塔の上部分には、太く白い、半ば化石化した巨木の根が絡みついていた。

「――では、この真上が……」

フライデーが呆然と呟く。長年にわたる花人の営みを、文字通り支え続けてきた学園という木。その真下にもこんな巨大なものがあったなど、誰も想像だにしなかった。

つまりはここが、学園の「根」にあたる部分だった。

中に入ると、意外なほど快適な空間だった。広い中央制御室に無数の計器、かつてそこに人がいたであろう椅子やデスクが壁沿いにずらりと並ぶ。

空気が循環しており、呼吸は問題なくできる。温度も湿度も問題ない。時間がずっと止まっていたような場所で、人間の姿だけが綺麗さっぱり消えている。

施設維持システムは、ずっと動いていたのだ。管理者が消えても、数千年ずっと。

「ここは、どういう場所なんだ……？　学園の一部……だよな」

「というより、学園が、ここの一部なんだと思う。最初に作られたのは、この中央制御室。学園はもともと地下にあった遺跡なんだよ。図面にそう書いてあった」

「そろそろ説明していただけますか、ハル。ここはなんのためにある施設なんですか？　学園とは一体どういう関係が……？」

「オレたちが掘り当てた鉄の塊が、この建物の屋根だったたってことでいいんだよな？」

「うん。――順を追って話すね」

蝶を介して、制御システムにアクセス。多少苦戦するかと思っていたが、意外なことにセキユリティの類は一切なかった。施設の稼働状況と、碧晄流体の巡回路を確認する。

「世界樹を——あのタワーを作った人たちは、システムになにかあった時のためのバックアップも用意してたの。つまり、気象制御装置が暴走するなり停止するなりして、外が酷いことになった時のためにね。それが、ちょうど今」

「バックアップ、とは……？　今の状況を打破できる手段、ということでしょうか？」

「まだわからない。エネルギーが来てないんだ。——さっき碧晄流体の水路を確認したよね？　あれって法則性があってさ。世界樹から始まって、全部の遺跡を巡って世界樹に戻って——」

指で水路をなぞる真似をしながら説明する。花人たちは、固唾を呑んで聞いている。

「どの水路も、必ずここを通過するようにできてる」

「プラント全体の遺跡でも、ここはかなり重要なポイントということですか？」

「それどころか、世界樹の次に大切な、もうひとつの中心なんだと思う。でも今は、流体の供給がされてない。この建物を避けるように流れて、別のところに行っちゃってるんだよ。だから施設全体が眠ってるような感じなんだ」

「じゃあ、流体を流せばここが使えるようになるのか？　——どうなるんだ？」

そう、そこだ。

ハルは施設を再起動する手段を模索しながら、これだけは確かなことを述べる。

「外の冬を、終わらせられるかもしれない」

ここから先は賭けだ。本当に上手くいく保証はどこにもない。けれど賭けというならずっとそうだったし、他に道がない以上、突き進むのになにも迷いはなかった。

「あたしたちが学園と言ってた場所は、もともとH．A．Lシステムのバックアップ。何千年も眠ってた、世界樹の『苗木』なんだよ」

❀❀❀

バックアップシステムへのアクセスを確認。

沈黙する中枢コンピュータの前で、クストスは青い目をゆっくり開く。機体を確認。問題なし。少々いびつではあるが、動く分にはなにも不自由しないだろう。――それよりも。

「……ああ。辿り着きましたか」

クストスはH．A．Lのメインシステムが完全に「死んだ」ことを認識した。来るべく時が来たのだと、大して驚きもしなかった。

間もなくプラント全域がこれまで以上の豪雪に閉ざされるだろう。今まで緑に溢れていた樹海は、あの暴風吹きすさぶ荒野と同じになる。いいや、もっと酷いかもしれない。

「終わりは絶対に来ます。あとはその終わりをどう迎えるかなんです。……そして、あなただけが『終わり方』を選べる――」

この種の終末はありふれたものだ。クストスは幾つものシステムの死を見届けてきた。自分がかつていたあの荒野にさえも、「人類の未来」を嘯く虚飾の塔はあった。

あるがままの終わりが、当たり前に来ただけ。鍵があるとすれば、彼女だ。

「――新しく始めることさえも。そうでしょう、先生」

クストスの背後には、繭がずらりと並んでいた。

余すことなく覚えている。五千年前、初めて自分の槽が開いた時の、乾いた風も。花と火薬が混ざった異様な香りも。こちらを見つめる、涙も枯れたその顔を。血の流れる頰を。掠れた喉から絞り出される、怨念の音色を。

――お願い。みんな殺して。

立ち上がる。無数の蝶が霞となってクストスに追随し、真紅の警告サインを発する。

システムを守り、約束も守る。クストスの行動原理は、ただそれだけだった。

❀❀❀

調べると、やはりこの苗木は意図的に休眠状態にされていることがわかった。本来は『第一の指』からそのまま流体が入り、地下設備全体にエネルギーを供給させてから次の遺跡に流れていくサイクルのはずだ。

ところが今は、流体は別の水路にバイパスされて、ここだけを避ける形になっている。

「水門を探そう。どうにかしてここに流し込めれば、機能が生き返るかもしれない」

キャンプを移し、この場をくまなく調べることにした。これまで幾度となく繰り返した、未踏査遺跡の調査。まさか最後の最後になって、学園の直下でそれを行うとは。

「にしても、薬みてーなもんだと思ってた流体が、まさかこんなに大事なもんだなんてな」

「我々がそのように使っていただけで、本来は遺跡のエネルギー源だったのかもしれません。以前はポンプから少しずつ汲み上げていたなんて、今となっては信じられませんね」

流体のバイパス経路、流入量などをモニタリングしながら内部の構造を調べる。こうなると探索班の花人は慣れたものだった。この手の遺跡で真っ先に調べるべきポイントを見極め、動かせそうな設備を見つけた。それをスメラヤをはじめとした研究班のメンバーが見分し、集積してきた膨大な知識やデータと照らし合わせる。

途中、内部に残された「人の痕跡」らしきものを幾つか見つけた。

それはデジタルデータ内に残された記録や、そのままになった食器や、椅子にかけられた衣服であったりした。中でも花人たちの興味を引いたのは、各所に置かれたままの「絵」だ。

「こ、これ……人、でしょうか？　誰かが描かれてます……！」

「うーわすげえな、めちゃくちゃ上手くね？　こんなんどうやって描くんだ？」

学園の中には絵画を嗜む花人もいた。図書館の蔵書を参考に、獣の毛から作った筆で描くのだ。とはいえ、子供の落書きレベルの真似事ではある。種族的に「匂い」で物事を判断する側面の強い花人は、見たままを写実的に描き映すということが絶望的に不得手だった。

ところがその絵は、まるで実物を四角く切り取ったかのような精巧さだ。ハルにはそれがなんなのかよくわかった。様々な情報に触れ、頭の奥、自分でも知らなかった深い部分が少しずつ目覚めているかのようだった。

「ああ、それ多分、写真っていうんだよ。レンズを向けてスイッチを押すと、実際の風景がそのまんま映し出される機械なの。――だからそれって、ずっとずっと前の、人間たちのそのままの風景なんだと思うな」

おおー、と歓声が上がる。どこも咲いていない、つんつるてんの「人間」の姿は、花人たちにはやはり珍しく映ったようだ。先にハルと会っていなければもっと驚いたかもしれない。

それらの遺物は、今の状況を打破するにはなんら役に立たない。けれどある意味、遺跡にあるどんなものよりも花人たちの興味を惹いた。その生々しさが。その残り香が。

人は、ここにいたのだ。

ある日を境に姿を消した。正確にいつからそうなったのか、わかる者は誰もいないけれど。

「――わたしたちは、この上にずっと暮らしてたんだな」

天井を見上げ、アルファが感嘆する。かつてここにいた人間たちの誰が想像しただろう。数千年もの未来、このずっと上で、人間ではない者たちが咲き誇り、息衝(いきづ)いていると。

調査は更に続いた。ずっと太陽光を受けられていない花人(はなびと)たちには過酷な作業だが、彼らは休むことがなかった。たったひとつ、目の前に見えた可能性を見据えて、持てる力の全てを振り絞っていた。ほんの一時だが、希望は太陽にも匹敵する原動力となった。

そして、ついに水門を開くパスの解析に成功した。

「幹線水路に繋(つな)がるゲートは十二個！　建物の周りに等間隔で構えられてる！　一番北のやつから時計回りに開いていけば、水流ができるはず！」

ハルと研究班は管制室に残る。アルファら探索班は外に出て、フォーメーションについた。

「それでは、打ち合わせ通りに！　――気を付けて！」

さてここで問題になるのが、水門の老朽化だ。コマンドさえ通れば開く水門もあるにはあるが、半分以上は開閉装置の故障で動きそうにない。が、「壊れてるから開きません」で納得できるなら苦労のない話で、こちとらなにがなんでも開かなければ困るわけである。

なので、爆弾の出番となる。元は洞窟の岩盤などの発破用で、特殊な樹液から作る薬剤を媒介してそれなりの規模の爆発を起こす代物だ。学園床下の分厚い鉄塊は壊せないまでも、元々開くことが前提の水門であれば事足りるだろう。

順番に開かなければ、水流が乱れて充分な流体を引き入れられない。重要なのはタイミングだった。ハルは紋様蝶(もんようちょう)の信号を介して、十二の水門に控える仲間たちに合図を飛ばす。

「いくよ。三、二、一──」

コマンド送信。最北の一番主要水門から、一定間隔おきに開門。一発勝負。

「──ゼロ‼」

塔の外から、連鎖的に大きな爆音が届く。ぱらぱらと小さな埃(ほこり)が落ちた。ここからだと外は見えないため、ハルはモニターを注視しながら、注意深く待つしかない。やがて──

ざざ。

「うん……？」

ざざざざっ。

「おおおぉ⁉」

ざざざざざざざざざっ‼

壁越しにもはっきりわかるほどの、激流の音。地下空間全体に伝わる微動。ハルはいてもたってもいられず、モニターから一時目を離し、扉の外に出た。目の前に広がる光景は──

「で……できた──っ‼」

大量の碧暁流体(へきこうりゅうたい)が、全ての水門からこれでもかとばかりに流れ来る。実に数千年ぶりに開いた水路は溢(あふ)れんばかりの流体を供給し、それらの全てが、遺跡に収束していた。

「成功か⁉」

アルファたちが駆け寄ってくる。全員びしょ濡(ぬ)れだった。水門が開いた拍子に飛び出た流体を思いっきり被ってしまったのだろう。

「うん、大成功！　凄いよアルファ！　これ、全部この遺跡に流れ込んでる!!」

「はっハルさん、戻ってきてください！　ボクたちじゃコマンドがわかりません～！」

中からスメラヤの悲鳴が聞こえてくる。おっとそうだった。慌てて中に戻り、管制システムにアクセス。いきなり猛烈な情報量に晒された。動力源を一気に供給されて、セーフモードだったシステムが息を吹き返したのだ。流体でなく情報の海に溺れそうになりながら、必死に目当てのコマンドを探す。

――見つけた。

「【command：rev.999／バックアッププログラム起動／H.A.L.sub／再起動】!!」

蝶が、ひときわ強い輝きを放つ。コマンド受理。システム起動。

沈黙。

なにも起こらない。ただ、建物全体にわずかな振動が伝播するばかり。一同、思わず目を見合わせた。手順を間違えた？　いや、最初からシステムなんて蘇っていなかった？　得も言われぬ不安が場に立ち込めたところ、がっくん、と今までとは違う大きな縦揺れが起こる。

「……!?　伏せろ！」

なにかはわからずとも、本能的に危険を察知したアルファが叫び、

「へ？」

どがんっ!!

ここから先のことは、ハルたちの視点からは正確に語れない。無理やり言わせるなら「なにかすごい勢いでぐいーんって上がって、潰れるーって思ったらいきなり窓が開いて、てかここ窓ってあるんだと思ったらすごく明るくて、なんか外だった」くらいのものだ。

学園全体に起こったことを、客観的に記すならこうだ——地下のバックアッププログラムは正確に起動した。碧晄流体（へきこうりゅうたい）は膨大なエネルギーを遺跡に流し、遺跡はその全てを高速で吸収し還元し全部位に行き渡らせた。

言うなれば苗であった樹（き）の成長を、圧倒的なエネルギーでもって強引に加速させたのだ。

学園を構成する巨木の化石は、ものの数分で劇的な成長を遂げた。

苗木は化石化した表皮を剝落させ、瑞々（みずみず）しい巨大な樹木となって、天へ天へと伸びる。地下施設はフロア自体がリフトとなっており、システムの再起動と同時に上昇して地表部分へと出た。もっとも、数千年にも及ぶ休眠状態からの急速な起動だったため全てが計算外でめちゃくちゃだ。苗木の生育速度も、塔内の構造の変化も周辺環境に及ぼす影響も、なにもかもがリミッターをぶっちぎって予想を遥（はる）かに超えた。

細くて花人（はなびと）三人分、太ければそこらの遺跡より直径のある枝葉が四方八方に伸びる。その全てに色鮮やかな緑の葉が付く。水分をたっぷり含んだ葉は紋様蝶（もんようちょう）にも似た光を湛（たた）え、ひとりでに揺れて空気を掻き混ぜた。想像を絶する大樹、その葉の総数は幾億か幾兆か、あるいはそれ以上か。雪が降りしきる極寒の冬の中、大樹を中心に暖かな空気の層が生まれ、風となってふわりと広がる。風は徐々に激しさを増し、螺旋となって上昇し、更に高く空まで届いた。

重く塞がった白い雲に、風が触れる。直後、水中に生まれた小さな泡のように、雲が開く。

空が、顔を出した。

「お、おお、おおおおおお……⁉⁉」

もちろん、ここまでのことを予想できたわけはない。ハルは管制室から出て、危なっかしい足場にふらつきながら、閃光のような空色を目に焼きつける。

「おい、おい！　おいあれ！　あれあれあれ‼　空‼　空がおいあれ空だよななあ⁉」

ウォルクは大騒ぎだった。心配しなくともちゃんと空だ。見る間に雲の穴は大きくなり、遮るもののなにもない陽光が降りてくる。目がくらむほどの光だった。けれどよく見れば、空の色はまだ紫がかり、東から西に向けて朱と藍のグラデーションを描いている。

ああ、そうか、朝になったばかりなんだ——その程度のことが、ハルにもようやくわかった。

気象制御装置。その機能が、今この瞬間に発揮されたのだ。

「と、といいますか、今どうなっているんですか？　学園は？　ここはどこですか⁉」

そうだ学園だ。フロアごと上昇した管制室は今、地上数十メートルの高さにまである。ならそのずっと上だった学園部分はもう天高くの空中庭園になってはいやしないか。

麓の厩舎から、いきなりの珍事にビビり上がった幽肢馬の嘶きが聞こえてくる。とりあえずそっちは元気そうではある。

「あ!!　と、図書館!!」

フライデーが慌てて辺りを見渡す。太い枝を必死に目で追うと、遥か上方にぽつんと建つ図書館が見えた。良かった、無事だ。壊れてもひっくり返ってもいない。

回廊や階段は見るも無残に崩れ、あちこちの施設も落ちたり上がったりよくわからないことになっているが、みんないる図書館さえ無事ならひとまずなんでもいい。見上げてみると、あちこちの施設や部屋が果実のように枝からぶら下がっていた。

「うひぇえ……研究室は大丈夫でしょうかぁ……」

「すっげーなこれ……人間って、こんなとんでもねーもん作ってたのか……」

「図書館の花や皆さんは無事でしょうか。日光を浴びれば、持ち直すとは思いますが……」

ここからだと行くのも一苦労だ。花人たちは皆、唖然としていた。自らに降り注ぐ朝の陽光にさえも実感が持てないようだった。アルファはまっすぐ空を見上げ、確かめる。

「成功か？」

「うん」ハルは、はっきりと頷いた。「大成功だよ」

目覚めた大樹――『学園樹』から生み出される空気は柔らかく、植物の香りを孕んでいた。

「あれ？」

と、ある花人（はなびと）が空の一点に目をやる。まだ雪雲の晴れない方角だ。

「ねえ、あれなに？　なんか光ってるけど……あれもシステムってのの影響とか？」

指差す先を見て、ハルは硬直した。ウォルクもスメラヤもフライデーも、視線を追って表情を凍らせる。見覚えのある光だったからだ。彼方（かなた）——世界樹（せかいじゅ）の方角からこちらに飛来する眩（まばゆ）い光点。それは質量を持ち、まっすぐこちらに向かってきて、やや遅れて風切り音が届く。

「あれは……」アルファが、ぽそりと、「流れ星？」

ただし、流星の色は、どれも緑色だった。

「!?」

どがががががががんっ!!

無数の流星が墜落し、学園樹（がくえんじゅ）の枝を砕き、幹に食い込む。計算され尽くした軌道は管制室を巧みに避け、ハルと花人（はなびと）たちを取り囲むような位置取りで停止した。

ここまで来ると、この場のほぼ全員が理解していた。なにが起こったのかを。そして、去る芽の季の最後になにが起こり、誰が来たのかを思い出していた。

「——最後の播種（はしゅ）です。このペイロードを射出し、メインシステムは完全沈黙しました」

すぐ目の前に落ちたポッドが開き、かつん、と金属質の足が枝に触れる。

「あなた……！」

「流石(さすが)です、先生。失敗作の手を借りたとはいえ、ほぼ独力でバックアップを起動するとは」

クストスの鉄の仮面が、氷より冷たい目を光らせる。ハルへの親しげな笑みさえ引っ込め、花人(はなびと)たちを睥睨(へいげい)する様は、彼女自身が機械的なシステムの一部であるかのようだった。

「下がれハル。危ないぞ」

アルファがハルの前に立つ。クストスは、そんな彼の様に小首を傾(かし)げ、

「……まだそこにいるのか。そんなになってまで先生の隣にいるとは、つくづく救い難(がた)い」

「お前につべこべ言われる筋合いはない。お前のことは知らないが……嫌な感じがする」

「だろうな」

全員が戦闘態勢だった。けれど、待望の陽光を総身に浴びてなお皆の疲労は色濃く、なけなしの汎用武器を構える様は見るだに痛々しい。クストスは鼻を鳴らし、一顧だにしない。

「ねえ先生。僕はあなたに、お望みの真実をお届けに来たんですよ」

「真実……⁉」

「気付きませんか？　周りを見てください。これに見覚えがあるでしょう？」

クストスがコマンドを飛ばすと同時に、周囲に落ちたポッドがその外装を剝落させる。全員一斉に身構えた。剪定者が来ると思ったからだ。しかし、姿を現したのは、あの冷たい鋼鉄の巨軀(きょく)などではなかった。

緑色の流星。かつてアルファが目撃し、廃墟(はいきょ)まで追いかけたもの。

「あたしが出てきた、繭……⁉」

「そう。反応からするに、先生はこれがなんなのか察しているようですね」

察するもなにも、ハルは読んだのだ。世界樹に地下に保管されている繭には、自分以外の人間が眠っている。しかも数えきれないほど。それを見つけること、他の人間と出会うことが、ハルの一番の目的のはずだった。

クストスの表情は揺るがない。ただただ、事務手続きのように、続ける。

「どう捉えているにせよ、事実はあなたの解釈とは違うでしょう。これはそんな優しく都合のいいものではない。少し荒療治になりますが、その目で見て、確かめてください」

誰が口を挟む暇もなかった。クストスのコマンドで、繭のひとつが開く。ハルが出てきた時と同じなのだろう、それは花が開くように頂点からほどけ、中身を晒す。

ばしゃり――と、大量の光る水が零れ落ちた。

碧暁流体。

「え」

他にはなにも入っていなかった。混合物のなにもない、あの仄かに碧く光る液体が、さっきはあれほど苦労して地下に引き入れた貴重なエネルギー源が、無為に枝を伝い落ちる。

誰も、言葉もなかった。ハルは強い眩暈を覚えた。

「――このポッドは、ある種の生命維持システムです」クストスは続ける。「人間の生体機能を最低限確保し、新陳代謝を通常時の何百分の一にも抑え、いわば植物状態のまま超長期の休眠状態に入らせるもの」言葉が思考を上滑りしていく。「樹齢数千年の古代樹にヒントを得たと研究者は言っていました」頭が痛い。「結局、それも最後まで正常に機能することはありませんでした」視界がぐらつく。「残ったのは、ただスープに溶けた生体エネルギーだけ」

　では。では。当然導き出される結論にハルは辿り着けない。それだけは知ってはいけないような気がした。脳に手を突っ込まれて脊椎までほじくられているような不快感。では、地下をどうどうと流れていた大量のあれは。では、これまで便利に使っていたものは。

「人間ですよ」くすりともせず、機械は告げる。「この液体は、みんな人間だったんです」

　ばしゃり、ばしゃり、ばしゃり、ばしゃり――全ての繭がほどける。形をやめた人たちが、学園樹の枝を伝い、吸われ、飛沫となって落ちる。

　その雫が陽光をきらきらと照り返す光景を最後に、ハルは意識を失った。

4

最後の蹂躙が始まる。クストスは気絶したハルを保護し、当たり前に武力を振るった。遅れて襲来した剪定者が、露を払うように花人に襲い掛かる。皆、抵抗を試みたが、二十そこそこの数ではまともな戦闘にすらならなかった。斬られ、散らされ、叩き落とされ、眩い陽光の中で散り散りになっていく。クストスは、そんな様子に見向きもしなかった。

気が付いた時、ハルはクストスとたった二人で中央管制室にいた。

頬を叩く雫に目を覚ます。触れてみて、指先に付着したものを確かめるや一気に覚醒した。

「っ!!　ぅ、あっ……!?」

管制室全体を行き渡る碧晄流体が、天井の亀裂から垂れ落ちている。「人間」。弾かれたように後じさり、床に尻餅を付く。

「あまり嫌わないであげてください。たった一人生き残った人間にそんな扱いをされては、みんな浮かばれないでしょうから」

クストスは塔の管制システムに介入している。管理権限を上書きし、ハルより更に優先度の高い命令を入力しているのだ。彼女の頭上では、無数の蝶が飛び交っていた。

「あ、あ、あの、こ、これっ、ここ、これ」

「さっきは少し言葉が足りませんでした。あなたたちが碧暁流体（へきこうりゅうたい）と呼ぶ液体が具体的にどういうものなのか、ああして見せるのが一番だと思ったから。——その液体を構成しているのは、人間だけじゃありません。むしろ彼らの混入は想定外のことでした」

なにを言っているのかよくわからない。クストスは紋様蝶（もんようちょう）と信号のやり取りをしながら、こちらを見ぬまま続ける。

「液体は、人間がまだ生きていた計画当初からありましたよ。小さいものは動植物や昆虫類から、大きいものは大型哺乳類まで、あらゆる生き物の生体エネルギーを抽出し、タワーを中心とした各施設の燃料源として循環していました」

「色んな生き物が……？　碧暁流体（へきこうりゅうたい）に、そんな……」

「ほら、化石燃料だって昔は生き物だったと言うでしょう？　そのサイクルを早回ししたようなものですよ。代替エネルギーの枯渇（こかつ）した時代では、命も資源だったということです」

「じゃ、じゃあ、今外にいる動物はどうなの？　幽肢馬（カシバ）とか、鹿や鳥や、蛍とかの蟲（むし）だって」

「あれは厳密には違う生き物です。雑多な動物の遺伝子情報が混ざり合って、偶発的に生まれた新生物（クリーチャー）ですよ。馬も鹿も鳥も、魚や虫や爬虫類（はちゅうるい）だって、昔のそれとは違います。——例の生命維持装置も、地下の流体（アレ）に浸（つ）けることで稼働（かどう）させていましたからね。あんまりにも長すぎて、逆に人間の方が分解されてしまったのでしょう」

「あ、あたしが、無事だったのは……？」

「肉体が若く、抵抗力があった。入眠前のプログラムが上手くいった。単純に運がよかった。考えられる要因は複数ありますが」クストスが振り返り、微笑む。「僕がずっと、稼働状況を見守っていたからというのも、あるかもしれませんね」

蝶がなにかのコマンドを通す。建物全体がまた揺れ、ハルは不吉なものを感じた。どうなるにせよ、クストスが飛ばしたコマンドが学園樹にいいように作用するとは思えなかった。

「ちょっ……ちょっと待って！　なにするの⁉　せっかく、ここまで……！」

「気象制御をオフにして冬に戻します。ともあれこれが正常稼働したのは良かった。くだらない草どもが枯れ果てた後で、あなたが暮らしやすいよう気候を整えられるわけですから」

「待ってよ‼　どうしてそんな酷いことするの⁉　花人があなたたちになにかした？　なんで、みんなのことを殺そうとするの⁉」

「まだ、そんなことを言っているんですか？」

クストスは踵を返し、大股でハルに歩み寄る。すぐ目の前にしゃがみ込み、覗き込んでくるその顔には、いっそ憐れみさえあった。まるで、難病の相手を見るようだった。

「本当は思い出しそうなんでしょう。人間の行方がわかったのなら、あとはもう要素を繋げるだけです。あなたの自己防衛本能が最後の一線を拒んでいるんだ。だってそれは、失敗作どもと一緒にいたあなたの全てを否定するものだから」

「なに……を……」

「おかしいと思わなかったんですか？　記憶を失っていても、あなたの頭脳は優秀すぎる。状況を正確に把握し、工学・技術分野に強い興味と理解を示し、環境に適応する。そればかりか僕以外には数千年誰も解読できなかった紋様蝶の信号言語を読み取り、施設機能を必要充分に操作してのける。それは人間が特別だったからじゃない。あなたが特別だったからです」

ぎくりとした。どうして自分にはわかるんだろう、と思うことは何度もあった。答えを示してくれる相手がいなかったから、そういうものだと納得するしかなかった。

「それこそが、あなた自身の記憶に紐づいた技能です。先生はなにもかもを忘れきったわけじゃなかった。気付く機会はどこにでもあったんです。あなたが目を逸らしていただけで」

ざわざわざわ、と紋様蝶が集まってきて、二人の頭上に光の霞を作る。それらがクストスのコマンドで像を結びつつある。あんなに頼りにしていた紋様蝶が、とても恐ろしく思えた。

「どうしてあいつらを殺そうとするんだ、と聞きましたね」

蝶が舞った。二人っきりの空間に、ある立体映像が映し出される。映っていたのは——

「これ……あた、し……？」

これまでハルが読んでいたものは、説明書のようなものであったり、プロモーション映像であったり、なんらかの報道であったりと——つまりは、公的な記録に過ぎなかった。今から目の当たりにするものこそは、クストスがその目で見た、ごくプライベートな記録映像。クストス自身の、原初の記憶である。

映っていた自分は、泥と煤と血に汚れ、涙も枯れ果てた目に悲壮な決意を宿していた。

「殺せと言ったのはあなたですよ。『プラントピア計画』中核メンバー、春瀬肇博士」

『――殺して。お願い。あいつらをみんな、殺し尽くして……！』

ずっと前に、誰かと大切なことを約束した気がしていた。

これがそうだと、己の声でようやく思い出した。


ある学者は、一連の出来事を「人類種の寿命」だと嘯いた。

気象変動に土壌の汚染、資源の枯渇、食糧危機、世界各地で勃発する大小さまざまな戦争と社会不安。とかく三十世紀を前にした世界事情は問題ばかりで、各国の政策も苦し紛れの延命以上にはならなかった。とりわけ地球全土に及ぶ気象の異常は常軌を逸しており、極端な高気温と低気温、雨害、干害、風害、雪害は各地に夥しい死者を出した。

この現象自体はどこの誰がどう悪いという話ですらなく、おそらく惑星のひとつのサイクルに過ぎず、だから「寿命」という表現もまんざら間違いではなかったかもしれない。ともあれ人間は遠からず消えるか、自らが定めた絶滅危惧種に仲間入りするかの岐路に立たされる。

『プラントピア計画』は、人類の叡智を結集した、唯一無二の逆転の一手だった。

対流圏にも及ぶ超々高層タワーを造り、気象を操作する――二十世紀末よりこの種の研究は続いていた。多くは夢物語に過ぎなかったが、技術の発展がついに実現を可能としたのだ。

研究の中心には、まだ二十歳にもなっていない少女がいた。

名前は春瀬肇。寡黙な成果主義者で、研究を進めるためならどんなことでもしたし、それに見合う結果を出した。幼い頃、異常気象で両親を喪った経験が彼女をそこまで駆り立てたのだろう。計画に向かう彼女の姿には鬼気迫るものがあり、その天才性は十二分に発揮された。

春瀬博士には、たった一人の親友がいた。彼女より一回りは年上で、同じく計画の中核メンバーであるからには人類有数の才媛であるはずだが、どこか子供っぽいところがあった。よく喋り、よく笑い、気になることには考えなしに突っ込んで、一の失敗をしては十の成功をもぎ取ってくるような女性だった。

博士は、彼女に呆れつつも、離れることはなかった。友人でありながら、姉や母のような存在だったのかもしれない。他のメンバーには滅多に笑みを見せない春瀬博士も、彼女と一緒の時は顔を綻ばせることがあった。

人類全体の緊急避難とも言える『プラントピア計画』は、見事に成功した。

H．A．Lシステムは、本人は嫌がったが、計画の立役者である春瀬博士にちなんで付けられた名前である。上層で気象を制御し、下層を人類の緊急シェルターとする。その構造を植物になぞらえ、タワーは当初から大樹にたとえられることがあった。

恒久的に安定した気候と、豊かな自然。誰もが防護服なしに安心して外に出られる環境は、生き延びた人類が待ち望んだ聖域そのものだった。人々は安定と幸福を享受し、世界は二十一世紀初頭までの黄金期に返り咲いたかと思われた。

だが、理想郷は長くは保たなかった。

最初の綻びが人か設備か、それとも外的要因だったのかは誰にもわからない。結果だけ見ればその全てであり、単なる順番の問題だったと言うほかはない。

彼らの理想郷はあくまで「人間が作った、人間のためのもの」に過ぎなかった。そうして整えた環境の余波は必ず外部に及び、巡り巡って人間たち自身の首を絞める。

その最たるものこそ、彼らも予想だにしなかった新生物の誕生である。

「誰も想像などしなかった。理想を追い求めた果てと、それが生み出す歪みを」

次の立体映像を呼び出す。映し出されたのは異形の生命体だった。

ハルは息を呑む。「植物の化物」としか言いようのない姿をしている。人間より何倍も大きく、根が進化した脚で進み、瘴気を振りまいては大挙して押し寄せる。そのくせ生物的な目を持っており、進軍する姿には社会性昆虫にも似た統率感があった。

「人間は、奴らを便宜上『自律歩行型敵対植物』と名付けました。覚える必要はありません。どうせもう誰も使っていない言葉ですし、今いる奴らとも違いますから。流出した液体燃料が外部の植物を侵食し、生物の遺伝子情報を取り込んで独自の進化を遂げた――というのが研究員たちの推測です。誰にも答え合わせはできませんでしたが」

植物たちは、理想郷を侵略した。人間にとって生きやすい場所は奴らにとっても同様に違いなかった。植物に知性らしきものは見られなかったし、あったにしろ人間に確認できるものではなかった。彼らの侵略は機械的で、徹底的で、驚異的だった。

「理想郷に兵器なんて物騒なものはありませんでした。お優しい方々に反対されましたから。安全を守るためという名目の自動防衛施設と、個々人が持てるような小火器がせいぜいだったようです。ところが、銃は大して効果がありませんでした。あれは動物の急所を破壊して効率的に活動を停止させる『点』の武器です。再生する植物の化物が相手では単純に破壊の規模が小さい。切断か圧潰、あるいは焼却が効果的な破壊手段です。そんなことにさえ気付くのが遅れたから、生存競争の初期は泥沼になってしまった」

投影される映像は酸鼻を極める戦場の光景。侵食されゆく楽園の地図と、壮絶な勢いで数を減らしていく総人口のカウンター。

「あなたの仲間も、あの友達も、例外じゃありませんでした」

——待って！　外に出たら駄目！

そんなことを言った気がする。固く閉ざされたタワーから、あのひとは出ようとした。必死に止めたのに。動悸が早まる。呼吸が浅くなる。振り返るそのひとの顔が脳裏に浮かぶ。

——避難が終わってない人たちがいる。放っておけないわ。

——そんなのいい！　あなたがいれば、計画はまだ立て直せる！　あなたが一番大事だよ！

ハルは、春瀬肇は、本心からそれを言った。計画を第一にした物言いは建前で、本当は日の前の相手にこそ行ってほしくなかった。もし他の誰かが出ていくなら止めはしなかった。

――駄目よ。そんなところで、優先順位は付けられない。

友は、帰ってはこなかった。戻ってきたのは血が付いた彼女愛用の手帳。遺体は発見されなかった。ちゃんと遺体が発見されるケースの方が、ずっと少ない状況だった。

目の前が暗くなり、床の一点を見たまま動けなくなる。汗の雫が落ちて弾ける。どこか遠く思っていた「昔の自分」が、喪失の絶望を生々しく蘇らせてくる。友を奪われ、自分は――

「『人間たちのために、奴らを全員殺せ』。それが、起動した僕へのあなたの第一指令です」

反射的に見上げる。クストスの表情は、穏やかでさえあった。

「あなたは、」声が震える。「あなたは……あたしが、造った」

生存競争が不利に傾き、人はようやく兵器を生み出すに至る。名目上は「戦争」ではなく、あくまでも悪性植物の伐採――剪定である。人々は持てる科学力の全てを使い、燎原を埋め尽くす植物を「剪定」する機械を造った。その長たる個体が人に似せられたのは、製作者の意向だろうか。なんらかの執念によるものだったろうか。

「花人は化物の末裔です。最初に存在を知った時は驚きましたよ。植物のくせに、人間と同じ顔をしているんですからね。きっと何世代か代替わりしていく中で、人間の遺伝子情報が入った流体を吸収したんでしょう。自覚すらないのだから救えない連中です」

冷たい手がハルの両頬に触れる。額と額を合わせ、機械の顔が間近で微笑む。

「このトリガーを引いたのは、あなたなんです」

「っ――」

「あの生き物たちはなにもかも間違いだらけだ。だから一匹残らず駆除する。それが、あなたと約束した、人間を守る唯一絶対の方法です」

日が翳り始める。再び咲こうとした花が、今度こそ念入りに根こそぎにされてしまう。

❀❀❀

――――。

泥のような深いまどろみから、ふと意識が浮上する。ナガツキは眩い朝の陽光に顔を顰め、ぼさぼさの髪をそのままに起き上がった。

ここは、図書館のようだ。周りを見渡すと、同じように眠る仲間たちが並んでいた。しかも本来は『月の花園』に咲いているはずの花々までもが、急ごしらえの屋内庭園に移し替えられている。ステンドグラスから差し込む日差しに、それらが明るく照らされていた。

建物が傾き、わずかに揺れている。なにが起こったのか確かめようとした時、ひとつ驚くことがあった。両脚が動くのだ。あの陽光のおかげか、それとも別の要因によるものか、ナガツキの体は往時のような壮健さを取り戻していた。

表に出た時、枝に溶け残った「雪」と、異様な成長を遂げている学園の様子を目の当たりにする。それだけで、ナガツキは状況のほぼ全てを正しく認識していた。

幾度も交わされた作戦会議の痕跡は、今でも館内に生々しく残っている。耳を凝らせば金属の音がして、鼻を鳴らせば戦いの香りがする。

なにが起こっているにせよ、それはきっと、花人たちの生存にかかわる大切なことだ。

「——ああ……そうか」

赤い瞳がしかと焦点を結ぶ。そこまでわかれば、充分だった。世界樹の真実や学園の正体、ハルの過去やクストスの思惑を彼は知らない。最古の花人は、しかしやはり一介の花人に過ぎず、世界の真実を知らぬままに、花人として生き抜くしかない。

学園が危ないのならば、学園長がやるべきはひとつだ。

大きく様変わりした学園内を移動するのは、それだけで結構な苦労を要した。健康な両脚でも長く使っていなければ感覚が鈍るもので、枝から枝へ飛び移る度にバランスを崩しそうになる。けれど行先に迷うことはなかった。いくら変わろうが懐かしい学園の構造を見誤るわけはなく、学園長室がどこにあるかは匂いでよくわかる。

両扉を開けてみると、中はいつも通りとはいかなかった。樹木の大きな変動で部屋全体が斜めに傾いており、ひどく散らかっていた。窓の外は豊かな葉で埋め尽くされていて見えず、隙間から差し込む陽光が室内を緑に染めている。愛用のベッドが無事なのが救いだった。

それはいっかいきりの、大きな賭けだ。だけど今なら確実に成功させられる。学園の端々にまで漲る豊かな生命力を、ナガツキは花としての全身で感じていた。それを借りればいい。

片手でコンソールに触れ、学園全体の鼓動を感じる。もう片腕では一塊の土を抱え、そこでは連なって咲く蒼い花があった。

──みんな、今も戦ってくれているのか？

──ベルタ、すまないが、ひとつ頼めるか？

死ぬわけにはいかないと、今まで思っていた。一人だけでも残って、皆のことを記憶に留め待ち続ける誰かが必要だと。それが花人たちの長として立ち続けたナガツキの強固な信念ではあったが、必ずしも自分でなければいけないという決まりはない。咲いては朽ち、生命の循環を繰り返し、少しずつでも確実に繋いでいけるなら、個人の記憶や心など些細なことだ。

──ハル。アルファ。君たちなら、きっと前に進めるだろう。だから。

「何度でも咲かせてくれ。たとえ、それが正しい形ではないとしても」

V式広域浸食結界『ムーンフェイズ／反転』。

学園全域に、再び彼岸花が咲き乱れる。

ただしその赤に毒々しさはなく、むしろ柔らかく、陽だまりのように優しいものだった。

剪定者を狂わせる毒が『ムーンフェイズ』。その反転は、花人たちに生命力を与える癒しの花として機能する。そして学園を急成長させた爆発的なエネルギーは、ナガツキの能力を損なわないばかりか大幅に強化していた。今やこの樹の上から下まで『月の花園』と同じ条件、いいやその何倍もの生命力を湛え、花々に活力を与える。

もちろん、代償は相応のものだった。

赤い髪が褪せてゆく。全身から急速に力が吸われつつある。ナガツキはそれも厭わず反転を続行した。自分一人で済むならむしろ安いものだ。ただ、ありったけを注ぎ込むだけだった。

すぐ隣に立つ誰かの足音を聞き、ナガツキは懐かしげに微笑む。

そして、乾いた彼岸花が一輪、ぱさりと床に落ちた。

「はぁっ、はぁっ、はぁっ、はぁっ――」

スメラヤはまだ生きていた。管制塔から叩き落とされ、剪定者の追跡を切り抜けて身を潜めている。武器を必死に拾い集めたまではいいものの、いつまで経っても物陰から出られない。外を剪定者がうろついている。せっかく大きくなった学園樹の枝葉を切り落とし、刈り取るべき獲物を探し続けている。戦えるわけがない。出ていったって刈られるだけだ。たまたま命拾いしたのは運が良かっただけだ。このまま身を縮めて隠れているしかない。

本当に、そうだろうか。

みんなの顔を思い出す。かつての自分の姿を空想する。残されたノートのことを考える。動ける花人はもはやわずかだ。彼らが、どこかで助けを待ってはいないだろうか。今も必死で戦いながら、一秒一秒を生き抜いているのではないか。

かつての自分は、ではない。今の自分が、仲間のためになにをするべきなのか。

体の震えを抑えられない。どの武器をどう構えていいかわからず、全部持っていく以外に思い付かなかった。理屈の上ではわかっている筈の「剪定者の上手な破壊方法」は頭から吹っ飛んでいて、鼻先が自分自身の怯える香りを嗅いだ。覚悟を、決める。

「うあ「どおおおおおおッッせえええええェェエエエエエいッッ!!!!」ぁえ？」

飛び出すや否や、物凄い銅鑼声が飛び込んできて、何者かが剪定者にドロップキックした。

当然、堅牢な剪定者の装甲はそれしきでは破壊できない。わずかに傾いた程度で、すぐ赤い瞳を突然の闖入者に向けた。その何者かは反動で空中に飛び上がり、くるくると何回転もして着地する。スメラヤは、一拍遅れて事態を把握する。

「く、くど、」

「お借りしますぞ」

クドリャフカはスメラヤの細腕をほどき、どちゃがちゃ落ちる武器を拾い上げる。刀に槍に槌にその他もろもろ、右はこっちで左はこれ、使い捨てのものはこういう感じでと、ありあわせの量産型を装備する様はあまりにも堂に入っている。

「ど、どう、どうして、うご、動け」

「さてどうしてでしょう。外が明るくなり、なにやら学園長の香りがするなぁと思っていたら元気になっておりました！　なにがなにやらさっぱりであります!!」

声色も話すことも、武器を構える姿もクドリャフカだ。なにより匂いが物語っていた。もう随分長いこと嗅いでいない気がする、ヒマワリの香りだった。

「はな、」つっかえながら必死に、「話したいこと、せ、説明したいことが、いっぱいあるんです。色んなことがあったんです。だからボクは、みんなに説明しなきゃって」

「そうでありますか」

剪定者が動き出す。クドリャフカは身を深く沈め、全身に力を溜めながら、笑う。

「後でゆっくり聞かせてほしいのであります。まずは、帰還を歓迎しますぞ、ハカセ!!」

スメラヤは、強く深く頷いた。

枝を飛び渡り、数体を叩き落とし、したたかに反撃を喰らい、ウォルクは万事休すの状態にあった。そもそも間に合わせで持っていた武器の強度などたかが知れており、手の破砕槌は見るも無残に砕け折れている。

「――くそ」

葉を湛えた細木の上に落ち、もう身動きが取れない。一緒に戦う仲間たちも何人かいるが、誰にも戦闘能力は残されていないようだった。剪定者たちが這い上がってくる。数はこっちの数倍。どう足掻いても、勝ち目はない。

「ここまで来たのに、これでおしまいかよ……!!」

せめて、最後まで戦う意思は失うまい。今ここにいる仲間のためにも、別の場所で戦っているであろう誰かのためにも、眠っている花々のためにも。

疲弊した体に鞭打ち立ち上がろうとしたところで、視界の遥か上に、色彩を見た。

「は？」

「──よいっしょぉおおおおおッ!!」

学園樹の遥か上から落ちてきたその色は、黄。着地のことをなにも考えていない隕石のような落下のまま、超重量の大型破砕槌が振り下ろされる。強烈な一撃を喰らった敵は無残にひしゃげ、目から光を失って、真っ逆さまに落ちていく。

よっこいせ、と槌を担ぎ直すのは、その色は、その香りは。

「キ──」

「なあなあアタシ今起きたんだけど全然わかんねーんだけどでっけえ樹とか赤い花とか色々あって変な機械みてーなのいんだけどとりあえずなんなのアイツらここどこつーかオマエ誰!?」

「うるっせえええええ!?」

圧倒されていると、少し遅れて別の花人が飛び込んできた。なによりも嗅ぎ覚えのある、ピンクのシクラメン。ウォルクはというと、なにがなんだかわからない。

「ウォルク！　大丈夫でしたか⁉」

「ネーベル――いやいや！　どうなってんだ⁉　オマエら寝てたはずだよな⁉　なんでそんなピンピンして――ってか、こ、こ、コイツ……」

「ん⁉」

「私にも、わからないです。上の方でたくさんの彼岸花が咲いて、そしたら急に私も元気になって。みんな目を覚まして……この子も……」

「んん⁉⁉　なになになに⁉　アタシの話か⁉」

「うっせーなそうだよ今パニクってんだからちょっと考えさせてくれ！」

生憎そんな暇はなかった。ネーベルと黄色いチューリップの後ろから複数の剪定者が迫る。

しかし、更にその後方から、無数の香りと色彩が現れた。誰もが武器を持っていた。

「戦ってるんですよね？　みんな、応援に来てます」

ネーベルに新しい武器を手渡され、考える前に受け取ってしまう。正直なにが起こっているのかさっぱりわからない。

だが戦える。再び咲いた花は、以前の記憶を失う――よくわかっている。それでも、再びその芳香を嗅げるなら。柄を握り締める手は、自分でも驚くほどに力強かった。

「最初にいっこ教えといてくんね⁉　アタシの名前は⁉」

「キウだ‼　――オマエが、その名前でいいんならな‼」

立ち上がり、一斉に敵に挑みかかる。「匂い」で繋がる花人たちの連携は彼らの本能に組み込まれており、合図さえなく、たちまちに色彩の風が吹く。

突発的に咲き、嵐のように散っていった彼岸花は、赤い雪のようだった。

フライデーは遅れて学園長室に辿り着いた。様変わりした学園樹を登っていく中で、既に何人もの花人が目覚めていることはわかっていた。すれ違う中にはこっちを「委員長」と呼んでくれる仲間もいたし、自分が何者かすら覚えていない仲間もいた。ナガツキだけが、いなかった。

扉を開け、予想が当たっていたことを知る。学園長室のあちこちに咲いていた彼岸花たちは、幻だったかのように全て枯れ果て、風化して欠片も残していなかった。

空っぽの学園長室の中で、フライデーはただ一輪だけ残った花を見つける。

それは既に誰かの手で拾い上げられ、机の上にそっと置かれていた。

「……学園長……」

外から聞こえる戦いの音は勢いと密度を更に増し、確実にこちらの優勢に傾いている。この状況を生んでくれたことこそ、ナガツキの最後の仕事だったのだと気付いた。

「――聞こえますか。学園長代理、フライデーです」

伝声茎は使えるだろうか。あちこち断線しているかもしれない。それでも構わなかった。少しでも多くの言葉を、少しでも多くに伝えよう。

「学園各所に剪定者の姿が確認されています。各自、直ちに撃破してください！　全員と連携を取り、決して一人にならぬよう！　――みんなが一緒です！　どうか、健闘を!!」

解き明かした秘密も敵の思惑も今は二の次だ。花人にとって、確実な真実はひとつだった。

自分たちの世界を、自分たちの手で守らなければならない。

❀❀❀

アルファは大型の剪定者に襲われ、学園樹の中腹から最下層まで叩き落とされていた。

見上げると学園樹はかなり高く、どこから登ったものかわからない。赤い彼岸花の香りがしたと思えば、それはもう散っていた。何故だか、疲れがすっかり消えていた。だが敵の数は多すぎて、あの大きな鋏を持った奴はどうしようもなく強そうだった。

――いっそ、逃げてしまおうか。

頭の隅でそう考えてしまう自分がいる。それもいいかもしれない。一人で生きるだけなら、なんとかなるかもしれない。なにも今ここで死に急ぐことはないのかもしれない。いつかの自分は命を懸けたが、今そうしなければいけない理由も因縁もない。己の命を最優先にしたって、責められることはないだろう。

これまでごく当然のように戦い続けてきたアルファだが、本物の死線に直面した今、心の片隅で「死ぬのは嫌だな」と考えている。それは、確かだ。

と、いきなり、崩れた建物に行き当たった。どうやら居住スペースの一角らしく、学園樹（がくえんじゅ）の急成長でバランスを崩して真っ逆さまに落ちたらしい。こんな状況だから、上層にあるはずのものが下層に落ちたり、その逆もあったりする。

興味を惹（ひ）かれるまま覗（のぞ）き込んでみる。誰の部屋だか知らないが、主は災難なことだ。と——

「……紙？　なんだ、これ」

ひっくり返った室内の、横倒しになった机の傍（そば）に、紐（ひも）で括（くく）られた紙束がある。その分厚さといったら横にしても余裕で立つほどで、しかも幾つもある。アルファはそんな場合ではないと知りつつ、どうしても好奇心を抑えられなくなり、紙束のひとつを手に取ってみる。どうやらこれは封筒というもののようで、更に中になにか書かれた紙が数枚入っていた。

「『手紙』……」

そういうものを書いていたことがあると、ハルがいつか言っていた。してみるとこれはハルの私物で、見るも無残に崩れたのはハルの部屋だったのか。それにしても数が多すぎる。一枚開いてみると、意外に尖（とが）った文字がずらりと並んでいる。

今のアルファは古代文字をほとんど読めず、まだハルに初歩の初歩を教えてもらっている最中だった。そんな彼にも、自分の名前や仲間たちの名前、暦の読み方くらいはわかった。

芽の季。目覚め。「アルファ」という名前は、どこにでもあった。

なにか、

日を追って、出来事や考えを丁寧に整理して書き留めているようだ。紙面に彼女の感情が踊っているようで、字が大かったり小さかったり、ヨレていたり走っていたりもした。

なんだか、頭の奥が、

渡す宛てもない「誰か」に、できるだけ多くを伝えたいのだろう。中には彼女なりに挑戦したらしいスケッチもあった。ド下手くそだが描いているものは辛うじてわかる。学園、森、世界樹、遺跡、装備や機材、花園。自分に似ていなくもない誰かの後ろ姿。

どこか、懐かしい香りを嗅いだような、

全てそのままだった。インクの跳ねも、紙の折り目も皺も、たまたま混入した花弁も、紙面に落ちた水滴の染みも。それらは、ハルが辿った時間だ。誰かに伝えようとして紡いできた言葉の数々だ。誰かに届けるまでもなく、字の半分も読めなくても、ハルという人間の思いと考えがありったけ詰まっていた。

――どうした。本当に、逃げたっていいんだぞ。

不意に、誰かが言った気がした。

――お前は、咲いたばかりの新しい花人なんだ。ここで起こってることにも、色んな因縁にも、関係ない。なにも背負うことなんかないんだ。お前は、お前だ。

ぶっきらぼうで面倒臭そうで、わざと突き放すような声は、喋り方こそ違っていても自分と同じ音に聞こえた。それはアルファという個体の中に、花弁一枚分ほどには残っていた、記憶の欠片だったのかもしれない。

むずり、と胸の底で疼くものがある。その衝動のまま、内なる声に返事をする。

「いや、行くよ」

——本気か？

当然だ。関係があってもなくても、どうでもいい。目覚めた時からあいつは自分の前にいた。その姿は、どこかずっと、自分の深いところにある憧れの姿に見ていた。

ハルはなにがあってもどんな時も、前を、ずっと前を、前だけを見ながら進んでいたから。

「ここにどんなことが書いてあるのか、ハルに教えてほしい。まだ長い付き合いじゃないけど、わたしは結構、あいつのことが好きなんだ」

——嫌いになる時もあるかもしれないぞ。

「嫌いになるなら、なってみたい。もっと好きになれるなら、それもそれでいい」

——色々、めんどくさいと思うぞ。

「ほんとは悪くないんだ、そういうの。わかるだろ？」

傍から見れば奇妙な光景だろう。便箋を手にぽつねんと立ち、独り言を繰り返しているのだから。けれど、なんだか整理がついたような気がしていた。

——そうだな。
どこか懐かしいような自分の香りの、その最後の断片が、朝靄のようにふっと消えた。前より視界がクリアになっていた。

幹を蹴り、枝葉に紛れて、無数の剪定者が襲い来る。アルファは速度を緩めず、猛烈な攻撃を紙一重で避けながら進んだ。学園樹のあちこちに激戦の気配がある。花人たちの壮烈な戦意の香りが風に乗って踊る。今は素手だ。どこかに武器があればいいのだが——

「！」

なにか、物凄い速さで迫り来るものがある。

剪定者ではない。音の感じが違う。もっと軽やかで素早く、激流を渡る葉のように複雑怪奇で巧妙だ。花人だとしたら尋常の身のこなしではない。見上げると、光がちらついた。

火花、爆炎、砕ける装甲の煌めき。剪定者が次々と撃破されていく。何者かは、行きがけの駄賃に敵を瞬殺しながらこっちに来ているようだった。切り開かれた敵、真っ二つになったその向こうから、その何者かが顔を出す。

蒼い色の花人だった。

初めて出会う、けれどなんだか見覚えのあるような奴だ。両手に刀を持ち、背中にもありったけの武器を背負う姿は物騒そのものだったが、こんな時でも朗らかで人懐っこいような雰囲気がアンバランスだった。目が合うなり、にぱ、と笑う。

「はじめまして」

「ん──はじめまして」

転瞬、背中合わせに立って互いの敵と向き合う。反射的に挨拶してしまった。

「この武器すぐ折れちゃうの。もっとマシなやつない？」

「知るか。あるもので我慢しろ。それで駄目なら後でなんか作ってもらえ」

あ、それいい。蒼い花人は折れた二本の斬甲刀を両手で弄び、自分ならどういうのが合いそうか考えてみる。そうだな、太刀よりは短めがいい。短刀よりは大きくて肉厚だと嬉しい。手をカバーする円状なら振りやすいし、ついでにぐるぐる回ったりなんかするとゴキゲンかも。

「でさ、きみアルファだよね？」

「そうだけど、お前誰だ？　これまで学園にはいなかったよな。名前は？」

「そこなんだけどさー、わかんないんだよ。誰かが呼んでくれるかと思ったんだけど、そんな暇なかったし。あ、一人にだけ会ったんだけどね、その子眠っちゃって」

困ったよねー、と笑う。そんなこと言われてもなぁと思うアルファだった。名前もないのなら誰か付ければいいのに、自分の発想力では咄嗟に思い付かない。

「まいいや、これ届けてくれって赤い子に言われたの。持ってって」

んん？　──と振り返ると、どすん、と大きな武器が突き出された。

傷付いた、巨大な斧が一振り。

「大事なものなんでしょ？」

「――いや、見るのは初めてだ」

「ありゃそうなの？　参ったな。きみなら使い方わかるって、あの子言ってたのに」

「使い方は……なんとなく、わかる。大丈夫だ。ありがとう」

「よかった！　じゃ、あたし行くから。終わったらまたお話ししよーねー!!」

「わかった。じゃあ、後でな」

蒼い花人は疾風のように駆けていく。その背を見送りつつ、アルファは斧を手に取った。

ハルから聞いた。この斧は、かつての自分が振るっていたものだ。在りし日の桜の花人は、これを使って数多の戦いを切り抜け、刃に燃え盛る命を託した。その芯に残った熾火のような熱を、暗い夜を打ち払う光の色を、よく知っている気がした。

灼けつくように熱い柄は、握れば懐かしくも新しい感触がする。

今、アルファは、胸のうちに小さな火種を抱いている。かつての記憶の残り香でも、誰かに言われたことでもない、今の己にある衝動だ。もっと生きたい。もっと考えたい。もっと、色んなことを知りたい。そんな前のめりでさえある、瑞々しい好奇心だ。

桜の花弁が広がる。意思は炎となり、空を貫く翼となった。

❀❀❀

学園樹全体が揺れている。プログラムの上書きを行っていたクストスは、どういうわけだか戦いが激化したことと、剪定者の数が猛烈な勢いで減っていることに気付く。

どうでもよかった。気象を冬に固定し、システムをシャットダウンしてしまえば終わりだ。

「……あなたは、あたしが作ったんだよね。あたしのプログラムで、今こうしてみんなと戦ってるんだよね」

後ろからハルの声。震えてはいるが、確信を持った喋りだった。笑って首肯する。かつて自分に命令を下した、あの断固とした春瀬博士を思い出して嬉しくなった。

「ごめんね」

「え」

続く言葉は、意外なものだった。

「勝手な都合であなたを造って、こんな、こんなに長い時間、ずっと縛りつけちゃった。本当に……本当に、ごめん。ごめん。ごめんなさい」

「あは。なにを言っているんですか、先生。僕は凄く嬉しいんですよ。だって、また先生の役に立てるんですもの。先生だってやっと思い出してくれたんだから、これからです。これから、全部やり直しましょう」

しかしクストスは、己が口で言うほどには「これから」を信じていない。機械は機械に定められた限界を知っている。一人しか人間のいない、終わった楽園の限界を知っている。けれど残された時間が一年でも一日でも、一秒でも嬉しかった。

「僕だけが、あなたの傍にいることができる」

体ごと振り返り、コンソールに背を預けて人懐っこく笑う。実態はどうあれ、その姿はハルと同年代ほどの、春瀬肇が永遠に失った青春時代の女学生のような佇まいをしていた。

「あなたの友達を気取る連中は、何度でもあなたのことを忘れます。僕は違います。僕だけがあなたの罪を知ってる。僕だけが覚えてる。僕だけが、あなたを、赦してあげられる。世界にたった一人で取り残されるとしても、僕はずっと一緒です」

ハルは顔をくしゃりと歪ませ、その場に膝を折る。繰り返される謝罪は誰へのものか。思いつく限りの全ての人に向けたものかもしれない。

外気温が徐々に下がりつつある。最後の仕上げだ。クストスはコンソールに向き直り——

風の音を聞いた。これまでとは違う、細く鋭く、指向性を持つ風だった。

「ああ——あいつか」

聞き覚えのある音だった。あの忌々しい、光に満ちた夜を思い出す。両手に鋏を構えてコンソールを離れる。打ちのめされた表情のハルが「……?」と顔を上げる。

「待っていてください。最後の不確定要素（イレギュラー）を排除しなきゃいけません」

風音は凄（すさ）まじいペースで近付いてくる。阻（はば）むものはなにもない。いたところでなんの問題にもならないだろう。管制室の扉を開け放ち、クストスは敵の姿を探す。四方八方に巨大な枝が巡る学園樹（がくえんじゅ）は全てが足場になる。音源を探知。空中か――いや、これは――

真下、

猛烈な勢いで上昇する炎が、クストスを体ごと突き上げた。衝撃。火焔（かえん）を纏（まと）う風は一直線のロケットさながらに勢いを緩めず、枝を砕いて葉を焼き尽くし、空へ。

開け放たれた窓から、その炎の色を目の当（まあ）たりにしたハルが、叫ぶ。

「――アルファ!!」

全身を、寒気と暖気の混じり合った奇妙な風に吹かれた。朝の光はまだ差し込んでいるが、徐々に薄い雲がかかりつつある。

見下ろすと、あんなに高かった学園樹（がくえんじゅ）が真下に見える。周囲が白銀の雪景色の中で、そこだけ明るく照らされた大樹は、地面に長い長い影を落としていた。

「……貴様……！」

雪より冷たい怨嗟（えんさ）の声。弾き合い、空中で睨（にら）み合（あ）う。上昇が止まり、体が重力に引かれ始める直前の滞空状態、アルファは相手の顔をまっすぐに見据えた。

「わたしは、お前を知らない。知ってたかもしれないけど、覚えてない」

「それがどうした。貴様が誰を覚えていようがいまいが、僕には関係ない」

「かもな」

これほどの強い憎しみを向けられたことが、アルファにはなかった。今の自分には馴染みのないものだが、その感情は覚えのある手触りだった。期待も、羨望も、憎しみや絶望も、自分はきっと思い出せないだけで知っているのだ。

「——多分、お前にも大事なものがあるんだと思う」

「!!」

「だからそんなに怒るんだろ。……でも、こっちも同じなんだ」

クストスの中で巨大な熱が膨れ上がる。ハルと再会した時にさえ生まれなかった衝動は軋む機体に人外の力をもたらし、徹底した拒絶の刃で彼女を武装させる。

「化物ごときが、僕を知ったような気になるな……!!」

これより先、言葉は要らない。アルファは斧を両手で構え、舞い散る炎を再び総身に収束させる。桜が燃える。花弁は火花となり翼となる。Ⅳ式火焔加速型断甲斧【トゥールビヨン】最大戦速——ジェットエンジンの推力をその身に宿し、爆発を秒読みする。

対するクストスの機体もその姿を変えた。分離した大鋏を両手に構えつつ、腕部・脚部・背部の各所に空中推進装置が開く。一度の戦いを経て、自身に入念なカスタムを施したものだった。飛ぶことができるのは貴様だけじゃない――そう言わんばかりに光る殺意の双眸を、アルファは正面から受け止める。

同時に、撃発。ふたつの人影が弾丸となり、熱風を炸裂させる。

上空に生まれた閃光を、誰もが見上げていた。

「うっわ！　なんだあれヤベー！　あれも花人なのか⁉　てか花人って空飛べんのか⁉」

「ああ、あれは……なんて説明すればいいんですかね……？」

「ありゃ他には真似できねーわ。帰ってきた時、本人に聞けばいいんじゃね？」

沈黙した剪定者の上に座り、ウォルクとネーベルは呆れ半分だった。キウが光を目で追いながらはしゃいでいる。たくさんの仲間たちも一様に空を見上げ、あんぐり口を開けていた。

「おおお！　『トゥールビヨン』にはあれほどの力が……！　流石はアルファ殿！　生まれかわってなお、ますます健在といったところですな‼」

「は、は、はい……あのところでクドリャフカくん、ボクそろそろ自分で歩こうかなって」

「なにをおっしゃいますか！　ハカセは連日の作業で疲弊している身！　ここは自分にお任せくだされ‼　では、飛ばしますぞ――――っ‼」

「あっあっちょっと待、せめてもうちょっとゆっくああああああああああああああ‼」

下層から這い上がるスメラヤとクドリャフカは、木々の間に垣間見える光を追ってひたすら上へと向かう。こちとら炎の推力がないから、とにかく地道な道行きである。

「……学園長。あなたは、どんな思いでいたのでしょうか」

植え直した彼岸花の鉢を胸に、フライデーは枝の上に立っていた。説明すべき数多くのことを、伝え損ねたまま別れてしまった。しかし全てを知ったところで、ナガツキのやることは変わらないだろう。だから示すのだ。彼のやったことは、間違いではなかったと。

「――すっご」

蒼い花人は、一休みして枝葉の上に寝転びながら、笑う。

そろそろみんなのもとへ戻ろうかな、と思いながら。

切り結びは一合ごとに加速する。飛翔体はふたつ、直線に駆け抜けて鋭角に曲がり、火の粉と花弁を散らしながら光の十字を幾重にも重ねる。閃光の後で轟音が響き、小規模な衝撃波が泡のように弾けては新たな風を起こした。軌道はやがて鋭い角度で下降し、重力の助けも借りて更に更に加速し、二人以外には認識もできない速度でクロスして豪炎の二重螺旋を描いた。

太刀筋に迷いはない。壮絶な空中戦は、明確にアルファが有利だった。

それは、学園史上初めて発揮される「一〇〇％のアルファの完全な本気」だった。

最古の花人でさえもその姿を見た者はいない。咲いたばかりの若さと、学園樹と彼岸花の漲るほどの生命力を得て、迷いも気負いもなく、ひたむきに振り絞られる全力。圧縮も出力の調整も必要としない、迸るがままの絶対的な熱量。本能に染みつき、無意識に体を動かす数百年分の技量。ふたつの結実が、燃える桜の樹木としてそこに在った。

なにより、彼の刃には悲壮さがない。アルファにとってこの戦いは、終着点でもなんでもなかった。やりたいことも知りたいことも山ほどあるのだ。大切なものを、それが大切だと実感するだけの時間も欲しい。なにも終わってなどいない。ちゃんとやり直し、この足で進んでいくための、これは大きな通過点に過ぎなかった。

「——こ、の……失敗作が……!!」

「わたしは」愛用の斧を、強く強く握り直し、「わたしたちは、失敗作じゃ、ない……!!」

激突する。ひときわ大きな衝撃が梢を揺らし、重なり合う軌跡が彗星となった。

管制室の分厚い窓をぶち抜き、二人がもつれ合いながら飛び込んでくる。冷たい床を転がって残火の尾を引き、先に立ち上がったのはアルファだった。

「はぁっ、はぁっ、はぁっ、はぁっ……！」

長い髪が浮き上がり、今なお熱気を纏わせる。全身に刻まれた癒えぬ傷は、絶え間なく続いた空中戦の激しさをなによりも物語っていた。

ハルは、あまりの戦いに言葉もない。目の前にいるのは、壮絶に傷付いてなお二本の脚で立つアルファと、もう一人。

「──く……ァ……」

クストスは、立ち上がることができない。機体は上半身だけになり、一本だけ残った腕に鋏の片方を握り締めて、目だけをハルとアルファに向けていた。ハルは咄嗟にそちらに駆け寄ろうとしたが、アルファに止められる。

「やめろハル。……もうすぐ終わるから」

「アルファ！　違う、違うの。この子は……！」

「まだ、あいつは動いてる。危ないんだ。最後までやらないと」

「お願い、今ここでこの子を壊しちゃ駄目なの！」

誰がどう見ても、クストスには戦闘力など残されていない。そんなことはアルファにもわかっていたが、ハルの物言いに目に見えて困惑した。

「お前、なに言ってるんだ？　あいつは剪定者なんだろ。わたしたちの、敵だ。ここで倒しておかないと、みんなは……！」

「敵はこの子じゃない！　全部あたしのせい。あたしがこの子たちを造って、みんなと戦わせるようにプログラムしたの！」

アルファが硬直した。

「──なんだって？」

この短い時間で、ハルはずっと考えていた。かつて自分が作った剪定機械について。数千年稼動し続けた、その絶対的なプログラムについて。ならば今、自分になにができるか、なにをすべきなのか。花人のために——そして、クストスら機械たちのためにも。

「あたしがなんとかする。責任はあたしが全部取るから、もう少しだけ待ってほしいの。戦わなくて済むようになる方法は、きっとあるから……！」

アルファは逡巡し、構えていた斧を下ろす。同時に熱気がふっと消え去り、いつも通りに戻った髪が、窓から入る風に吹かれた。わかった——彼がそう言おうとしたところで。

「緊急時機体修復約定【VP-337】実行」

地を這うような声に、紋様蝶が一斉に反応する。

「全防衛装置にアクセス／安全装置解除／接続／接続／接続／接続／接続／エラーコードを無視。火器管制装置を代理管理者に譲渡」

二人の見ている前で、機械の少女は異形に変貌していく。

この管制室にも、防衛機構は存在した。自動で駆動するアームと、取りつけられた無数の機銃。剪定者よりも古い時代の、人類を外敵から守るためのシステムだ。

それらが壁や天井から取り外され、磁力によって引き寄せられる。全ての紋様蝶の翅が真っ赤に染まり、大量のエラーを吐き出している。

人間的な足ではなく、多関節のアームで無理やり立ち上がるクストス。アルファは油断なく身構えた。小口径の対人用機銃が、全てアルファに向けられる。

「……夢物語を。先生、それでは、あまりに甘すぎます。……戦わなくて済むなら戦わないなんて、そんな次元の話じゃ、ない」

「お前……！」

銃は花人に対して効果などない——自身がそう言ったように、クストスはこの姿になってなお勝てるとは思っていなかった。ただ決して屈することなく、最後の瞬間まで、悍ましき花の化物に対する剪定の意思を示すのだ。

「プログラムは生きている。そういう風に、できているんだ。お前たちが存在する限り、排除システムは稼働して、お前たちを駆除しに来るぞ。何百年経っても、何千年経ってもずっと、ずっとずっと、ずっとだ。僕が消えても……ずっと、ずっとずっと……永遠に……」

ぎ、ぎ、ぎ——機体は軋み、少女の顔をした異形を無理やりに動かす。罅割れた仮面はまるで笑って見えた。絞り出される声は、ノイズにまみれて震えているようなのに。

これは、人間が遺した呪いだと、ハルは思った。

もはやクストス自身の意思も超越した、巨大で無機質なプログラムという亡霊が、この世界の機械を余すことなく規定している。機械の庭師は、主のために草花を剪定する。彼らはただ主のためだけに、自律歩行型敵性植物の存在を許さない。

この地上に、一人でも人間がいる限り。

少なくとも、春瀬肇はそうプログラムした。

「ごめんね。……本当に、何度言っても言い足りない。ごめんなさい。あたしのプログラムのために、ほんとに長い間、大変なことをさせちゃった」

「なにを言ってるんですか、先生。僕、は――」

コマンド。クストスと接続した防衛機銃の火器管制装置にインターセプト。一基だけで充分だった。真っ赤に染まった紋様蝶(もんようちょう)のうち数匹が青く光り、正常にコマンドを受理する。クストスのそれより高速かつ正確で優先順位が高い「春瀬博士」の命令を通す。

「ハル……？　今、なにをしたんだ？　どうするつもりなんだ……⁉」

「アルファも、ありがとう。――前に言ってくれたよね。たとえ思い出しても、あたしはあたしだって。言った通りだよ。あたしはあたしのままで、変わらずにいられた。だけど、だからこそ、果たさなきゃいけない責任もあるんだと思う」

静かな声色に、アルファはなにかただならぬものを感じた。クストスへの警戒も忘れ、ハルを振り返り、ハルを止めようとする。なにをしようとしていたとしても。

けれど、ハルはそれより早かった。

「もうみんな、誰とも戦わなくていいようにする」

自分の犯した罪は、自分で清算しなければならない。

花人(はなびと)たちを助けたい。機械たちのことも、自由にしてあげたい。

この行き詰まったプログラムについて、たった一人の人間には、たったひとつ解法がある。

「【／command／セイフティ解除／――発射(ファイア)】」

「ハル!!」

「先生!!」

――ごめんね。

銃声は一発だった。人間にとってはそれで充分だ。大きな衝撃と、なにかが零(こぼ)れ落(お)ちるような感覚がして、目を閉じる。薄れゆく意識の中、ハルは自分の名前について考えていた。

『ハル』は、花人(はなびと)たちの間で「もうこの世に存在しないもの」という意味の言葉である。

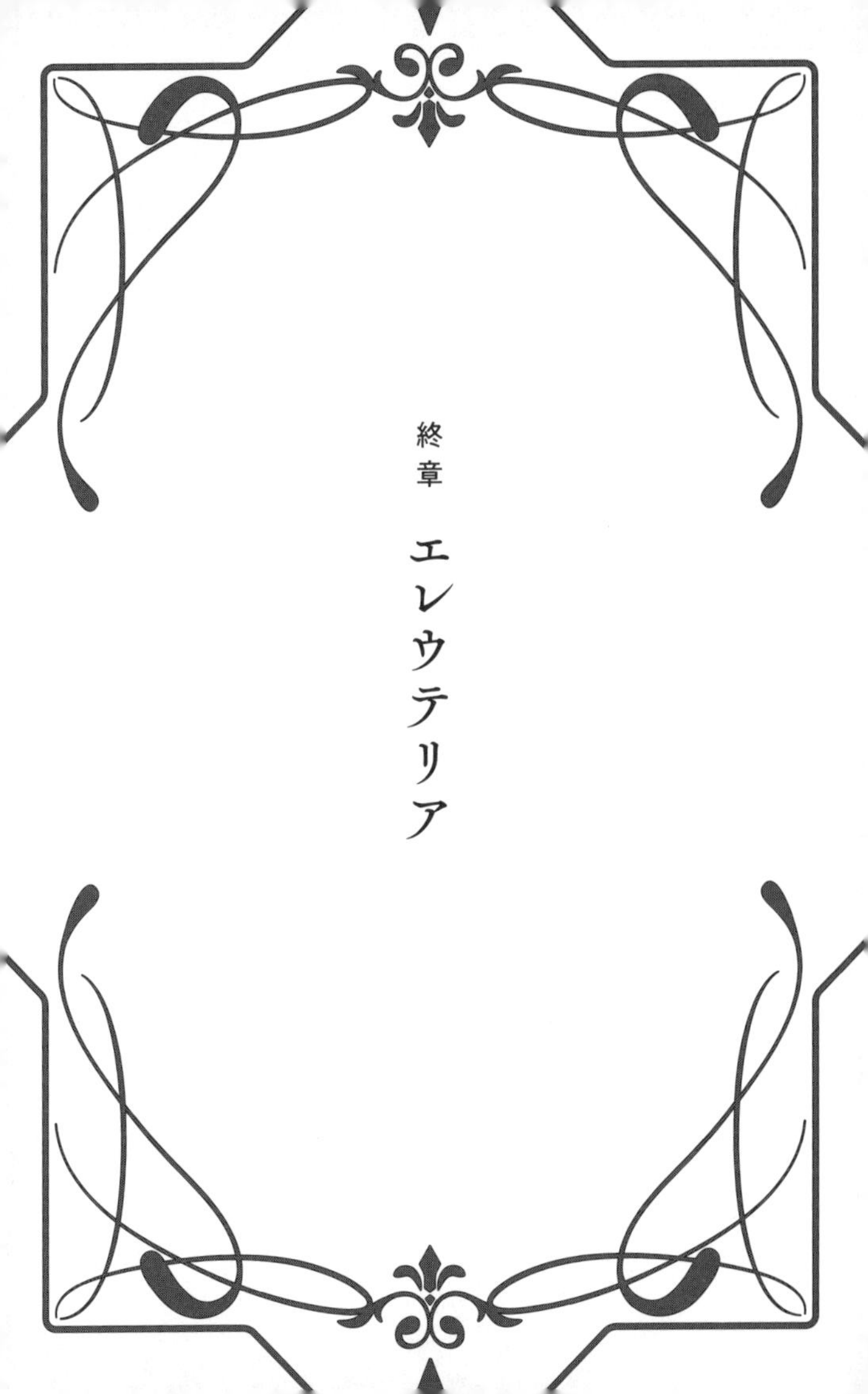

終章　エレウテリア

夢を見た。その中でハルは、知っているようないないような小さな居室にいた。

ベッドにデスク、それから服や私物を仕舞う家具がいくつか。壁の一面は素朴な木でできていたのに、もう一面は冷たい金属製で、誰かの写真がたくさんあった。天井はなくて、上には太陽と星と月が同時にあった。雲ひとつない空に、雪が散っていた。

『いろんなものが、嫌いでした』

椅子に座る少女は、鉄の顔でそう言った。

『草も花も動物も、人間たちが作ったものも、みんなずっと嫌いだったんです。だけど、あなたの言葉だけは好きだった』

ハルは隣に座り、その言葉を聞いている。夢の中だからだろう、ここがどこでどうしてここにいるのか、細かいことは考えなかった。ただ、彼女のことを考えていた。

——あなたは、ずっと一人だったの？

『そうとも言えますし、そうじゃないとも言えます。大半の時間は、眠っていました。メインＣＰＵの一割ほどはあなたの繭をモニタリングしていた。いつ目覚めてもいいように。僕は夢を見ませんが、あなたの存在を感じながら眠る時間は、なんだかそれみたいだったな』

デスクの上には多種多様なミニチュアがある。森や荒野や、見たこともないような文明的な灰色の街々。そんな中でもひときわ目立つ大きな樹（き）が、二本あった。

『約束（プログラム）は、これで無効ですよね』

――うん。あのね、

『謝らないでください。僕は、あなたに従うようにできています。それがなんであれ』

うん――曖昧に頷いて、ハルは言葉を探す。ここが夢でもなんでもよかった。全てが落ち着いたら、提案したいことがあった。従わせるとか、そんな堅苦しいものではなく。

――あなたとも、友達になれないかな。

少女は驚いたような顔をして、それから寂しそうに笑う。

『そういう風には、造られていませんから』

目の前の景色が、白く霞んでいく。体がふわふわしている。放っておくとこのまま浮き上がってしまいそうな感覚は、そのまま夢の終わりを意味していた。

『先生。ひとつだけ、伝えておきたいことがあります』

言って、少女はあるコードを伝えた。ひどく簡潔で、口頭でも暗記できるほどのそれは、一体どこに使ってどう作用するものか見当もつかなかった。

『僕は、これを実行できませんでした。怖かったんだと思います。だって、知ってもっと絶望するかもしれないなら、知らない方がよかったから』

怖い――という、人間的な感情のことを、彼女は初めて口にした。それをどこで獲得したものなのかハルにはわからなかった。あるいは、長い駆動の中で自然発生的に獲得したものなのかもしれず、だったらいいなと少し思う。

——ありがとう。

礼を素直に受け取り、少女は、最後にもうひとつ告げる。

『あなたにもきっと、自由になる権利はあるんだと思います』

過去の記憶でもない、今の事実でもない、どこにも繋がらない不思議な夢だった。途端に上下がわからなくなり、部屋が消え、光に晒される。

そこで初めて、降り注ぐものは雪ではなく、桜の花弁なのだと気付いた。

❀❀❀

眩しい陽光の中で目を開けると、現実でも桜が舞っていた。

目で追ってみると、花の主は案外すぐ傍にいた。なんだか涙のようだとぼんやり思い、そう思うことに既視感を覚えた。ハルはゆっくり意識を浮上させ、彼の顔を見返す。

「——アルファ？」

「ハル!!　——みんな、来てくれ！　ハルが起きた!!」

アルファが声を上げると、四方八方から花人たちがどかどかどかどかどか駆け寄ってきた。その勢いときたらこっちが引くほどでほとんど同時に「起きたかおい大丈夫かお前!?」「あのなんといいますか色々とお疲れ様で」「ハハハハハルさんおかおかおかかお加減のほどはその」「体は動くでありますか⁉⁉　体操いたしますか⁉⁉⁉」「皆さん落ち着いてくださいここは私が」「うおおお前がハルかアタシのこと知ってるか⁉」「はじめましてー」うるさい。

　図書館に寝かされていたらしい。むっくりと起き上がり、ハルはむしろ混乱する。確か自分は銃弾を受けて倒れたはずだ。それが今はどこも痛くない。ステンドグラスから差し込む陽は赤くなっていて、そこからもう夕方であることと、空が晴れたままであることを察した。

「え、と……どういうこと？　どうなったの？　あたし、確か……」

　はらりと、目の前を桜の花弁が落ちた。瞼に触れるほど近かった。アルファのかなと思ったが違う。ちょうど頭のすぐ上からのような――って。

「お？」頭に触れてみる。「おお？」右半分はいつも通り。連日の作業でボサ気味。「おおおお……？」問題は左半分で、「――えええぇぉおおっ⁉」さくり、と髪とは違う感触に触れた。

　他ならぬハルの頭から、桜の花弁が咲いている。

「え？　え⁉　なにこれどういうこと⁉　どうなっちゃってんのあたし⁉」

　うーむ、という顔をアルファがしている。どこから説明すべきか考えあぐねている顔だ。他のみんなも口を挟まず（挟みようがないのかもしれない）、彼の次の言葉を待っている。

「――とりあえず。頭と、そこ」

　指差す先は、ハルの胸元。記憶によれば撃たれた部位だ。そうだ傷は、と見てみると、服は確かに破れているし血も付いている。銃弾を受けた記憶はこれで間違いないことになるが、問題はその傷痕だった。

「ちょおおっ⁉　な、な、なんで――――っ⁉」

銃創は綺麗（きれい）さっぱり消えていて、その部位だけが、機械になっていた。機械部品はまったく違和感なくハルの体に定着し、ぴ、ぴ、と緑色の光を明滅させている。それは心臓の鼓動と同じリズムだった。

「あー……どこから言ったものか、迷ってたんだけどな。まあいい。そのまま話す」

アルファは居住まいを正し、自分を指差し、次いで機械のパーツを指差した。

「わたしとあいつで、お前を治したんだ」

あの時、花と機械は、同時に同じことを叫び、同じことを考えた。

ハルを助けなければ。

二人はそれ以外の一切を忘れた。倒れ伏すハルに駆け寄り、アルファはその身を抱き起こした。クストスは機銃制御の一切を放棄し、ハルの生体反応を必死にサーチし続けた。

人間の治し方なんてわからなかった。花人（はなびと）なら数秒で治る程度の損傷なのに、撃たれた胸から命の流出が止まらない。どう処置しようにもまず設備がない。このままでは、本当にハルが死んでしまう。再び咲くことのない、不可逆の人間の死だ。次にアルファが取った行動は、クストスの予測の埒外（らちがい）にあり、彼自身も半ば無意識に選んだものだった。

ハルの傷口を、自らの体で埋めようとしたのだ。

自らの胸元を大きく抉り、彼女に移植する。花人の体は再生するから、こうしたらハルの傷も治るかもしれない——浅はかといえば浅はかな考えだが、他に手などなかった。アルファは柔らかく脈動する肉の体に、しなやかで強靭な植物の部位を押し込み、とにかく血を止めようとした。鼓動を、呼吸を止めまいと、必死に。

どれほどそうしただろう。夢中で呼びかけ続けていたアルファは、いつしかハルが確かに呼吸を続けていることに気付いた。まだ浅く、不安定だけれど、その体は止まっていなかった。

クストスは、二人のそんな様子を、ただ唖然と見守っていた。子供のように開いた口から、呟きが漏れる——

——今、人間が、いなくなった。

なんだって？　——と、アルファが振り返る。最初は本当に意味がわからなかった。

——先生の生体反応が変わった。遺伝子データが、書き換わったんだ。今その人は、生きているけど人間じゃない。むしろ——お前たちに近い存在に、なった。

今の花人は、碧晄流体から人間の遺伝子情報を取り込んで生まれたものだと、クストスは推測していた。ならばその体組織は人間のそれと親和性があり、持ち前の高い再生能力をもってハルに定着したのかもしれない。生命の危機に瀕した人間が、人間ではない生き物の体組織で命を繋いだ。結果として体内に別種の生命体の要素が混ざり込み、厳密な意味での人間ではなくなった。

全ては憶測でしかない。前例のない出来事だったがため、起こった結果こそが真実だ。

――プログラムが消えた。定義上の『人間』が、この地上から、いなくなった。

それ、お前たちはもう戦わないって意味か？　――そう問うと、クストスは頷く。

――先生の言う通りだ。僕たちは、「剪定」の役目を失った。

クストスは、リンクしていた全ての機体が停止するのを感じる。まだ生きていた剪定者のみならず、遺跡に秘匿されていた自動生成工場や、タワーの整備ドックの稼働も止まった。春瀬肇が、憎しみと共に造り上げたものの全てが。

アルファはハルを抱き上げる。傷痕は塞がっているようだが、まだ呼吸と鼓動が安定化していない。体は変化しつつある。ハルの頭部から最初の花弁が落ちるのを見て、アルファは、ここからどうすればいいのか問うた。

――僕を部品にしろ。

クストスは、確かにそう言ったという。

――僕のコアパーツを使えば、生命維持装置くらいにはなるだろう。このひとは、生まれたばかりの新しい生命体だ。代謝機能や内臓器官がまだ不安定だろうが、細胞が置き換わっていくうちに解決するかもしれない。内側からバランスを整える役割が必要だ。

疑おうと思えば、いくらでも疑える発言には違いない。しかしアルファは、一も二もなくそれを了承した。花人に対する苛烈な敵意は身に染みて知っていても、この機械の少女が、決してハルを傷付けようとしないことは知っていたから。

言われるがままに、コアパーツを抜き取る。いわばクストスの心臓とも言える部位だ。

——最後にこれだけは言っておく。これはあくまで先生のためだ。僕は、お前たちが嫌いだ。プログラムなんて関係ない。ずっとずっと、大嫌いだ。

——わたしは、お前自身のことは、別に嫌いじゃない。

アルファのそんな発言を受け、クストスは少し黙った。

ややあって、わずかに——ほんのわずかに笑ったような顔をして、完全に停止した。

アルファの、あまり上手とは言えない説明を、ハルは最後まで黙って聞いていた。終わり際にハルの状況をずっと記録していたであろうスメラヤが補足する。

「ええとつまり、ベースは人間ですが、厳密な定義上では違うようです。肉体の組成が一時的に花人に近付き、機械部品で機能を調整して、回復していく過程で元の人間の細胞組織が戻った段階ではあります。このまま元の身体に回復していく可能性もありますが、現時点では機械と花人が混ざった第三の存在というか、人間は人間でも新しい形の人間というか——そんな感じかと。説明が下手ですみません」

そうとしか言いようがないだろう。人間と花人が混ざり、ついでに機械部品まであるなんて今も昔も聞いたことがない。研究者としては大発見だな、なんてことを少し思う。

自身の左胸に――そこに移植された機械部品に触れ、しばし黙る。あれは夢ではあっても、ただの夢より少しは説得力のあるものだったのだろう。なにを思っても、なにを言おうにも返事はなかった。

「その、なんだ。……すまない」

「え？　な、なんで謝るの？」

「お前の体を、変な風に弄り回した。仕方ないことだったけど、なんていうか、あれだ。聞かないでやったことだから。もしかしたら、嫌だったか？」

ハルは「あはは」と笑う。ありがたい気遣いではあったが、言い方がおかしかった。きょとんとするアルファに、思うところをちゃんと説明する。

「あたしは人間だけど、自分が人間じゃなきゃいけないなんて思ったことはないよ」

「……そう、なのか？」

「自分のことは、自分が知ってる。この体にアルファが入っていても、あの子が入っていても同じ。ちゃんと覚えてる。だから大丈夫。ありがとう。何度も、あたしを助けてくれて」

一度は捨てようとした命がここにある。

これは、自分だけのものではない。ハルはそう思い直し、胸元の部品に手を触れた。

花人たちが目を見合わせて、安堵の表情を見せる。実のところ彼らが気にしていたのはそこらしい。アルファも、そうか——と呟いて、そこからまたもじもじしだした。

「なあ」

「うん？」

「前からこれ、言おうと思ってたんだが」

「え、あ、はい。なに？　どしたの？」

「わたしは、——その。つまり。わたしは、アルファだ。そういう名前の、桜の花人だ」

呆気に取られた。なにを当たり前のことを言っているんだろう。しかし今のアルファは、見たこともないような顔をしていた。いつも単刀直入な彼らしくない——とまで思ったところで、ふといつかの廃墟を思い出す。

「だけど、前のアルファじゃない」

——あ。

「わたしは前の『アルファ』にはなれないと思う。けど、それでも、ちゃんと言っておきたいことがあるんだ。今更かもしれないけど」

——ああ。

今更なんてことはない。それは、何度だって繰り返していいことだ。次の言葉を待つ。音を決して、アルファは真正面からハルを見据える。

「わたしたち、もう一回、ちゃんとトモダチになれないかな」

「なれるよ。何回だってなれる」

手を取り合う。アルファという名は「始まり」を意味する。

今はもうない『春』という季節の花は、遠い遠い昔、常に始まりの予感と共にあった。

❀❀❀

『こんにちは。これは、生きているあなたに向けた手紙です。

この記録は色んな形で残しています。電子音声、立体映像、各種言語の文字媒体、触感による言語、匂いによる言語、とにかく色々です。

まずこの世界について教えようと思いますが、色々ありすぎて一言じゃ説明できません。てことで、時代ごとの変遷を記載した地図と歴史年表と今ある生物や各施設の一覧表を別データにまとめてますので、そっちを参照してください。見てもわかんなかったら、おいおい教えます。なんでも聞いてください。とにかく言いたいことは、ええと、おほん。

はじめまして。あなたのことを、歓迎します』

花人(はなびと)は、自分たちの生活を続ける。

天敵はいなくなったが、さりとて楽になったわけではない。むしろ逆だ。危険が消えたプラント全域を探索し、遺跡を調査し、地図を作って旧文明のテクノロジーを研究する。それだけでも行動範囲が何倍にも広がったわけで、しかも今の学園にはふたつの大きな課題があった。

ひとつは、流体に溶けた生物を復元すること。

もうひとつは、機械たちの再起動だ。

前者は文字通り。どうやら地下を流れる大量の碧晄流体(へきこうりゅうたい)には、人類を含む旧文明のあらゆる生物の遺伝子データが混ざっているらしい。流体に溶けてしまったデータを参照し、一人一人の遺伝子情報をサルベージすれば、彼らを復元できるかもしれない——という試みだった。中心部の遺跡群には打ち捨てられた生態培養施設の数々があり、修復すれば有効に活用できるはずだ。

ただし、流体化と無関係に死んでしまった生物は戻らない。植物との戦争や様々な事故、病によって失われた人々は永遠に帰ってこない。春瀬博士の親友であった彼女もそうだ。あのひとの姿は、遺跡から回収した写真という形で、今もハルの自室にある。

後者には懸念(けねん)事項がある。剪定者を支配するプログラムの存在だ。今後もし人間たちを復元できたとして、その際にまた敵対してしまわないか。これに関しては、春瀬博士の規定したプログラムを再定義し、敵対要素だけを除去する試みがなされた。

このふたつの大仕事に関しては、賛成の声も反対の声もあった。今後なにか問題が起こらないとは限らないし、剪定者は不倶戴天(ふぐたいてん)の敵だったはずだ。合議に合議を重ね、しかしやはり、どちらも推し進める方向で話はまとまった。

花人と少数の動物だけで生きるには、プラントは広すぎた。彼らも自分たちの選択が正しいかどうかは確証を持っていない。結果が出た時に、それがわかるのかもしれない。

ハルが作った『手紙』は、今後新たに生まれるかもしれない花人や、復活するかもしれない人々、または別の知的生命体全てに向けたものだった。ちゃんとできたかどうかはハルにもわからない。正直リテイクしたい。恥ずかしい。

しかし、あるタイミングで問題が生じる。データが絶対的に足りないのだ。

タワーや各地の遺跡、地下施設を手分けして調べ、漁れそうな物資や情報は全部さらったと言っていい。それでも、得られる情報は虫食いだった。そもそも生きている設備の方が少ない有様で、経過した時間を思えば無理からぬことと言えるだろう。

機械のプログラムや製造、遺伝子情報の取り扱いなどは、どうしてもブラックボックスだらけとなってしまう。ふたつの計画は暗礁に乗り上げ、花人たちは足踏みを余儀なくされる。

――というところで、ハルはあることを思い出した。

いつか見た夢。機械の少女と語らったあの内容は、今でも記憶に色濃い。

彼女に教えてもらった、謎のコードのことも。

❀❀❀

「ん～～～～～～～～～～～………」

学園樹の中央管制室は新たな学園長室を兼ね、普段はフライデーが常駐している。しかし、かなり広いので管理が行き届いているとは言い難く、やめろというのに他の花人が私物を持ち込んで隅っこや物陰でサボっている。いい度胸である。

今は学園の中心メンバーが揃っていた。しかしコンソールを前に、ハルはいつまでも腕組みをしたまま思い悩んでいる。アルファが怪訝な顔をして、

「どうした？　コードってやつを実行しないのか？」

「いや、まあ、そうなんだけど、その……んん……」

「……怖いのか？」

「いや怖いでしょ⁉　だってあの子さえ怖いって言ってたんだよ⁉　しかもなにが起こるのかわからないって、そんなん賭けじゃん！」

そりゃそうである。誰も異論はない。一応立ち会っている花人たちだが、中には及び腰な奴もいるし仲間の陰に隠れている奴もいる。

「あ、あの。大丈夫、です。なにかあっても、ボクたちがサポートしますから。むしろ、どん

なコードなのか、知りたい気持ちが大きいです」

スメラヤが一歩前に出て、ハルの背を押した。後ろでクドリャフカがうんうん頷いている。

「そう、だよね。こんなに集めといてまごまごしてらんないよね。——わかった、今からコード入力する。見ててね、みんな」

コンソールにアクセス。紋様蝶が明るく光る。仲間たちが固唾を呑んで見守っている。ハルは、隣のアルファに小声で話しかける。

「……どうする？　プラント滅亡プログラムだったりしたら」

「その時は一緒に頭下げてやる」

「頭下げて済む問題じゃなくない？　でもありがと」

軽口でいくらか気が楽になった。ハルは意を決し、そのコードを、入力する。

——ぶぅん！

「うわ⁉」

次の瞬間、室内に巨大な立体映像が映し出された。天井を埋め尽くさんばかりの規模で、誰もが驚き息を呑んだ。一見してなにかの図面のようで、各所に赤や緑の光点があり、それらはなんらかのステータスを表示している。

花人たちにはこれがなにになのか見当もつかない。しかしハルには、ピンと来るものがあった。

「——これ……世界地図？」

知っている。覚えている。これは「地球」のかたちだ。大陸は抉れ、砂漠が広がり、島のほとんどは水没し、北極と南極が消滅した世界の平面地図。かつて見たものよりも更に様変わりしているようだが、間違いない。

「『世界』？　プラントの外ということですか？　では、この光点は……？」

フライデーが慎重に確かめる。ハルは目を皿のようにして、世界各地に点在する表示の意味を読み解こうとする。おぼろげな過去の記憶と照らし合わせる。緑の表示はシステム正常。赤はおそらく停止中。光点の位置は、確かそう、各国の主要都市——

——!!

ならば。記憶を総動員し、あるひとつの光点に注目する。システムオールグリーン。ステータスによれば、しばらく前にレッドゾーンに入ったが、バックアッププログラムの起動により持ち直すことに成功。現在は安定稼働中。

その緑の光点がつまり、今ハルたちがいる場所を指している。

「——タワーだ」

「ん？　なんだって？」

「光点は世界樹と同じ施設を指してるんだよ！　緑色は、今でもちゃんと動き続けてるってこと！　プラントみたいな世界が、この地図の場所にあるんだ!!」

世界はここだけではなかった。楽園の生き残りは、各地にある。

全員、唖然とした。

虚脱したような沈黙が降り、誰かが、声を上げた。おお——最初はウォルクだったろうか、キウだろうか。声はやがて伝播し、雄叫びにも似た歓声となって室内を震わせた。

「別の世界!?　花人みたいな生き物がいるってことか!?」

「い、いえ、もももしかしたら全く別の生態系を持った違う生命体かもしれません！　ああでもベースは人間なんでしょうかそれとも他の動物でしょうかもしかして機械生命体!?」

「だだだだ大発見であります!!　大発見であります!!!!　いかにいたしましょう!?　自分はどうすれば!?　踊りましょうか!?」

「うおおおマジかよスゲーじゃんどんな奴がいんだろーなアタシら仲良くできっかな!?」

その騒ぎときたらかなりのもので、探索から帰ってきた花人が「うるせー!!」と怒鳴り込んでくるほどだった。しかし、そうなっても当然の発見だった。タワーは互いに連絡し合い、世界中で繋がっていたのだ。

ようやく落ち着いて、フライデーがふとこぼす。

「——ですが、どうします？　これが本当だとしても、相当な距離がありますよ。連絡手段がわからないのでは……」

そうだ。もしかしたらなんらかの通信手段があるかもしれないが、それこそ全くわからない し向こうの状況も不明である。

ハルの気持ちは、ひとつだ。

だけど言い出せなかった。安定したと言っても、今ここにいるプラントと学園の仕事は山積みだ。軽率に離れるわけにはいかない。物事には、優先順位というものがあるのだ。

「行っといで」

と、優しい声がした。こっちの考えていることなどお見通しという風で、見れば、蒼い花人が――ベルタが微笑んでいた。

「こっちはこっちでやってくからさ。ほら、データも足りないっていうじゃない？ 別のとこに行ったら、欲しいものが見つかるかもしれないじゃん」

彼は鉢植えを抱えていた。そこに咲いている彼岸花は瑞々しく、風もなく揺れている。

「ベルタ……」

「もし行きたいんなら、我慢することないよ。あたしたちは待ってる。もちろん、いつ帰ってきてもいいからさ。――ね、ハル、アルファ」

二人、目を見合わせる。今気付いた。アルファも、高揚を隠しきれないような顔をしていた。瞳に映る自分だって似たようなものだ。一目瞭然だった。隠しきれるはずがない。

「――全力でサポートします。長距離移動の装備や物資を揃えましょう」

「通信手段も用意しないとですね。ああでも、かなりの超長距離通信になりますよね？ 紋様蝶を利用して、装置が作れればいいのですが……」

「乗り物も必要ですな！　幽肢馬（カシバ）でも苦労する距離でありましょうから、より高速かつ快適に航行できる代物であるべきでしょう！」

「あ、でも、準備に時間かかるかもですね。行けそうになるまで、ちょっと待ってもらうと思うですけど、大丈夫でしょうか？」

「こっちのことは気にすんな‼　探索も調査も慣れたもんだわ‼　オマエらが帰ってくるまでに大仕事のひとつやふたつや三つは済ませといてやる‼　な、ウォルク！」

「その大仕事を進めるために旅すんだろ！　——まあ、でもあれだ。後のことは気にすんなってのはほんとだぜ。いつまでも頼ってばっかもいられねーしさ」

世界は、ここだけではない。

学園の外。世界樹（せかいじゅ）の効果の及ぶ外。もっと広く、もっと驚きに満ちた広い広い星は、まだなにも終わってなどいない。

アルファは少し笑った。横目でハルを見て、その桜色に目を細め、問う。

「——どうする、ハル？」

答えなど決まっていた。

「行こう。行けるところまで」

なにかが始まる予感のまま、咲いた命が続く限り。

おわり

あとがき

あとがきって毎回本文書いてる最中は「ここはああでこうで」「このシーンはこう考えててこんな裏話が」「……というのを事細かに説明してやんぞ」などと思いながらやってるんですが、不思議なもんで、脱稿する頃には全部忘れてるんですね。昇華っていうんでしょうか。小難しいことがスーッと消えて、言えることといったら「こんなんできましたけど」くらいのもんになってしまいがちです。

……で終わりだとアレなのでもう少し語りますが、『プラントピア』は、映像（MV）・フィギュア・小説でマルチに展開するプロジェクトです。九岡は世界観とキャラクター等の設定原案、MVプロットの制作と、本著の執筆という形で関わらせていただきました。

主導となっているツインエンジン様にお声がけいただき、一緒に作品世界を作らせていただいた形になります。といっても大したことはしていません。なにしろストーリー面以外は完全に門外漢のプーなので、皆様が進行してくださったものをチェックし「いいですね！　いきましょう！」「いいですね！　是非これでお願いします！」などと素通ししまくる存在になっていました。ほぼほぼただのファンである。

本著は、まふまふさんの楽曲『失楽園』から始まり、映像化されている部分を第一部『エウレーカ』に。その後の物語を第二部『レーテー』に、そして終章『エレウテリア』に繋げる、ハルとアルファの記憶の物語です（アニメスタジオOUTLINE様が手掛けた超美麗MVはYoutubeにあります。検索してみてね）。

作中で種々様々なことが起こり、受けるご感想は人それぞれではありますが、この作品にはひとつ大きなテーマがあることだけは明言しておきたいです。

それは、忘れてしまうということは、決して間違いではないということです。

何かを忘れるのは寂しいことだけど、それも時間の営みのひとつであり、何もかもが終わるわけじゃない。その時その時で新しいことが始まって、誰もが新しい方向へ進んでいくことができる。少なくとも、そのチャンスは平等にある。または、忘れ去られてしまった方がいい過ちや、過去の傷もある。忘却とは徹底的に平等で、だからこそ優しくもあるんじゃないか。

そうした大きな時間の流れがある中で、またもう一度、日の当たるところで出会えたら素敵だよねと。花人や機械たちの生き様を思いながら、そんなことを考えていました。

よし。冒頭の話にうまく繋げることができたな。よさげな感じになったところで以下謝辞。

この企画に九岡をお誘いいただいた、ツインエンジンの菅野さん。梅津さん。石井さん。遠藤さん。作品を形作るにあたり、様々なご助言を賜りました。うっかりすると考えすぎてしまう九岡の頭をほぐし、時には新たなアイデアもいただいて、大変助けられました。皆様がいなければ、最後まで書くことはできなかったと思います。本当にありがとうございました。

担当編集の舩津さん。もともと電撃文庫から本を出すこと自体が久しぶりでして、何かと浦島状態になっていた九岡ですが、最初から最後までスムーズにご進行いただけて感謝しかありません。今度改めて新作のご相談もできますと幸いです。

素敵なキャラクターを手掛けていただいた、イラストレーターのＬＡＭ先生。ハルや花人たちの、力強くもどこか儚げな姿からは、彼らの物語を作る上で大きなインスピレーションをいただきました（完全に偶然ですが、スマホゲーム『テクノロイド　ユニゾンハート』でも関わらせていただき、勝手に親近感を覚えております）。

世界観など、イメージイラストをご担当いただいた、くっか先生。広大な『プラント』という世界は、先生のイラストあってこそのものでした。こういう世界を冒険してみたい、学園のこういうところは楽しそうだな、この世界の謎を解き明かしてみたい……と心の底から思えたことが、作品を執筆する大きな原動力となりました。

『失楽園』という素晴らしい楽曲を書き下ろしていただいた、歌手のまふまふさん。名曲をありがとうございます。執筆時にバリバリに音楽を流すタイプですので、ヘビロテさせていただきました。というか今もしています。

五十嵐監督と、OUTLINEの皆様。繰り返しになりますが、ＭＶ最高でした。説明ドヘタな九岡の話に耳を傾けていただき、あれほど素晴らしい映像をお作りいただいたこと、感謝の念に堪えません。なんとそんなＭＶが検索すればいつでも何度でも見られる！　これを読んでいる方も今すぐチェック！

それと、九岡極秘のプレイリストに集めた珠玉の作業用ＢＧＭの数々。多い時は週六くらいで朝からいた近所のデニーズ。ちょくちょく付き合ってくれた飲み友達。面白かった映画、好きな本、好きなゲーム、好きなロックバンド。そして、こんな塩漬け作家にお便りをくださる読者の皆様。本当に励みになっております。おかげでまた、ひとつの作品を世に出すことができました。重ね重ね、ありがとうございます。

にしても小説書くのってやっぱり楽しいですね。またやりたいな。

九岡　望（のぞむ）

◉九岡 望著作リスト

「エスケエプ・スピヰド」(電撃文庫)
「エスケエプ・スピヰド 弐」(同)
「エスケエプ・スピヰド 参」(同)
「エスケエプ・スピヰド 四」(同)
「エスケエプ・スピヰド 伍」(同)
「エスケエプ・スピヰド 六」(同)
「エスケエプ・スピヰド 七」(同)
「エスケエプ・スピヰド/異譚集」(同)
「サムライ・オーヴァドライブ ―桜花の殺陣―」(同)
「ニアデッドNo.7」(同)
「地獄に祈れ。天に堕ちろ。」(同)
「地獄に祈れ。天に堕ちろ。2 東凶聖餐」(同)
「プラントピア」(同)

本書に対するご意見、ご感想をお寄せください。

ファンレターあて先
〒102-8177　東京都千代田区富士見2-13-3
電撃文庫編集部
「九岡 望先生」係
「ＬＡＭ先生」係

読者アンケートにご協力ください!!

アンケートにご回答いただいた方の中から毎月抽選で10名様に「図書カードネットギフト1000円分」をプレゼント!!

二次元コードまたはURLよりアクセスし、
本書専用のパスワードを入力してご回答ください。

https://kdq.jp/dbn/　パスワード　nc2xe

●当選者の発表は賞品の発送をもって代えさせていただきます。
●アンケートプレゼントにご応募いただける期間は、対象商品の初版発行日より12ヶ月間です。
●アンケートプレゼントは、都合により予告なく中止または内容が変更されることがあります。
●サイトにアクセスする際や、登録・メール送信時にかかる通信費はお客様のご負担になります。
●一部対応していない機種があります。
●中学生以下の方は、保護者の方の了承を得てから回答してください。

「第一部　エウレーカ」は、カクヨムに掲載された『プラントピア』を加筆・修正したものです。
「第二部　レーテー」と「終章　エレウテリア」は書き下ろしです。

この物語はフィクションです。実在の人物・団体等とは一切関係ありません。

電撃文庫

プラントピア

九岡（くおか） 望（のぞむ）

2024年３月10日　初版発行

◇◇◇

発行者　山下直久
発行　株式会社KADOKAWA
〒102-8177　東京都千代田区富士見2-13-3
0570-002-301（ナビダイヤル）
装丁者　荻窪裕司（META＋MANIERA）
印刷　株式会社暁印刷
製本　株式会社暁印刷

※本書の無断複製（コピー、スキャン、デジタル化等）並びに無断複製物の譲渡および配信は、著作権法上での例外を除き禁じられています。また、本書を代行業者等の第三者に依頼して複製する行為は、たとえ個人や家庭内での利用であっても一切認められておりません。

●お問い合わせ
https://www.kadokawa.co.jp/（「お問い合わせ」へお進みください）
※内容によっては、お答えできない場合があります。
※サポートは日本国内のみとさせていただきます。
※Japanese text only

※定価はカバーに表示してあります。

©Nozomu Kuoka 2024　©Plantopia partners
ISBN978-4-04-914812-1　C0193　Printed in Japan

電撃文庫　https://dengekibunko.jp/

電撃文庫DIGEST　3月の新刊

発売日2024年3月8日

第30回電撃小説大賞《金賞》受賞作

新作 **蒼剣の歪み絶ち**

著／那西崇那　イラスト／NOCO

この世界の《歪み》を内包した超常の物体・歪理物。願いの代償に人を破滅させる《魔剣》に「生きたい」と願った少年・伽羅森迅は、自分のせいで存在を書き換えられた少女を救うため過酷な戦いに身を投じる！

リコリス・リコイル
Recovery days

著／アサウラ　原案・監修／Spider Lily
イラスト／いみぎむる

千束やたきなをはじめとした人気キャラクターが織りなす、喫茶リコリスのありふれた非日常を原案者自らがノベライズ！　TVアニメでは描かれていないファン待望のスピンオフ小説をどうぞ召し上がれ！

アクセル・ワールド27
-第四の加速-

著／川原 礫　イラスト／HIMA

加速世界《ブレイン・バースト2039》の戦場に現れた戦士たち。それは第四の加速世界《ドレッド・ドライブ2047》による侵略の始まりだった。侵略者たちの先鋒・ユーロキオンに、シルバー・クロウが挑む！

Fate/strange Fake⑨

著／成田良悟　原作／TYPE-MOON
イラスト／森井しづき

女神イシュタルを討ち、聖杯戦争は佳境へ。宿敵アルケイデスに立ち向かうヒッポリュテ。ティアを食い止めるエルメロイ教室の生徒たち。バズディロットと警官隊の死闘。その時、アヤカは自らの記憶を思い出し——。

幼なじみが絶対に負けないラブコメ12

著／二丸修一　イラスト／しぐれうい

群青同盟の卒業イベントとなるショートムービー制作がスタート！　その内容は哲彦の過去と絶望の物語だった。俺たちは哲彦の真意を探りつつ、これまでの集大成となる映像制作に邁進する。そして運命の日が訪れ……。

豚のレバーは加熱しろ（n回目）

著／逆井卓馬　イラスト／遠坂あさぎ

この世界に、メステリアに、そしてジェスと豚にいったい何が起こったのか——。“あれ”から一年後の日本と、四年後のメステリアを描く最終巻。世界がどんなに変わっていっても、豚と美少女は歩み続ける。

わたし、二番目の彼女でいいから。7

著／西 条陽　イラスト／Re岳

早坂さん、橘さん、宮前を“二番目”として付き合い始めた桐島。そんなある日、遠野は桐島の昔の恋人の正体に気づいてしまい……。静かな破綻を予感しながら。誰もが見て見ぬふりをして。物語はクリスマスを迎える。

君の先生でもヒロインになれますか?2

著／羽場楽人　イラスト／塩こうじ

担任教師・天条レイユとお隣さん同士で過ごす秘密の青春デイズ——そこに現れたブラコンな義妹の輝夜。先生との関係を疑われるし実家に戻れとせがんでくる。恋も家族も諦められない！？　先生とのラブコメ第二弾！

青春2周目の俺がやり直す、ぼっちな彼女との陽キャな夏2

著／五十嵐雄策　イラスト／はねこと

『あの夏』の事件を乗り越え、ついに安芸宮と心を通わせた俺。ところが、現代に戻った俺を待っていた相手はまさかの……!?　混乱する俺が再びタイムリープした先は、安芸宮が消えた二周目の高校一年生で——。

飯楽園-メシトピア- Ⅱ
憂食ガバメント

著／和ヶ原聡司　イラスト／とうち

メシトピア計画の真実を知り厚労省の手中に落ちた少女・矢坂弥登。もう、見捨てない——夢も家族も、愛する人も。そう全てを失った少年・新島は再び“社会”に立ち向かうことを決意する。

新作 **少女星間漂流記**

著／東崎惟子　イラスト／ソノフワン

馬車型の宇宙船が銀河を駆ける。乗っているのは科学者・リドリーと、相棒のワタリ。環境汚染で住めなくなった地球に代わる安住の星を探す二人だが、訪れる星はどれも風変わりで……二人は今日も宇宙を旅している。

新作 **あんたで日常(せかい)を彩りたい**

著／駿馬 京　イラスト／みれあ

入学式前に失踪した奔放な姉の代わりに芸術系女子高に入学した夜風。目標は、姉の代わりに「つつがなく卒業」を迎える事。だが、屋上でクラスメイトの橘棗と出会ってしまい、ぼくの平穏だった女子高生活が……!?

新作 **プラントピア**

著／九岡 望　イラスト／LAM
原作／Plantopia partners

植物がすべてを呑み込んだ世界。そこでは「花人」と呼ばれる存在が独自のコミュニティを築いていた。そんな世界で目を覚ました少女・ハルは、この世界で唯一の人間として、花人たちと交流を深めていくのだが……。

私が望んでいることはただ一つ、『楽しさ』だ。

魔女に首輪は付けられない

Can't be put collars on witches.

著 ―― 夢見夕利　Illus. ―― 縣

第30回 電撃小説大賞 大賞
応募総数 4,467 作品の頂点！

魅力的な〈相棒（魔女）〉に
翻弄されるファンタジーアクション！

〈魔術〉が悪用されるようになった皇国で、
それに立ち向かうべく組織された〈魔術犯罪捜査局〉。
捜査官ローグは上司の命により、厄災を生み出す〈魔女〉の
ミゼリアとともに魔術の捜査をすることになり――？

電撃文庫

那西崇那
Nanishi Takana
[絵]NOCO

絶対に助ける。
——たとえそれが、
彼女を消すことになっても。

蒼剣の歪み絶ち

VANIT SLAYER WITH TYRFING

ラスト1ページまで最高のカタルシスで贈る
第30回電撃小説大賞《金賞》受賞作

電撃文庫

レプリカだって、恋をする。
Even a replica falls in love
榛名丼
［イラスト］
raemz
16歳、夏。はじめての、青春。
愛川素直という少女の
身代わりとして働く
分身体、それが私。
本体のために生きるのが
使命……なのに、
恋をしてしまったんだ。
海沿いの街で
巻き起こる
ちょっぴり不思議な
青春ラブストーリー。
応募総数
4,128作品の
頂点
第29回
電撃小説大賞
大賞
受賞作
電撃文庫

自由奔放で刺激的。そんな作品を募集しています。受賞作品は
「電撃文庫」「メディアワークス文庫」「電撃の新文芸」などからデビュー!

上遠野浩平(ブギーポップは笑わない)、
成田良悟(デュラララ!!)、支倉凍砂(狼と香辛料)、
有川 浩(図書館戦争)、川原 礫(ソードアート・オンライン)、
和ヶ原聡司(はたらく魔王さま!)、安里アサト(86—エイティシックス—)、
瘤久保慎司(錆喰いビスコ)、
佐野徹夜(君は月夜に光り輝く)、一条 岬(今夜、世界からこの恋が消えても)など、
常に時代の一線を疾るクリエイターを生み出してきた「電撃大賞」。
新時代を切り開く才能を毎年募集中!!!

おもしろければなんでもありの小説賞です。

- **大賞** …………………… 正賞+副賞300万円
- **金賞** …………………… 正賞+副賞100万円
- **銀賞** …………………… 正賞+副賞50万円
- **メディアワークス文庫賞** …… 正賞+副賞100万円
- **電撃の新文芸賞** ………… 正賞+副賞100万円

応募作はWEBで受付中! カクヨムでも応募受付中!

編集部から選評をお送りします!

1次選考以上を通過した人全員に選評をお送りします!

最新情報や詳細は電撃大賞公式ホームページをご覧ください。

https://dengekitaisho.jp/

主催:株式会社KADOKAWA